OETINGER TASCHENBUCH

Marcel van Driel ist ein niederländischer Autor, der bereits mehr als fünfzig Kinderbücher geschrieben hat. Er ist für seine temporeichen, spannenden Geschichten bekannt, die oft mit Online-Computerspielen verknüpft sind. Mit der Trilogie *Pala* landete er in den Niederlanden auf Anhieb einen Bestseller-Erfolg. Marcel van Driel lebt in Utrecht, ist verheiratet und hat zwei Söhne. Wenn er nicht gerade ein neues Buch schreibt, spielt er mit seinen Söhnen Computerspiele.

Marcel van Driel

PALA

DAS SPIEL BEGINNT

Aus dem Niederländischen von Kristina Kreuzer

Oetinger Taschenbuch

Für Tanja: die Liebe meines Lebens.
Und für meine Söhne Daniel und Charlie:
die echten Superhelden.

Nederlands letterenfonds
dutch foundation for literature

Die Übersetzung dieses Buches wurde gefördert
vom Niederländischen Literaturfonds.

MIX
Papier aus verantwortungsvollen Quellen
FSC® C083411
FSC www.fsc.org

Das für dieses Buch verwendete FSC®-zertifizierte
Papier Lux Cream wurde von Stora Enso, Finnland, geliefert.
Der FSC ist eine nicht staatliche, gemeinnützige Organisation,
die sich für eine ökologische und sozialverantwortliche
Nutzung unserer Wälder einsetzt.

Deutsche Erstausgabe
1. Auflage 2016

Originaltitel: *Superhelden.nl*

Aus dem Niederländischen von Kristina Kreuzer
Mit freundlicher Unterstützung des Niederländischen Literaturfonds
Umschlaggestaltung: Carolin Liepins
Druck: CPI books GmbH, Leck, Germany
ISBN: 978-3-8415-0353-4

www.oetinger-taschenbuch.de

IRIS

I

SUPERHELDEN

Es war weit nach Mitternacht, im Schlafzimmer war es stockdunkel. Iris lag auf ihrem Bett, den Laptop vor sich aufgeklappt. Das Licht des Bildschirms tauchte ihr Gesicht abwechselnd in blaues und rotes Licht.

Ihre Finger tanzten schnell über die Tastatur. Das Klicken der Tasten übertönte die Musik, die leise aus den Lautsprechern erklang.

Auf einmal hörte Iris die Dielen knacken, und eine Tür öffnete sich. Die Gardinen wehten im plötzlichen Windzug zur Seite, sodass für einen kurzen Moment das Mondlicht ins Zimmer schien.

»Ich weiß, dass du da stehst«, sagte Iris. Sie sah nicht auf, sondern konzentrierte sich weiter auf ihr Computerspiel.

»Weißt du zufälligerweise auch, wie spät es ist, wie alt du bist, wie früh du morgen aufstehen musst und wie viele Stunden dir noch zum Schlafen bleiben?«, fragte ihre Mutter.

»Viertel nach eins, dreizehn, halb sieben, fünf ein viertel Stunden«, antwortete Iris, ohne zu zögern.

»Du bist unmöglich«, sagte ihre Mutter und trat ins Zimmer. Sie schaltete das Licht an. »Was machst du denn da?«

»Ein Online-Game, *Superhelden*. Hat Justin mir geschickt.«

»Ach ja? Wann denn?«

»Vor ein paar Wochen.«

Iris drehte den Bildschirm etwas zur Seite, damit ihre Mutter zugucken konnte. Ihre Augen mussten sich erst an das helle Licht gewöhnen.

»Das bin ich«, erklärte Iris und zeigte auf die kleine Figur auf dem Bildschirm – eine überflüssige Bemerkung, schließlich sah der Avatar genauso aus wie sie. Iris hatte die Computerfigur am Bildschirm selbst erstellt: Sie hatte ebenso lange, rote Haare – nur die Sommersprossen hatte Iris nicht nachmachen können. Ihr Avatar stand im Licht einer leuchtenden Kugel, die sich über ihm durch die virtuelle Grotte bewegte. Sie schien abwechselnd blau und rot.

»Das sieht ja schaurig aus«, bemerkte ihre Mutter. »Kannst du auch noch etwas anderes machen oder nur auf und ab laufen?«

»Ja, das kann ich. Man muss immer wieder Rätsel lösen, und es gibt viele Fallen. Ich komme gerade aus einem Labyrinth, dieses Level sehe ich selbst zum ersten Mal. Jetzt muss ich herausfinden, was ich hier tun muss.«

»Vielleicht musst du dorthin laufen?« Ihre Mutter zeigte auf einen Berg, der Iris bisher noch nicht aufgefallen war. Sie steuerte die kleine Figur in Richtung des Berges.

»Ein Berg in einer Grotte. Merkwürdig«, bemerkte ihre Mutter.

»Ja, da soll man irgendwie hoch«, antwortete Iris.

Ihre Mutter zögerte kurz, dann fragte sie: »Mailt dein Bruder dir öfter?«

Iris zuckte mit den Achseln. »Manchmal, aber seit er mir dieses Spiel geschickt hat, habe ich nichts mehr von ihm gehört. Er hat mir geschrieben, dass er in Frankreich ist.«

»Ja, das habe ich mitgekriegt.«

Ihre Mutter und ihr Bruder hatten eine heftige Auseinandersetzung gehabt, danach war Justin wütend abgehauen. Am Anfang hatte er noch ein paarmal gemailt, doch jetzt hatte Iris ewig keine Nachricht mehr von ihm bekommen.

»Gehst du dann gleich ins Bett? Die Ferien sind vorbei, morgen musst du wieder früh aufstehen.«

Iris nickte.

Als ihre Mutter schon fast aus der Tür war, sagte sie: »Apropos Superhelden: Könntest du kurz deine Superkraft einsetzen? Ich suche wie verrückt nach meinem Autoschlüssel. Keine Ahnung, wo ich ihn hingelegt habe.«

Einen kurzen Moment schloss Iris die Augen und ging in Gedanken durchs Haus, um zu sehen, ob sie die Schlüssel irgendwo liegen sah. »Im Badezimmer, neben der elektrischen Zahnbürste. Ungewöhnlicher Platz, oder?«

»Mir ist es ein Rätsel, wie du das machst. Ich wünschte, ich hätte auch solch ein fotografisches Gedächtnis.«

»Es gibt genug Dinge, die ich gerne vergessen würde, Mum.«

»Ja, das kann ich mir vorstellen. Aber, Iris?«

»Schon gut, ich gehe ins Bett.« Sie zog ihren Laptop zu sich heran und widmete sich wieder dem Spiel.

Iris' Avatar befand sich auf einer Insel, die der Entwickler des Spieles Pala genannt hatte. Genauer gesagt war Iris unter dieser Insel, denn alle Level fanden unterirdisch statt. Iris ging durch die riesengroße Grotte zu dem Berg in der Mitte, wo sie den Pfad nach oben kletterte.

Von oben sah sie auf das Labyrinth hinunter, das sich bestimmt über die halbe Grotte erstreckte. Iris fiel erst jetzt auf, dass die Gänge zusammen ein großes S bildeten. Das stand natürlich für *Superhelden*. Während des Spiels hatte sie nicht auf die Form geachtet, sondern nur auf den Weg. Iris verfolgte mit dem Finger die Route auf dem Bildschirm.

Auf diese Weise ging es zwar etwas schneller, aber es machte auch weniger Spaß.

Sie drehte ihren Avatar einmal um die eigene Achse und sah sich dann die Umgebung genauer an. Eine Wiese erstreckte sich über die gesamte Fläche, und mitten darauf stand ein verfallenes Haus – beziehungsweise die Ruine einer kleinen Burg. Die Wände und Mauern sowie der Eingang waren mit einer weißen Substanz bedeckt.

»Verdammt«, murmelte Iris in sich hinein. Und wie ging es jetzt weiter? Zurück ins Labyrinth? Nein, das war mit Sicherheit keine Lösung. Vielleicht gab es auf der anderen Seite des Gebäudes noch einen Eingang?

Sie drehte mit ihrer Figur eine Runde um die Burg, das brachte sie allerdings auch nicht wirklich weiter. Irgendwie würde sie wohl das weiße Zeug vom Eingang entfernen müssen. Aber wie?

Iris lief zurück auf den Berg und spähte in den Abgrund. Vielleicht hatte sie doch etwas übersehen? Als sie gerade aufgeben und endlich ins Bett gehen wollte, hörte sie ein Dröhnen aus dem Lautsprecher. Mit einem Plumps landete eine dicke, schwarze Spinne neben ihrem Avatar. Das Viech war mindestens doppelt so groß wie sie und hatte acht sehr lange Beine.

Und mit diesen Beinen kam es in einem irren Tempo auf Iris zu.

Die Musik, die bisher nur leise im Hintergrund gedudelt hatte, schwoll an. Iris rannte los, sie musste hier weg, so schnell sie konnte.

RIPLEY, MAINE, USA

Zu dieser Uhrzeit war außer Alex niemand auf der Straße unterwegs. Wenn man dem Kennzeichen seines Transporters glaubte, kam er aus dem amerikanischen Staat Maine. Doch hinten im Wagen hatte Alex noch sieben andere Nummernschilder liegen, auf denen jeweils eine andere Stadt stand. Er steuerte den Transporter sicher durch die Nacht. Dabei achtete er peinlich genau darauf, die Geschwindigkeitsbegrenzung einzuhalten. In Amerika wurde viel strenger kontrolliert als in England, seiner eigentlichen Heimat. Zu gerne hätte er das Gaspedal ganz durchgetreten und wäre wie sein Held Michael Schumacher um die Kurven gefegt. Er vermisste die Geschwindigkeit und das Adrenalin. Aber heute Abend zügelte er sich, er wollte die Mission unter keinen Umständen in Gefahr bringen.

Die Mission saß neben ihm. Sie hieß Olina, war dreizehn Jahre alt und kam von Hawaii. Wenn Olina den Test bestand, würde sie direkt von Level 3 in Level 4 kommen. Damit wäre sie fast schon ein Superheld, genau wie er. Sollte sie es nicht schaffen …

Daran wollte er lieber nicht denken.

Alex war sechzehn Jahre alt, nach amerikanischem Gesetz durfte er daher in den USA Auto fahren. Nicht, dass er sich sonst darum scherte, was legal war und was nicht. Sein erstes Auto hatte er am helllichten Tage aus einem Autohaus in London geklaut, vor den Augen des Inhabers. Er war damals gerade elf, das Auto war ein Porsche gewesen.

Das waren noch Zeiten.

Inzwischen war er ein großer, schlanker junger Mann mit glattem, blondem Haar, das ihm in die Augen fiel. Sein Blick war durchdringend, er sah Leute direkt an. Jetzt waren seine Augen jedoch einzig und allein auf die Straße vor ihm gerichtet.

In Maine verschwendete man ganz offensichtlich keine Steuergelder für Laternen. Die Straße wurde nur von den Scheinwerfern seines Transporters und vom matten Mondlicht erleuchtet.

Alex warf einen Blick auf das Mädchen neben ihm. Kerzengerade saß sie auf dem Beifahrersitz und sah starr vor sich hin. Die ganze Reise über hatte sie lediglich ein paar Worte gesagt.

Das Mädchen hatte dunkelbraune, fast pechschwarze Haut. Ihre strahlend blauen Augen standen in starkem Kontrast dazu. Genau wie Alex trug auch sie Jeans und darüber eine Weste. Im Gegensatz zu ihm hatte sie allerdings keine All Stars an, sondern Doc Martens – selbstverständlich schwarz wie seine.

Es fühlte sich gut an, mal keine Uniform zu tragen.

Alex ließ sein Fenster runter, um die Nachtluft hereinzulassen. »Stört es dich, wenn ich das Radio anmache?«, fragte er.

Olina schüttelte den Kopf.

Alex drückte so lange auf den Knöpfen herum, bis er HipHop hörte – in Amerika gab es für jeden Musikgeschmack einen eigenen Sender. Kurz darauf dröhnten Beats und Raps durch den Wagen.

»Ich glaube, ich habe noch nie ein dunkelhäutiges Mädchen mit blauen Augen gesehen«, sagte Alex. Er musste ziemlich laut sprechen, um die Musik und das Motorengeräusch zu übertönen.

»Europäische Vorfahren mütterlicherseits«, antwortete Olina, »mit blauen Augen.« Ihr Englisch war ein Singsang und hörte sich ganz anders an als sein eigener britischer Akzent.

»Aber du hast doch schon mal dunkelhäutige Menschen gesehen, oder etwa nicht?«, fragte sie halb ernsthaft, halb im Spaß.

Alex fing an zu lachen. »Als Weißer war ich in Soho eher in der Minderheit«, sagte er.

»Soho, New York? Du klingst gar nicht wie ein Amerikaner.«

Alex schüttelte den Kopf. »London. Dort bin ich geboren und aufgewachsen. Und du kommst von Hawaii.« Das war nicht als Frage gemeint, er wusste alles über sie: Wo sie wohnte, dass sie eine kleine Schwester hatte und was ihr besonderes Talent war. Er hatte Olina während ihres Trainings regelrecht studiert – natürlich heimlich. Superhelden und Kandidaten hatten selten Kontakt.

»Honolulu«, antwortete sie. »Olina ist ein hawaiianischer Name. Er bedeutet stürmisch.«

Alex nahm den Fuß vom Gas. Stürmisch. Davon hatte er heute Abend nicht gerade viel mitbekommen. »Ich bin der Beschützer der Menschen«, sagte er. »Zumindest ist das die Bedeutung von Alex. Mein Vater hat mich nach Alexander dem Großen benannt.«

»Und, bist du das wirklich?«, fragte das Mädchen.

»Was?«

»Der Beschützer der Menschen?«

Den Blick auf die Straße gerichtet, antwortete Alex: »Heute Abend bin ich der Beschützer von Olina.«

Das erste Mal an diesem Abend erschien ein Lächeln auf ihrem Gesicht. »I like that.«

Mit ihren dreizehn Jahren war Olina ganz schön jung für eine Superheldin. Aber einzigartig war sie nicht. Kinder jeglichen Alters spielten und gewannen dieses Spiel, auf der ganzen Welt. Mr Oz hatte ein Mindestalter von zwölf Jahren festgelegt, sonst hätte es auf Pala noch mehr Kandidaten gegeben.

»Bist du nervös?«, fragte Alex.

Olina schüttelte den Kopf.

Natürlich bist du das, dachte Alex. Du bist völlig am Ende mit den Nerven. »Es ist ein ganz einfacher Auftrag, mach dir mal keine Gedanken«, beruhigte er sie. »Wir sorgen dafür, dass sie herauskommt. Du musst nur mit ihr reden. Das ist doch dein besonderes Talent, nicht wahr? Menschen zu überzeugen?«

Sie nickte. »Ja, wenn ich etwas sage, glaubt es mir jeder aufs Wort. Wenn ich will, kann ich die Sonne dazu bringen, sich langsamer zu drehen.«

Dann bin ich wahrscheinlich dagegen immun, dachte Alex. Ich glaube dir nämlich kein Wort.

Im Radio fing D-Luzion an, über Superhelden zu rappen.

»Das sind wir«, sagte Alex. Er machte eine Kopfbewegung in Richtung Radio. »Wir können vielleicht nicht fliegen oder Autos mit bloßen Händen in die Luft heben, aber wir sind die neuen Superhelden. Jeder ist in einer Sache der Beste.«

»Okay.« Olina nickte. Sie zögerte einen kurzen Moment,

dann fragte sie: »Gefällt dir ... diese Musik eigentlich ... echt?«

»*Sure*, soll ich sie lieber ausmachen?«

»Ja, bitte. Hip-Hop ist so aggressiv. Mich macht das irgendwie nervös.«

»Na klar, kein Problem«, sagte Alex. Eigentlich war er weniger mild, als er sich gab: Wenn sie das hier schon nervös machte, wie wollte sie dann wohl den Rest des Abends überstehen? Ganz zu schweigen von den wirklich gefährlichen Missionen, dachte er.

Er brachte D-Luzion zum Schweigen. In der Stille hörte man lautes Grillenzirpen.

»Danke«, seufzte Olina. Er sah, dass sie sich etwas entspannte.

Alex nickte und bog scharf um die Kurve. Sie fuhren an einem Schild vorbei, auf dem stand: »RIPLEY, POPULATION: 452.« Er verringerte das Tempo und steuerte den Transporter gemächlich durchs Dorf.

»Vierhundertzweiundfünfzig Einwohner?«, fragte Olina erstaunt.

»Es ist eines der kleinsten Dörfer Amerikas«, erklärte Alex. »Aber sogar hier haben sie Internet und spielen *Superhelden*.«

Superhelden. Das Spiel, mit dem alles angefangen hatte. Der Grund, warum er mitten in der Nacht mit einer dreizehnjährigen Kandidatin durch die Gegend fuhr, um einen weiteren neuen Spieler einzusammeln.

»Bist du dir sicher, dass du das hier willst?«, fragte Alex. Er machte sich eher um seine Mission Sorgen als um das Mädchen.

»Mir bleibt nicht viel anderes übrig, oder?«, antwortete Olina und berührte unbewusst den Chip in ihrem Hals.

»Nein, nicht wirklich«, gab Alex zu. Er bog langsamer, als die Geschwindigkeitsbegrenzung es vorschrieb, in die Hauptstraße ein. Lieber auf Nummer sicher gehen, auch wenn kein Sheriff zu sehen war. Er wollte nicht, dass sie angehalten wurden oder – schlimmer noch – der Transporter aufgemacht werden würde.

Ripley war ein typisches amerikanisches Kaff. Auf beiden Seiten der schäbigen Straße standen Häuser. Die meisten der Bewohner waren ganz offensichtlich schon im Bett, nur hinter wenigen Fenstern brannte noch Licht. Alex parkte gegenüber von *Bill's Diner* (»Today's Special: Fried Chicken«) und schlug mit der Faust auf die Trennwand hinter ihm. »Wir sind da!«, rief er.

Olina rüttelte an ihrer Tür.

»Kindersicherung, sorry«, sagte Alex und grinste dämlich. »Befehl von Mr Oz.«

»Ich laufe schon nicht weg«, sagte Olina und sah etwas beleidigt aus.

Alex zuckte mit den Achseln, dann stieg er aus und ging um den Bus herum, um ihr die Tür aufzumachen. An der Seite des Transporters befand sich ein Reklameaufdruck von einem Blumenladen.

»Komm, ich weiß nicht, wie viel Zeit wir noch haben«, sagte er und ging nach hinten. Er öffnete die Klappe und sprang auf die Ladefläche. Er streckte Olina die Hand entgegen und half ihr elegant hinein.

»Mach sofort die bekloppte Tür zu, oder willst du, dass die gesamte Nachbarschaft uns sieht?«, ertönte eine heisere Stimme aus dem Wageninneren. Ein Mädchen mit langen Haaren, in einem viel zu großen T-Shirt mit dem Aufdruck einer Rockband, richtete sich in ihrem Sessel auf. Sie schubste Alex scheinbar mühelos zur Seite und zog die Tür mit einem lauten Knall zu.

»Und dieses charmante Wesen ist Marthe.« Alex schien ihr Verhalten nicht im Geringsten zu beeindrucken. »Alle nennen sie Fiber.«

»Und ihn nennen wir Arschloch – aber nur, wenn er nicht dabei ist«, sagte Fiber. »Wenn er dabei ist, sagen wir Herr Arschloch.« Sie plumpste wieder auf ihren Sitz zurück.

Olina starrte auf die unzähligen Apparate im Transporter. Er war bis auf die letzte Ecke ausgefüllt: an den Wänden hingen überall Bildschirme, und an der Rückwand stand eine ganze Reihe summender Computer.

»Das System wird von einer externen Energiezelle betrieben«, erklärte Fiber. »Es läuft komplett unabhängig von der Fahrzeugbatterie. Die Antenne ist in der Wand versteckt, sie steht in direktem Kontakt zu unserem eigenen Satelliten.«

»Fiber ist unsere Hackerin. Und sie ist das erste Mädchen, das *Superhelden* zu Ende gespielt hat ...«

»Ich habe es nicht zu Ende gespielt, ich habe es geknackt, *I own this game* ...«

»*Yeah*, das stimmt. Fiber kommt aus einem Kaff in Polen, von dem kein Mensch jemals gehört hat. Wahrscheinlich war sie dort weit und breit die Einzige mit einem Computer.«

Das Mädchen drehte sich auf ihrem luxuriösen Sessel um und antwortete mit einer gehörigen Portion Sarkasmus in der Stimme: »Ich habe schon für das ganze Dorf Computer gebaut, da wusstest du noch nicht mal, auf welcher Seite der

Straße man eigentlich fährt. Obwohl … mir fällt gerade auf: das weißt du ja selbst heute noch nicht.«

Olina konnte nicht den Hauch eines polnischen Akzents bei dem Mädchen heraushören. Was ihr jedoch sehr wohl auffiel, war ihr fehlender Geschmack. Fibers Augen waren pechschwarz geschminkt. Auf ihrem T-Shirt stand in großen Buchstaben »BEHEMOTH«. In ihrer Augenbraue, ihrer Unterlippe und ihren beiden Ohrläppchen steckten Piercings, von denen eines größer war als das andere.

»In Polen scheinen alle Hacker wie Goths auszusehen«, erklärte Alex. »Sie hinken da den USA ein paar Jahre hinterher, wo alle Nerds dick sind und eine Brille tragen. Au!« Der Tritt gegen den Knöchel war alles andere als sanft.

Olina war nicht ganz klar, ob die zwei Spaß machten oder ob sie sich wirklich nicht leiden konnten.

»Komm, wir zeigen dir unsere neueste Kandidatin.« Alex wies auf den größten Bildschirm, der im Transporter zentral an der Wand hing. Dort war ein dunkelhaariges Mädchen zu sehen, das in einen virtuellen Kampf mit einer Spinne verwickelt war.

»Wie heißt sie?«

»Keine Ahnung, online nennt sie sich Tigerbaby.«

»An dieses Level erinnere ich mich noch. Ich hatte eine Heidenangst vor dem Tier.«

»Aber es ist ja nur ein Spiel«, antwortete Alex.

Das war es natürlich schon lange nicht mehr.

EINGESAMMELT

Es ist ja nur ein Spiel, hielt Iris sich vor, während sie auf den schmierigen Kopf der Spinne starrte. Das Tier war so groß wie ein Einfamilienhaus und glich einem Müllsack, in den man acht Beine gesteckt hatte.

»Du willst dich also mit kleinen Mädchen anlegen«, murmelte sie, obwohl sie wusste, dass das Tier sie nicht hören konnte.

Die Spinne sah nicht so aus, als würde ihr Erfinder besonders viel Ahnung von Arachnoiden haben. Das Tier hatte zwar acht Beine, doch die waren nicht alle da, wo sie hingehörten, und die Haut war viel zu glatt.

Iris ließ ihren Avatar in Richtung Burg laufen. Die Spinne kam ihr sofort hinterher. Wo sollte sie nur hin? Zurück zum Labyrinth war keine Option, aber wohin dann?

Sie setzte sich aufrecht auf ihr Bett und stellte den Laptop auf ihren Schoß. Immer wieder umkreiste sie mit ihrer Figur die Burg, wobei die Spinne ihr die ganze Zeit dicht auf den Fersen blieb.

»Und was ist ihr Talent?«, fragte Olina.

»Mathematik«, antwortete Fiber. »Sie ist ein *fucking* Genie«, fügte sie bewundernd hinzu, »Aber gut, das sind wir natürlich alle.«

Olina fühlte sich überhaupt nicht wie ein Genie, doch Fiber hatte recht: Jeder, der das Spiel gewann, hatte eine Begabung, ein Talent. Ihre Spezialität war es, Menschen zu überzeugen. Und heute Abend sollte sie zeigen, was sie konnte.

»Wie weit ist sie jetzt?«

Ohne den Blick zu heben, antwortete Fiber: »Sie geht gerade in die Burg.«

Alex' Augen weiteten sich vor Erstaunen. »Meine Güte, ist die schnell! Als wir von Pala weggefahren sind, hatte sie gerade erst mit dem Labyrinth angefangen! Wie lange hat sie nun insgesamt für das Spiel gebraucht? Fünf Wochen?«

»Vier Wochen, sechs Tage, zwei Stunden und ...« Fiber warf einen Blick auf die Zeitanzeige, die unten auf ihrem Bildschirm stand, »sechs, nein, sieben Minuten.«

»Das ist schnell?«, fragte Olina, die selbst vierzehn Wochen dafür gebraucht hatte.

»Verdammt, ja, das ist ein Rekord«, pflichtete Fiber Alex bei.

»Die Burg«, sagte Olina. »Die war schwierig. Dafür habe ich drei Tage gebraucht.«

»Sie wird dafür keine drei Tage brauchen, das kann ich dir versichern«, sagte Fiber.

»Es ist aber schon ganz schön spät«, gab Olina zu bedenken. »Meinst du, sie macht heute noch weiter? Vielleicht wartet sie damit auch bis morgen früh?« In ihrer Stimme schwang ein Fitzelchen Hoffnung mit.

»Yeah, right«, antwortete Alex und grinste ironisch, »ganz bestimmt, so kurz vor dem Ende. Hast du da etwa Pause gemacht?«

Olina schüttelte den Kopf. Sie hatte ihrer Mutter erzählt, sie sei krank.

»Bist du bereit?«, fragte Alex.

Olina nickte. Sie war bereit – mehr, als er ahnte.

»Nun gut, dann fahre ich dich zu ihr.« Er wollte gerade

aus dem Laderaum des Transporters springen, aber Olina sah ihn erstaunt an: »Kann ich denn nicht zu Fuß gehen? Es ist doch nicht weit von hier?«

Alex schüttelte den Kopf. »Nein, tut mir leid. Mr Oz ... Das ist deine erste Mission, ich darf dich nicht aus den Augen lassen.«

»Kannst du mir sagen, wo ich sonst hingehen sollte, in diesem Kaff?«, fragte Olina bitter. »Vierhundertzweiundfünfzig Einwohner, hast du das vielleicht vergessen?«

»Kann schon sein, aber Vorschrift ist Vorschrift. Ich darf nicht ...«

»Alex«, unterbrach Olina ihn, »ich habe Angst, schreckliche Angst, verstehst du? Ich war drei Wochen lang auf einer tropischen Insel eingesperrt, ich habe einen Chip im Hals, der mich vergiftet, sobald ich weglaufe. Und jetzt erwartet man von mir, dass ich ein Mädchen überzeuge, ohne dass ihr irgendwelche Zweifel kommen. Ich schaffe das nicht, wenn ich zitternd wie ein Schlosshündchen bei ihr anklopfe! Ich brauche einen Moment, um mich zu besinnen. Ich brauche den Fußweg, um mich auf die Mission zu konzentrieren. Ich brauche diese Strecke für mich, verstehst du das?« Olina hob die Hand, die tatsächlich zitterte wie ein Grashalm im Wind. »Ich bin gut, ja, sogar sehr gut in dem, was ich tue, aber nicht auf Kommando! Ich muss ein wenig Zeit und Ruhe haben, um meine Aufgabe erfüllen zu können.«

Olina las aus seinem Gesicht ab, dass er zweifelte. Sie fügte hinzu: »Alex, kannst du mich auf dem Ding hier sehen?« Sie zeigte auf den Bildschirm. »Durch den Chip könnt ihr mich doch die ganze Zeit verfolgen, oder?«

Alex gab Fiber ein Zeichen, woraufhin sie in Windeseile eine Tastenkombination eintippte. Links oben auf dem Bildschirm erschien eine Karte, auf der zwei farbige Lichter aufblinkten.

»Das Rote bist du«, sagte Fiber und zeigte auf das Pünktchen, »das Grüne ist Tigerbaby.«

»Alex, du siehst genau, wo ich bin. Ich kann nirgendwo anders hin als zu dem Haus und wieder zurück.« Olina ließ ihm ein paar Sekunden Zeit, um eine Entscheidung zu treffen.

»Ist gut, aber kein Wort davon zu Mr Oz!« Letzteres war für Fiber bestimmt.

Olina hatte Mr Oz bisher nur virtuell getroffen, und das sollte ihrer Meinung nach auch gerne so bleiben. Ihr Leben war schon kompliziert genug.

Alex öffnete eine Schublade und nahm ein Handy heraus.

»Hier«, sagte er. »Das funktioniert wie ein iPhone, es sind allerdings unsere eigenen Apps drauf. Im Routenplaner ist jetzt Tigerbabys Adresse eingegeben. Er sollte dich also problemlos dorthin führen. Ich schick dir eine SMS, wenn sie das letzte Level geschafft hat. Das ist der Moment, wenn wir sie nach draußen schicken.«

Olina nickte und nahm das Handy entgegen. Das Ding war leichter, als sie erwartet hatte. Auf dem Bildschirm war die gleiche Karte zu sehen wie auf dem Bildschirm, inklusive dem grünen Pünktchen für Tigerbaby.

»Olina, wenn dich jemand anspricht, dann ...«

»Keine Sorge«, antwortete Olina, »dann labere ich mich schon irgendwie raus.«

Einen kurzen Moment lang war es still, bis Alex und Fiber gleichzeitig anfingen zu lachen, überrascht von Olinas schroffen Kommentar.

»Alles wird gut«, sagte Alex grinsend.

Oh ja, dachte Olina. Ganz bestimmt wird alles gut.

Olina verließ den Transporter durch die Ladeklappe. Alex wartete, bis sie außer Sichtweite war, dann schloss er hinter ihr die Tür.

»Sie hat was drauf«, sagte Fiber.

»Das werden wir sehen«, murmelte Alex. »Ein so kleines Mädchen mitten in der Nacht davon überzeugen, mitzukommen … ich weiß nicht, ob sie das packt.«

»Alex, du warst doch selbst gerade wie Wachs in ihren Händen. Du hast sie gehen lassen, gegen deinen Willen und entgegen Mr Oz' ausdrücklichen Anweisungen. Sie ist gut.«

Es dauerte einen Moment, bis bei Alex der Groschen fiel.

»Oh, *bollocks*. Was meinst du, wird sie jetzt machen, Marthe?«

»Das, was jeder an ihrer Stelle machen würde, Alex: Kampf oder Flucht.«

»Sie flieht nicht«, antwortete Alex. Er klang jedoch nicht wirklich überzeugt.

MANCHMAL KOMMT ES ANDERS ...

Iris war sich sicher, dass der Felsbrocken hoch genug war. Übermütig ließ sie ihren Avatar auf und ab hüpfen und rief dabei höhnisch: »Hey, du da! Ja, du, mit den acht Beinen! Stolperst du denn nie über deine eigenen Füße?«

Die Spinne blieb wie erstarrt stehen und krabbelte bedrohlich langsam auf die virtuelle Iris zu.

»Wie lästig es für dich sein muss, Schuhe kaufen zu gehen«, fügte Iris hinzu. »Gibt's dafür bestimmte Läden, du Spast?«

Die Spinne hob ihren monströsen Kopf und starrte Iris mit acht ausdruckslosen Augen an.

Tolle Situation, dachte Iris. Sie kann nicht zu mir hochkommen, und ich kann hier nicht weg. Aber irgendwie muss ich in die Burg gelangen.

Für einen kurzen Moment überlegte sie, ihren Laptop nun doch einfach zuzuklappen. In dem Augenblick öffnete die Spinne ihren Mund und erzeugte einen Feuerball. Iris konnte gerade noch zur Seite springen.

Der Ball verfehlte ihren Avatar um einen Pixel.

Iris drückte wild auf ein paar Tasten und ließ ihre Figur rennen.

Keine Sekunde zu früh. Die Spinne setzte jetzt alles auf eine Karte und folgte Iris in atemberaubendem Tempo. Dabei spuckte sie wie eine Wahnsinnige Feuerbälle.

Der Einfachheit halber folgte Olina dem Routenplaner ihres Handys. Sie genoss die frische Luft und die Freiheit. Zum ersten Mal seit drei Monaten war sie wieder draußen. Jetzt nur nicht Alex in die Hände fallen.

Leise rappte Olina den D-Luzion-Text vor sich hin:

»Fürchte dich, wenn ich vor dir steh
Angsthase
Erschreck dich, du Nase
Schlimmer als ein Horrorgesicht
Mein Stil ist fett, nenn's doch Übergewicht
Der Nachbarschaftsspasti ist nicht schlimmer
Macht mich doch fertig, ihr Spinner
Mir doch egal, was du denkst
Egal, Mann, wie du mich nennst
Das macht mich bloß stark
Ich spür keinen Schmerz
Wie'n Tritt gegen' Fels
Doch mich kriegst du nicht klein
Ist zum stolz drauf sein

Mehr als ein Superheld
Mehr als ein Superheld«[1]

Und ob sie Rap mochte. Aber das war nicht das Einzige, was heute Abend gelogen gewesen war: Ihre angebliche Unsicherheit, der Stress, das alles war Teil ihres Plans. Es war absurd, ausgerechnet das Training auf Pala hatte Olina dabei geholfen, ihre Emotionen noch besser unter Kontrolle zu bekommen.

Mit selbstsicheren Schritten näherte sie sich dem Haus. Der Bildschirm ihres iPhones zeigte an, dass sie ihr Ziel erreicht hatte. Wie lange würde sie wohl warten müssen, bis Tigerbaby mit dem letzten Level fertig war?

Es standen zwei Autos vor der Garage, ein SUV und ein eleganter Sportwagen, auf dem »TIGER GT« stand. Der gehörte bestimmt Babys Vater, dachte Olina. Guter Witz eigentlich.

Sie schlich sich zur Vorderfront des Hauses und spähte durch die halb geöffneten Gardinen. Das Zimmer war minimalistisch eingerichtet, mit modernen Möbeln, auf denen chinesische Vasen standen. An der Wand hingen auch asiatische Gemälde. Der Fußboden war mit Spielzeug übersät: Puppen, Klamotten, ein Ball. Ganz offensichtlich hatte Tigerbaby eine kleine Schwester.

Olina lief um das Haus herum. Es war ein Einfamilienhaus, so wie die meisten Häuser in diesem Dorf. Vierhundertzweiundfünfzig Einwohner. In einer Stunde würden sie einen weniger haben.

Hinten im Garten standen eine Schaukel und eine Reckstange. Ein rosafarbener Roboter mit transparenten Kunststoffhaaren und ein Fahrrad lagen im Gras.

Ganz klar, eine kleine Schwester.

Olina sah oben im Fenster Licht. Im nächsten Moment fing ihr Handy an zu piepen. Sie zog es aus der Hosentasche und las die eingegangene SMS: »Sie ist fast bei Mr Oz!«

Olina tippte zurück: »Ich glaube, ihr Zimmer ist auf dem Dachboden.« Kurz darauf kam die Antwort: »Okay. Wir schicken Tigerbaby runter, sobald sie das letzte Level erreicht hat. Sie ist irre schnell.«

Feuerball!

Mit einem Mal wusste Iris, was sie tun musste.

Sie positionierte ihren Avatar am Spinnennetz, vor dem Burgeingang. Kurzzeitig hatte sie Bedenken, dass sie kleben bleiben könnte, aber das weiße Zeugs war wie Gummi und gab einfach nach.

Iris wartete geduldig.

Dann kam die Spinne mit trägen Schritten um die Ecke, ihre acht Augen waren auf das Mädchen gerichtet.

Iris saß in Alarmbereitschaft vor ihrem Laptop.

Die Spinne beugte den Kopf nach vorne und spuckte einen Feuerball. Genau in dem Moment bewegte Iris ihre Finger auf der Tastatur, und ihr rothaariger Avatar duckte sich.

Die Flammen trafen das Spinnennetz. Das Gummi fing direkt Feuer, und Iris war froh, dass es im Spiel keinen Geruch gab. Sie rannte durch die glühende Öffnung in die Burg hinein, die Spinne blieb ihr dicht auf den Fersen.

Geschafft!

Olina schirmte die Augen mit der Hand ab und spähte hoch zu dem erleuchteten Dachbodenfenster. Na, komm schon! Ich kann hier nicht die ganze Nacht warten, dachte sie.

Die nächsten Minuten mussten gut getaktet sein. Sie hatte eine Chance, nur eine einzige Chance, daher durfte absolut nichts schiefgehen. Sie holte tief Luft und schloss für einen kurzen Moment die Augen. Ihre Hände zitterten jetzt nicht mehr, sie hatten nur gezittert, weil sie gewollt hatte, dass sie zitterten.

Iris klappte ihren Laptop zu, nachdem sie das Spiel sorgfältig gesichert hatte. Sie warf einen Blick auf den Radiowecker. Vier Uhr.

Schon vier Uhr?! Das würde sicher ein schwieriges Aufstehen werden …

Ein Klingelton schrillte durch die Nacht. Olina fluchte und stellte den Ton schnell aus. Sie sah sich um, doch scheinbar hatte sie niemand gehört.

»Hättest du das Ding nicht auf lautlos schalten können?«, zischte sie ins Mobiltelefon.

Alex ignorierte ihre Bemerkung: »Sie hat es geschafft. Es ist wirklich unglaublich, Olina, zwanzig Minuten! Zwanzig Minuten! Fiber hatte gewettet, dass sie garantiert die ganze Nacht dafür brauchen würde!«

»Und jetzt?«

»Mr Oz bittet sie, zum Fenster zu kommen. Du müsstest sie eigentlich gleich sehen können.«

»Okay«, antwortete Olina. »Bleib dran, Alex, ich gucke, ob ich sie … *Oh damn* …«

»Was? Was ist los? Olina? Nun sag schon!«

Olina starrte nach oben, wo sich ein kleines Mädchen weit aus dem Fenster lehnte. Sie hatte kurze schwarze Haare und sah asiatisch aus. Das Mädchen winkte fröhlich, aber Olina war zu perplex, um reagieren zu können. Sie hatte jemanden in ihrem Alter erwartet, doch das hier, das hier war ein …

»Was ist los, Olina?!«, ertönte Alex' Stimme durchs iPhone.

»Sie ist noch ein Kind, Alex«, stammelte Olina.

»Aber wir sind doch alle Kinder, Olina. Das ist schließlich der Sinn der Sache. Wir sind …«

»Sie ist höchstens sieben, Alex … vielleicht auch acht …«

»Wie bitte? Das kann nicht sein, Mr Oz würde niemals … Zwölf Jahre ist das Minimum …«

»Ich rufe dich gleich zurück, Alex.« Olina drückte das Gespräch weg und sah noch einmal nach oben. Mit einem breiten Lachen winkte ihr das Mädchen zu. Zögernd winkte Olina zurück.

»Was habe ich denn gewonnen?«, rief das Mädchen in die Nacht hinein.

Kanapapiki!

Ihr Plan war ganz simpel gewesen. Sie sollte das Mädchen davon überzeugen, mitzukommen, indem sie erzählte, dass ihr Preis im Wagen wartete. In der Zwischenzeit war es Olinas Aufgabe, mit den Eltern der Kandidatin zu reden. Aber das würde sie nicht tun, sie würde vorher abhauen. Wenn Alex und Fiber ihr Verschwinden dann irgendwann auffiel, hätten sie mit der neuen Kandidatin gerade alle Hände voll zu tun.

Aber was sollte sie jetzt machen? Sie konnte doch kein siebenjähriges Mädchen entführen lassen – das konnte sie einfach nicht! –, auch nicht, wenn sie dafür ihr eigenes Leben retten könnte.

Dann traf Olina eine Entscheidung. Sie steckte ihr Smartphone in die hintere Hosentasche und hob den rosa Roboter vom Boden auf. Mit einem kräftigen Schwung schleuderte sie das Ding von sich, direkt durch die Wohnzimmerfensterscheibe. Das Glas ging mit ohrenbetäubendem Klirren zu Bruch. Danach warf sie einen Blick nach oben und winkte dem Mädchen zum Abschied zu. »Lawe i ka ma'alea a ku'ono«, murmelte sie. Das war Hawaiianisch und hieß: Such dir etwas, was du wirklich gut kannst.

Im zweiten Stock ging ein Licht an.

Sie sollte sich wohl besser auf den Weg machen. Olina

nahm ihr Handy aus der Tasche und rief die Notrufnummer an. »Hallo? Ich will einen Einbruch melden.« Sie nannte dem Polizisten die Adresse und beendete das Gespräch, als er nach ihrem Namen fragte. Danach warf sie das Handy ins Gebüsch, sodass Fiber denken würde, sie wäre nach wie vor beim Haus.

Olina winkte noch einmal dem erstaunten Kind zu, dann verschwand sie in der Nacht, bevor der große Alarm losgehen würde.

TIGERBABY

YunYun hatte sich eine Alarmanlage gebaut, die sie warnte, wenn ihre Eltern unerwartet ins Dachbodenzimmer kamen. Sobald jemand einen Fuß auf die erste Treppenstufe setzte, bimmelte oben ein leises Glöckchen. Von diesem Moment an hatte sie zwölf Sekunden Zeit, um den Computer auszuschalten und sich unter dem Schreibtisch zu verstecken.

Der Computer ihres Vaters stand auf einem wackeligen Tischchen. YunYun hatte ein Buch unter das eine Tischbein geschoben. Sie selbst thronte im Schlafanzug auf ein paar Kissen auf dem Schreibtischstuhl. So reichte sie genau an die Tastatur heran. YunYun wurde allmählich müde, was nicht wirklich verwunderlich war, schließlich spielte sie bereits seit zwei Stunden. Aber sie hörte nicht auf, nicht jetzt, wo sie so weit gekommen war.

Das Problem mit dem Spinnennetz war schnell gelöst. Kurz stehen bleiben und warten, bis die Spinne Feuer spuckte, und dann nichts wie los. YunYun lenkte ihren Avatar durch die Öffnung in die Burg hinein. Die Figur sah genauso aus wie sie: ein kleines Mädchen, mit kurzen, dunklen Haaren und mandelförmigen Augen.

YunYun kam in einen Raum, der mit Totenköpfen verziert war. Die Wand war in einzelne Kästchen unterteilt, neunundvierzig, wie sie mit einem Blick feststellte. In einigen Kästchen befanden sich bunte Steine. Sie klickte auf einen Stein, der daraufhin mit einem anderen Stein die Plätze tauschte. Und ein neuer Totenkopf poppte auf.

Aha, dachte YunYun. Verstehe.

Iris träumte von einer Spinne, ihr Kopf war der ihres Bruders. »Mach es mir nach, Iris!«, rief ihr Bruder. »Na los, komm schon!« Daraufhin röchelte er und stieß einen Feuerball aus.

»Geh weg, Justin«, murmelte Iris im Schlaf. »Du wolltest doch unbedingt weg aus Holland, dann lass uns jetzt gefälligst auch in Ruhe! *Au revoir.*«

YunYun löste das Schiebepuzzle in zwanzig Minuten. Daraufhin öffnete sich eine Tür, die YunYun zuvor nicht aufgefallen war. Durch das Fenster hörte sie ein Telefon klingeln. Routiniert steuerte YunYun ihre kleine Figur in den nächsten Raum.

Es war ein prächtiger Saal. Der Fußboden und die Wände waren mit kleinen grünen Steinen bedeckt, in der Mitte des Saales strahlten sie in gelblichem Licht. Obwohl YunYun nur hinter dem Bildschirm saß, machte dieser Ort auf sie großen Eindruck. Sie bewegte ihren Avatar zögerlich in Richtung des Lichts.

»LI WEN YUN«, erschallte eine metallische Stimme aus dem Lautsprecher. »WILLKOMMEN AUF PALA. MEIN NAME IST MR OZ.«

YunYun legte ihre Hände auf die Tastatur und tippte »Hallo«. Sie ließ ihre kleine Figur vor den riesengroßen Thron treten, über dem ein leuchtender Kopf schwebte. Er hatte nur Augen und einen Mund, sonst nichts. Ein bisschen unheimlich fand sie das schon.

»DU BIST DIE JÜNGSTE GEWINNERIN ALLER ZEITEN, LI WEN YUN«, sagte der Kopf. »DIE JÜNGSTE UND DIE SCHNELLSTE. DIR STEHT EINE BESONDERE ZUKUNFT BEVOR.«

»Das sagt meine Mutter auch immer«, tippte sie.

»DEINE MUTTER HAT KEINE VORSTELLUNG DAVON. MR OZ SCHON.«

»Habe ich etwas gewonnen?«, tippte YunYun. Wenn man ein Spiel bis zum Ende spielte, bekam man meistens einen Preis, eine Medaille oder so. Sie hoffte, Mr Oz würde ihre Frage nicht zu unverschämt finden.

»DAS HAST DU«, hallte das Echo seiner Stimme durch den Raum. »GUCK MAL NACH DRAUSSEN.«

Einen Moment lang war YunYun verwirrt und suchte nach einem Fenster in der Spielwelt, durch das sie nach draußen schauen konnte. Aber die Wände des Saals waren komplett fensterlos, und es gab nur die Tür, durch die sie gekommen war.

»DAS DACHBODENFENSTER, LI WEN YUN.«

Verwirrt rutschte YunYun von ihrem Stuhl herunter und lief zum Fenster. Sie öffnete es weit und guckte nach unten in den Garten, wo eine dunkelhäutige Frau stand und telefonierte.

YunYun sah, wie sich ihre Lippen bewegten, aber sie konnte nicht verstehen, was die Frau sagte. Sie drückte das Fenster noch ein Stück weiter auf und winkte.

Die Frau sah sie erschrocken an. YunYun winkte erneut, diesmal erwiderte die Frau zögerlich ihren Gruß.

»Was habe ich denn gewonnen?«, rief YunYun. Einen Moment lang vergaß sie, dass ihre Eltern noch schliefen.

Erstaunt sah YunYun dabei zu, wie die Frau im Garten ihren Roboter aufhob. Ob sie ihn wohl reparieren wollte? War das der Preis? Ihr Vater hatte ihn versehentlich mit dem Rasenmäher überfahren. Ihre Mutter wollte, dass sie den Roboter wegschmiss (Roboter sind nichts für Mädchen), aber YunYun war dagegen.

Und dann auf einmal schleuderte die Frau den Roboter durch die Fensterscheibe. Man hörte ein lautes Klirren. Daraufhin telefonierte sie kurz, warf ihr Handy ins Gebüsch und lief davon.

YunYun fing lauthals an zu weinen. Ihre Mutter würde so wütend auf sie sein!

YunYun sah nicht mehr, wie der smaragdgrüne Saal vom Bildschirm verschwand.

In den Niederlanden schlief Iris unruhig. Sie träumte von Spinnen.

In Maine, auf dem Land, waren die Kühe die einzigen Zeugen, die Olina wegrennen sahen.

OLINA IST WEG

»Sie ist abgehauen.«

»Wie meinst du das?« In Alex' Stimme schwang Panik mit. »Wer ist abgehauen?«

»Olina. Ihr Handy zeigt an, dass sie noch am Haus ist, aber ihr Chip bewegt sich in eine andere Richtung. Sie haut ab und hat ihr Handy dagelassen.« Fibers Stimme verriet keinerlei emotionale Regung.

»Sie läuft weg?«

»Und was soll ich jetzt machen?« Fiber wartete geduldig ab, die Hand auf der Maus und den Blick auf das blinkende Lichtchen gerichtet.

»Was wir jetzt machen? Wir halten sie natürlich auf!«

»Und das Mädchen, Tigerbaby? Die hat sie garantiert nicht mitgenommen.«

Bloody hell, die hatte er ja vollkommen vergessen! »Verdammt noch mal, wie kann es sein, dass das Mädchen erst sieben ist, Fiber?«

»Das kann nicht sein«, antwortete Fiber. »*Absolutely fucking* unmöglich. Mr Oz wählt keine Kinder unter zwölf aus.«

»Hat Olina dann also gelogen?«

»Du weißt, wie überzeugend sie sein kann, Alex. Dieses kleine Miststück hat dich von Anfang an um den Finger gewickelt.«

»Du hast recht, sie versucht, uns auf die falsche Fährte zu locken. Okay, wir machen Folgendes.« Alex spürte, wie er langsam wieder ruhiger wurde. Er wusste, was der nächste Schritt war.

Olina hörte auf zu rennen. Sie hatte einen Ort gefunden, wo man sie nicht sehen würde – weder von der Straße noch von einem der Häuser aus.

Auf dem Weg hierher waren überall in den Häusern Lichter angegangen, und sie hatte Stimmen vernommen. Man warnte einander, so wie sie es auch von Hawaii kannte.

Olina kniete sich hin und zog ihren Strumpf herunter. Dort hatte sie die Klinge eines Küchenmessers versteckt. In ihrer Zelle hatte sie die Klinge hin- und hergebogen, bis das Messer endlich brach. Jetzt war der Moment gekommen, dass sie zum Einsatz kam. Olina hatte sie jeden Abend geschliffen, bis sie scharf wie eine Rasierklinge war.

Olina zog ihren Pullover aus und riss einen der Ärmel ab. Danach hob sie einen Ast auf und steckte ihn sich zwischen die Zähne. Mit der rechten Hand rieb sie über ihren Hals, bis sie den Hubbel fühlte, unter dem der Chip verborgen war. Sie schloss die Augen und atmete ein paarmal tief ein und aus. Danach biss sie mit aller Kraft auf das Holz, gleichzeitig drückte sie sich, ohne zu zögern, das Messer in die Haut.

Nie zuvor im Leben hatte sie so einen Schmerz verspürt. Sie war einmal vom Baum gefallen und hatte sich dabei den Knöchel gebrochen, aber das hier war schlimmer als alles andere. Und das Allerschlimmste war, dass das Allerschlimmste noch kommen sollte.

Sie musste sich dazu zwingen, sich auf die Bewegungen ihrer Hand zu konzentrieren. Diese wühlte in ihrem Hals herum, auf der Suche nach dem Chip. Der Chip, der jede Sekunde ein Signal absandte, wo sie sich gerade befand. Der Chip mit dem Gift, das in dem Moment freigesetzt wurde, in dem sie versuchte abzuhauen.

Ihre Finger steckten nun gute zwei Zentimeter tief in ihrem Hals, und Olina spürte, wie ihr schwindelig wurde. Wenn sie jetzt nicht schnell genug ...

Da endlich hatte sie ihn zu fassen bekommen! Mit aller Kraft riss sie sich das Ding aus dem Körper. Jetzt verlor sie zum ersten Mal die Beherrschung und fing an zu schreien. Der Ast fiel ihr aus dem Mund und landete auf dem Boden. Ihre Zähne hatten darin tiefe Abdrücke hinterlassen.

Olina rutschte der Chip aus den Fingern, dann brach sie zusammen. Vor lauter Tränen und vom Schmerz benommen, tastete sie nach ihrem Ärmel. Sie band ihn sich so stramm es ging um den Hals und drückte den Stoff auf die Wunde. So blieb sie ein paar Sekunden lang sitzen. Als sie versuchte aufzustehen, verlor sie direkt das Gleichgewicht. Es dauerte etwas, bis sie sich wieder aufrecht halten konnte. Auf wackligen Beinen steuerte sie den nächstbesten Bauernhof an.

Es kostete sie fünfzehn Minuten, bis sie die Haustür des Hofes erreichte. Zu diesem Zeitpunkt war sie bereits so geschwächt, dass sie zusammenbrach, noch bevor sie die Türklingel drücken konnte.

Alex versteckte sich hinter einer Baumgruppe, gegenüber von Tigerbabys Haus. In der Tür stand ein Mädchen, eingerahmt von ihren Eltern. Es starrte traurig vor sich hin. Der Vater des Mädchens, ein kleiner Mann mit kaukasischen Gesichtszügen, sprach im Morgenmantel mit einem Polizisten, der wiederum aussah, als sei er direkt einem amerikanischen Film entsprungen: Schnauzbart, Cowboyhut und eine Pistole am Halfter. Ab und zu stellte er dem Mädchen eine Frage, es schüttelte jedoch immer nur den Kopf.

Die Mutter des Mädchens – eine Chinesin im Kimono – sah sehr wütend aus. Sie hielt ihre Tochter am Oberarm fest, als fürchtete sie, dass sie sonst weglaufen würde.

Das Mädchen ging ihr ungefähr bis zur Hüfte und sah tatsächlich nicht älter aus als sieben. Dann hatte Olina also doch die Wahrheit gesagt!

Alex zog sein Smartphone aus der Tasche und drückte auf das S-Symbol. Auf dem Bildschirm erschien der Kopf von Mr Oz, er war aus leuchtenden Pixeln zusammengesetzt.

»ALEX.« Die Stimme klang mechanisch, sie entstammte einem Sprachsynthesizer.

Alex musste unwillkürlich an Dalek, ein Roboterwesen aus der Science-Fiction-Serie *Doctor Who*, denken. Die hatte er früher gerne geguckt. »Sir, wir haben ein Problem. Zwei Probleme, um genau zu sein.«

»LEG LOS.«

Alex fasste die Situation kurz zusammen.

»SIE IST SIEBEN?«

»Oder sie ist ein fünfzehnjähriger Zwerg«, sagte Alex. Als Mr Oz nicht reagierte, fügte er hinzu: »Ja, ich weiß es genau, sieben, höchstens acht.«

»BRING OLINA ZURÜCK, VERGISS DIE KLEINE.«

»Fiber ist bereits auf der Suche nach ihr«, sagte Alex schnell, in der Hoffnung, die Situation auf diese Weise retten zu können. »Olina hat ihr Handy weggeworfen, jetzt folgen wir dem Chip. Fiber hat sie im Visier, wir werden sie finden, Sir.«

»Nein, das werden wir nicht«, ertönte eine Mädchenstimme hinter ihm. Alex drehte sich um und starrte in Fibers leichenblasses Gesicht. Sie öffnete die Hand und hielt ihm einen blutverschmierten Chip unter die Nase. »Das Miststück hatte einen genauen Plan.«

»Mr Oz«, sprach Alex in sein Mobiltelefon, »sie ist ... Sie ist weg. Der Chip ist ... Sie hat ihn entfernt.« Er holte tief Luft. »Wir werden sie suchen, Sir. Sie kann nicht weit sein. Es muss ja eine Blutspur geben, ich ...«

»*AWAY! LEAVE!*«, rief Mr Oz.

»Abhauen?«, stotterte Alex. »Aber wir können doch nicht ...«

»WEG MIT EUCH, SOFORT!«

Dann wurde die Verbindung unterbrochen.

Alex starrte Fiber an. Von ihrem ursprünglichen Selbstvertrauen war nicht mehr viel übrig. Zusammen waren sie für die Mission verantwortlich gewesen. Sie hatten gemeinsam beschlossen, Olina gehen zu lassen. Sie wussten, dass sie nun beide tief in der Scheiße saßen.

Fiber legte Alex die Hand auf den Arm. »Komm. Hier gibt's für uns nichts mehr zu tun. Wir sollten lieber abhauen, bevor wir noch gefasst werden.«

John wohnte allein auf dem Bauernhof. Nachdem seine Frau ihn verlassen hatte, hatte er den Polizeifunk im Schlafzimmer installiert. Wenn er nicht schlafen konnte – und das war so ungefähr jede Nacht –, hörte er zu. Er lag im Bett und las in einem abgegriffenen Taschenbuch, von Zeit zu Zeit lauschte er mit einem Ohr dem Funk. Eine Nachricht über einen Einbruch bei den Lis erregte seine Aufmerksamkeit. Der Einbrecher hatte ein Fenster eingeschlagen und war dann in Richtung Osten geflohen.

In dem Moment hörte John draußen ein Geräusch. Er

legte sein Buch weg und griff unter seinem Bett nach Buddy. Buddy war sein Baseballknüppel. Als Kind hatte er den Namen mit einem glühenden Nagel ins Holz gebrannt. Das B stand verkehrt herum.

Im Schlafanzug öffnete John die Haustür, den Baseballknüppel fest in der Hand. Irgendwie hoffte er, dass er den Einbrecher hier antreffen würde. Im Stillen hatte er schon immer darauf gewartet, eines Tages sagen zu können: »Hier, jetzt kannst du mal meinen Freund Buddy kennenlernen.« John hatte ganz offensichtlich zu viele Filme gesehen.

Vor der Tür lag ein dunkelhäutiges Mädchen. Aus ihrem Hals strömte Blut, es trat unter einem provisorisch angelegten Verband hervor. Beim Anblick des Mädchens ließ John seinen Knüppel fallen. Er beugte sich über sie. Dann hob er ihren reglosen Körper vom Boden auf und trug sie vorsichtig ins Haus.

In Sekundenschnelle war sein Schlafanzug blutdurchtränkt. Als er das Mädchen auf das Sofa legen wollte, öffnete es die Augen und fing an zu schreien: »Finger weg von dem Spiel! Werd bloß kein Superheld! *Don't do it …*« Danach schloss es die Augen wieder und machte sie nicht mehr auf.

Zu dem Zeitpunkt, als John den Sheriff anrief, hatten Alex und Fiber den Staat bereits verlassen.

* * *

Das Wasser plätscherte im Aquarium, ein Zeichen dafür, dass Mr Oz vollkommen außer sich war. Die Ärztin drehte an einem Hahn, woraufhin ein Beruhigungsmittel in seine Blutbahn strömte.

»Du solltest dich nicht so aufregen, das ist schlecht für dein Herz«, sagte sie.

»DU WEISST JA GAR NICHT, WAS AUF DEM SPIEL STEHT!«

Die Roboterstimme erschallte durch die Lautsprecher. Für andere klang diese Stimme angsteinflößend, aber die Ärztin ließ sich nicht davon beeindrucken. »Was ist mit diesem Jungen, Shade?«

»ER WEIGERT SICH MITZUARBEITEN.«

»Gibt es denn keine Möglichkeit ihn ... unter Druck zu setzen?«, schlug sie vor.

»DOCH, SCHON. SIE HEISST IRIS ... SIE IST BESONDERS, GENAU WIE ER.«

»Ist sie *Gamerin?*«

»SIE IST SOGAR WIRKLICH GUT. ICH WEISS NICHT, WIE LEICHT WIR SIE NACH PALA KRIEGEN. ES SEI DENN, WIR ...«

»Es sei denn?«

»ES SEI DENN, WIR SCHICKEN ALEX IN DIE NIEDERLANDE.«

NIEDERLANDE

Jeden Morgen lieferten Iris und ihre Mutter sich am Frühstückstisch denselben Wettkampf: Wer sah noch elender aus als der andere? Iris verbrachte nachts mehr Zeit mit *Gamen* als mit Schlafen, und ihre Mutter ging seit dem Tod von Iris' Vater so spät wie möglich ins Bett. Scheinbar versuchte sie, denkbar lange durchzuhalten, damit sie dann, wenn sie sich in das leere Ehebett legte, zu erschöpft zum Nachdenken war.

Iris' Mutter schminkte sich ihre Augenringe weg, doch das kam für Iris nicht infrage. Ein bisschen Wimperntusche und Lippenstift, das reichte, sie wollte ja schließlich nicht wie ein Clown aussehen.

»Hast du noch mal was von Justin gehört?«, fragte Iris.

»Mich ruft er nicht an«, antwortete ihre Mutter barsch.

»Mich auch nicht«, erwiderte Iris bissig.

Schweigsam mümmelten sie ihr Brot in sich hinein.

Für den Fall, dass die Schüler vergessen könnten, auf welche Schule sie gingen, hatte der Architekt in großen Buchstaben »LEIDSCHE RIJN SCHULE« auf den Schulhof malen lassen. Iris stand auf dem S von Leidsche. Die meisten Schüler strömten in Richtung Eingang, doch Iris wartete noch auf Eveline, ihre derzeit beste Freundin.

Freundschaften zu halten und neue zu beginnen, war auf dem Gymnasium ein kompliziertes Unterfangen. Die Mädchen, mit denen sie zusammen in der Grundschule gewesen war, waren nun auf verschiedene Schulen in der Umgebung verteilt. Ihre ehemals Beste-Freundin-ohne-die-sie-keinen-

Tag-überleben-würde war nach Seeland, in den Süden des Landes, gezogen. Nachdem sie einander noch zweimal besucht hatten, schienen sie sich irgendwie nicht mehr viel zu sagen zu haben.

In der Orientierungsstufe hatte Iris sich dann einen neuen Freundeskreis aufgebaut, der jedoch kurz darauf wieder zerbrach, als ein Großteil der Kinder auf die Realschule ging und sie und Eveline als Einzige aufs Gymnasium. Iris mochte Eveline, aber sie würde sie doch eher als Freundin-mangels-Alternative bezeichnen. Den Rest der Klasse kannte sie noch nicht wirklich gut. Das zweite Halbjahr hatte gerade begonnen, und sie musste sich erst einmal zurechtfinden.

»An deiner Stelle würde ich ja lieber in die andere Richtung gucken«, hörte sie ihre Freundin hinter sich japsen. Eveline kam angestürmt, sie trug eine schwere Tasche über der Schulter. Sie hatte Pippi-Langstrumpf-Zöpfe, durch die sie wie eine Elfjährige wirkte – der viel zu kurze Rock und der Lippenstift hingegen deuteten eher auf sechzehn hin. Genau wie Iris war sie dreizehn.

»In die andere Richtung? Und warum?«, fragte Iris.

»Dann siehst du nicht das ganze Leid vor dir, verstehst du? Leidsche ...«

»Du bist echt ein Freak, Ev ...«

»Nee, und du bist einfach zu normal, Iri!«

Plaudernd schlenderten die beiden Mädchen zum Eingang, als Iris einen Jungen sah, der draußen vor dem Schultor stand. Aus irgendeinem Grund ging er nicht weiter. Seine halblangen, blonden Haare lugten unter einer bunten Strickmütze hervor. Er trug eine viel zu große Sonnenbrille, die Hände steckten in den Hosentaschen. Iris hatte ihn noch nie zuvor gesehen. Ob er neu war? Für den Bruchteil einer Sekunde trafen sich ihre Blicke, Iris spürte ein ruckartiges Ziehen im Bauch, als würde ein Vogel sie auf einen kurzen Flug übers Meer mitnehmen und dann direkt wieder fallen lassen.

»Alles gut bei dir?«, fragte Ev.

Iris nickte. Sie sah, wie der Junge sich von ihr wegdrehte und davonging.

»*Oh wow, prrretty boy*, dein persönlicher Edward C.?«

»Hä? Nein, ich dachte, ich hätte einen Vogel gesehen ...«

»Ja, alles klar, meine Liebe«, sagte Eveline. »Vögel, pff. Wie geht's deiner Mutter?«

Das war Evelines Spezialität, von einem Thema zum anderen zu springen. Iris gab ihr eine ausweichende Antwort und überlegte, warum der Junge wohl so eine heftige, körperliche Reaktion bei ihr ausgelöst hatte. Sie war dreizehn – und auch wenn sie von Filmstars und sonstigen Promis nicht so besessen war wie die anderen, so fühlte sie sich dennoch immer öfter etwas unwohl in der Gegenwart von Jungs. Vor allem, wenn sie etwas älter waren als sie selbst. Sie wusste natürlich genau, was da gerade vor sich ging. Das Kapitel ihres Biologiebuches über Hormone und Sex kannte sie in- und auswendig. Aber wirklich verstehen tat sie es nicht. Sie mochte es nicht, wenn sie das Gefühl hatte, die Kontrolle über ihren Körper zu verlieren – und das war genau das, was hier gerade passiert war, als sie den Jungen gesehen hatte. Schrecklich, was für ein lässiger Typ.

»Sie ist hübsch«, war das Erste, was Fiber sagte, als Alex sie anrief.

»Hat Mr Oz dir ihre Akte geschickt?«

»Ja, ich sehe mir gerade ihr Foto an. Ich bin ganz verknallt in ihre roten Haare. Und diese Sommersprossen! Wirklich süß.«

»Sag Bescheid, wenn ich ein Date für dich organisieren soll …«, erwiderte Alex trocken.

»Nein danke. Das kann ich Justin Bieber nicht antun. Oh, mein Justin!«

Alex grinste. Mr Oz hatte die beiden nach dem Fiasko in Maine nicht zurück nach Pala geholt, sondern in die Niederlande geschickt, um dort eine neue Kandidatin einzusammeln. Er hatte zum Schein noch etwas protestiert, aber in Wirklichkeit war er froh, dass er die Sache auf diese Weise vielleicht wiedergutmachen konnte. »Zumindest ist sie nicht sieben, so viel ist klar …«, sagte er.

»*Nope*, dreizehn, fast vierzehn.«

»Wie weit ist sie denn?«

»Mit der Burg ist sie fast durch. Wenn sie heute Nachmittag weiterspielt, könnte sie heute oder morgen mit dem Spiel fertig sein«, sagte Fiber.

»Super. Dann komme ich jetzt ins Hotel.«

»Eveline, eine Vier plus«, sagte Frau Kroon.

»Yes!«, rief Eveline begeistert.

Die Lehrerin hob die Augenbrauen. »Wenn du wegen einer Vier schon so aus dem Häuschen bist, würde ich dir raten, mal über die Realschule nachzudenken, junge Dame. Dies hier ist das Gymnasium, eine Schule für Menschen-mit-ein-bisschen-mehr-Grips. Joris, eine Drei, solide.«

Die Lehrerin gab die Klassenarbeiten zurück. Mal sagte

sie etwas Positives, dann wieder ließ sie eine sarkastische Bemerkung fallen. Als Letztes bekam Lorenzo seine Arbeit überreicht. Frau Kroon nahm hinter ihrem Pult Platz und blickte in den Klassenraum.

Iris meldete sich.

»Iris?«

»Ich habe meine Arbeit nicht zurückbekommen.«

Frau Kroon hielt ein Blatt Papier hoch. »Ist es vielleicht diese, Iris?«

»Das kann ich von hier aus nicht sehen«, erwiderte Iris zögerlich.

Daraufhin hielt die Lehrerin sich das Papier direkt vor die Nase und las: »Iris Goudhaan, das bist doch du?«

»Ja, das bin ich.« Iris hatte keine Ahnung, worauf die Lehrerin hinauswollte. Seit wann wusste Frau Kroon nicht mehr, wer sie war?

»Dann muss dies wohl deine Arbeit sein, Iris – dein Name steht ja drauf. Es ist wirklich ein ganz besonderes Werk, denn du hast alle Antworten richtig. Nein, ich will es anders sagen: Deine Arbeit ist schlichtweg perfekt. Du hast jede Frage mit einer wortwörtlichen Antwort aus dem Buch beantwortet. Anders ausgedrückt: Das ist eine Eins.«

Die ganze Klasse hielt die Luft an. Allen war klar, dass das noch nicht alles war. Frau Kroon sprach kontrolliert, als müsste sie sich sehr zusammenreißen, um nicht an die Decke zu gehen.

»Genauer gesagt: Du würdest eine Eins haben, wenn du nicht abgeschrieben hättest.«

»Wie bitte?« Iris rutschte fast vom Stuhl. »Ich? Abgeschrieben? Wie kommen Sie denn darauf?!« Obwohl Iris nichts falsch gemacht hatte, merkte sie, wie sie knallrot wurde.

»Und wie erklärst du mir sonst, dass du wortwörtlich den Text aus dem Buch wiedergegeben hast, Iris?«

»Weil ich vielleicht einfach sehr gut lernen kann und jeden Abend in meinem Zimmer sitze und pauke?«, antwortete Iris störrisch.

»Ach ja, Iris? Das tust du also, jeden Abend lernen?«

Iris wusste selbst, dass das nicht wirklich der Wahrheit entsprach.

»Dann erläutere mir bitte, wie du es geschafft hast, eine Eins zu schreiben, junge Dame. Ich bin mir sicher, die anderen sind genauso gespannt darauf, dein Geheimnis zu erfahren.«

»Ich ... ich kann mir Dinge einfach sehr gut merken.«

»Willst du damit sagen, du hast ein fotografisches Gedächtnis, Iris? Du vergisst Dinge also nie mehr, nachdem du sie einmal gelesen hast?«

Iris zuckte mit den Achseln. »Kann schon sein«, murmelte sie. In Wirklichkeit hatte sie selbst keine Ahnung, was mit ihr los war. Sie konnte sich einfach gut an Dinge erinnern, doch sie hatte nie wirklich analysiert, warum das so war.

Es schien, als hätte Frau Kroon genau auf diesen Moment gewartet. Sie zog ein Faltblatt hervor. »Das hier ist eine wissenschaftliche Studie, die besagt, dass es so etwas wie ein fotografisches Gedächtnis nicht gibt. Immer wieder wird das Thema auf den Tisch gebracht, aber das ist Quatsch. Es gibt lediglich einige Autisten oder Fachidioten, die gut darin sind, sich eine bestimmte Art von Informationen zu merken, zum Beispiel Zahlen. Bist du ein Fachidiot, Iris?«

»Ich weiß nicht, was das ist.«

»Ein anderes Wort dafür wäre: ein gelehrter Narr. Bist du ein gelehrter Narr, Iris?«

Iris schüttelte den Kopf.

»Ich kann nicht sagen, ob du eine Gelehrte bist. Aber ein Narr bist du auf jeden Fall, wenn du meinst, damit durchzukommen.« Frau Kroon hielt Iris' Klassenarbeit hoch und riss sie in der Mitte durch. »Eine Sechs, Iris. Und eine Verwarnung. Das Gymnasium ist für Gelehrte, nicht für Narren. Oder willst du wie dein Bruder Justin im Abrisshaus landen und auf den Rest der Welt wütend sein.«

Iris umklammerte zitternd die Tischkante. Sie kämpfte gegen die Tränen an. Sie war wütend und wollte dieser blöden Kuh ihre Meinung sagen, wollte sie schütteln und anschreien, ob sie verrückt geworden war. Was fiel ihr bloß ein, sie so zu beschuldigen und sie mit Justin zu vergleichen!

Stattdessen blieb Iris sitzen und sagte nichts. Ihre Mitschüler fingen an zu flüstern.

»Dieser unglückliche Zwischenfall sollte euch allen eine Lehre sein: Ich toleriere es nicht, dass in meiner Stunde abgeguckt wird. Und jetzt nehmt eure Bücher heraus.«

Eveline rückte ein Stück näher an ihre Freundin heran. »Alles okay?«

Iris schüttelte verärgert den Kopf. »Ich habe nicht abgeguckt!«

»Das weiß ich, und die anderen hier wissen es auch. Aber Iris, in dieser Gesellschaft hat man bessere Karten, wenn man eine Vier schreibt und sich ansonsten möglichst unauffällig verhält«, sagte sie und drehte an ihren Pippi-Langstrumpf-Zöpfen.

EIN TREFFEN MIT MR OZ

Iris versuchte, sich den restlichen Tag über unauffällig zu verhalten. Sie nahm an keiner Diskussion teil. Sie meldete sich nicht, wenn eine Frage gestellt wurde, und wartete nur darauf, dass sie nach Hause gehen durfte. In der Pause aß sie still ihr Brot, während Eveline ihr in epischer Breite erzählte, wie langweilig ihr Wochenende gewesen war. Dann fragte sie auf einmal, ob Iris noch etwas von Justin gehört hätte.

Iris zuckte mit den Achseln. »Ab und an schickt er mal eine E-Mail. Wieso?«

»Nur so. Ich musste an ihn denken, wegen Kroons blöder Bemerkung. Vermisst du ihn?«

Iris studierte das Gesicht ihrer Freundin eingehend, aber sie konnte nichts als aufrichtiges Interesse darin entdecken.

»Er war in der letzten Zeit nicht wirklich eine Bereicherung. Seit er nicht mehr da ist, ist es zu Hause etwas ruhiger.«

»Jungs gehen anders mit Verlusten um, Iri.«

Iris nickte gedankenversunken. »Frauen weinen, Männer schimpfen – ja, das Klischee kenne ich.«

»Es sind nicht einfach nur Klischees«, erwiderte Eveline. »Oft ist da schon was Wahres dran.«

»Ich weine doch auch nicht, oder?«, erwiderte Iris.

»Nee, aber Justin hat sehr wohl geschimpft.«

Da musste Iris ihr recht geben. Ihr Bruder war schon immer ein aufbrausender Typ gewesen, allerdings nicht aggressiv. Zusammen hatten sie Pläne geschmiedet, sie wollten sogar gemeinsam eine Weltreise machen, wenn sie beide mit der Schule fertig waren.

Doch dann war Papa vor den Zug gesprungen, und alles wurde anders. Justin war immer öfter komplett durchgedreht.

»Ja, ich vermisse ihn«, flüsterte Iris.

Nach der letzten Stunde ging Iris direkt nach Hause. Sie schlug Evelines Vorschlag aus, zusammen shoppen zu gehen, und machte stattdessen das, was sie seit Wochen jeden Tag nach der Schule machte: *gamen.*

Während sie ihren Avatar durch die Burg manövrierte, grübelte sie über den heutigen Morgen nach. Als sie an Frau Kroon dachte, stieg wieder die Wut in ihr auf. Wie konnte diese Frau es wagen, anzunehmen, dass sie abschrieb?! Sie hatte noch nie in ihrem Leben abgeschrieben!

Aber gelernt hast du auch nicht, sagte die leise Stimme in ihrem Kopf, die sie so hasste. Du musstest nur gedanklich die Seite in deinem Buch aufrufen. Ist das denn nicht abgucken?

Das war natürlich die Frage. Sie hatte keinen Spickzettel bei sich gehabt, doch gelernt hatte sie genauso wenig. Menschen bezeichneten sie als hochbegabt, aber war sie das wirklich, oder konnte sie einfach nur Dinge gut wiedergeben?

Als sie gerade in einem Rittersaal angekommen war, klingelte das Telefon. Iris hatte es extra in ihr Zimmer mitgenommen und neben das Bett gelegt. Sie guckte aufs Display. Nummer unbekannt.

Einen kurzen Moment lang zögerte sie. Das war wahrscheinlich die Schule, die wegen ihrer Klassenarbeit anrief. Wenn sie nicht ranging, würde man sie später nochmals anrufen, wenn ihre Mutter auch zu Hause war. Wenn sie jetzt ranging …

»Hallo?«

»Frau Goudhaan?«

»Ja?«, antwortete Iris langsam. Ihr Herz schlug ihr nicht nur bis zum Hals, sondern es wummerte in ihrem gesamten Körper. Iris zitterte am ganzen Leibe.

»Hier ist Frau Kroon von der Leidsche Rijn Schule. Es geht um Ihre Tochter.«

Oh nein! Sie hatte gehofft, es wäre die Sekretärin oder vielleicht auch der Direktor, den sie nur ein Mal getroffen hatte. Aber es war Frau Kroon selbst. Ob sie wohl ihre Stimme erkennen würde?

»Was ist denn mit meiner Tochter?«, fragte Iris. Sie tat erschrocken. »Ist etwas passiert?«

»Nein, keine Sorge«, beruhigte sie Frau Kroon. »Es ist nichts. Nur ... Iris ist ein wirklich schlaues Mädchen, Frau Goudhaan, viel schlauer, als ihr wahrscheinlich selbst bewusst ist. Und auf jeden Fall schlauer als ihr Bruder. Leider neigt sie dazu, sich in der Klasse sehr zurückzunehmen und sich kleiner zu machen, als sie ist. Das ist in der letzten Zeit noch schlimmer geworden seit ... seit dem Tod ihres Vaters.«

Selbstmord, dachte Iris. Sag doch, wie es ist, Papa war suizidal.

»Heute ...«, fuhr Frau Kroon fort. »Ihre Tochter hat abgeschrieben. Ich weiß nicht, wie sie es gemacht hat, aber die Antworten in ihrer Klassenarbeit waren zu wortwörtlich. Sie ...«

»Meine Tochter schreibt nicht ab!«, widersprach Iris, etwas heftiger als geplant. Sie wusste sofort, dass das ein Fehler war, denn Frau Kroon fragte argwöhnisch: »Entschuldigung? Ich versuche, Ihnen deutlich zu machen, dass ...«

Einen Moment lang herrschte Stille.

»Iris? Bist du das?«, fragte Frau Kroon.

Iris nahm den Hörer vom Ohr und drückte schnell auf die rote Taste. Wie blöd von ihr! Sie wollte die Situation entschärfen, aber nun hatte sie alles noch schlimmer gemacht! Sie warf das Telefon aufs Bett und klappte ihren Laptop zu. Kurz darauf klingelte es wieder. Diesmal ging Iris nicht ran.

Und was sollte sie jetzt machen?

Die beste Art, ihre Mutter zu besänftigen, war, für sie zu kochen. Wenn Iris auch kein großes Repertoire an Gerichten hatte, so konnte sie wenigstens eine köstliche Lasagne zubereiten, mit frischen Teigblättern und selbst gemachter Béchamelsoße. Glücklicherweise war gleich um die Ecke ein Supermarkt, und ihre Mutter hatte vorausschauend in der Küche eine Dose mit Haushaltsgeld stehen – falls Iris die Kochlust überkam.

Die Lasagne stand genau eine halbe Stunde im Ofen, als Iris die Tür mit einem lauten Knall ins Schloss fallen hörte. Ihre Mutter trat mit unbewegtem Gesicht in die Küche.

»Mama?«

»Kommst du kurz mit ins Wohnzimmer?«

»Ich habe Lasagne gemacht, Mama«, wagte Iris einen vorsichtigen Versuch.

»Bitte, setz dich, Iris.« Ihre Mutter ging aus der Küche.

Iris merkte, dass sie wütend wurde. Sie lief ihrer Mutter hinterher und schrie: »Mama, du weißt, dass ich nicht abgeguckt habe! Warum glaubst du dieser blöden Kroon eher als mir? Weißt du, was sie getan hat? Sie hat meine Klassenarbeit zerrissen, Mama! Vor allen anderen. Sie ...«

»Justin wird vor dem französischen Gericht angeklagt, Iris. Er wird des Terrorismus' beschuldigt. In seinem Hotelzimmer wurde eine Bombe mit seinen Fingerabdrücken drauf gefunden.«

Iris verschlug es für einen Moment die Sprache. »Was sagst du da? Eine Bombe?«

»Setz dich.«

Iris ließ sich neben ihrer Mutter aufs Sofa fallen. »Also, was genau ist passiert?«

»Ich habe einen Anruf aus Paris bekommen, vom niederländischen Botschafter. Justin wird ein versuchter Mordanschlag auf den französischen Präsidenten vorgeworfen. In Kürze muss er vor Gericht erscheinen.«

»Justin?«

»Ich weiß, wie schwer vorstellbar es ist, Iris.«

Genau das ist das Problem, dachte Iris. Nach allem, was Justin in den letzten Monaten verbockt hatte, fiel es ihr gar nicht schwer, selbst diese bizarre Nachricht zu glauben. »Und was droht ihm im schlimmsten Fall?«

»Sie fordern vier Jahre Gefängnis«, antwortete ihre Mutter und brach in Tränen aus.

Die Lasagne war nur ein kleines bisschen angebrannt. Zum zweiten Mal an diesem Tag saßen Mutter und Tochter schweigend am Tisch. Sie kauten lustlos, »mit spitzen Zähnen«, wie ihre Oma gesagt hätte. Wieder einmal wurde Iris mit den zwei leeren Küchenstühlen konfrontiert. Iris' Mutter hatte kurz nach dem Tod (Selbstmord) des Vaters einen Stuhl weggestellt. Iris war hysterisch geworden und hatte ihre Mutter aufgefordert, den Stuhl auf der Stelle wieder zurückzustellen. Inzwischen war sie so weit, dass sie am liebsten beide Stühle eigenhändig zum Sperrmüll bringen würde.

»Die *Fabulous four*, erinnerst du dich, Mama?«

»Hmm?«

»Die fantastischen Vier, so hat Papa uns doch genannt. Nach den Beatles.«

»Ja.« Die Stimme ihrer Mutter war kaum zu hören.

»Was ist dann passiert, Mama?«

»Sie haben sich getrennt. Kurz darauf wurde John erschossen.« Ihre Stimme klang monoton.

»Ich meine uns, Mama, nicht die Beatles. Was ist mit uns passiert?«

»Dein Vater ist vor den Zug gesprungen. Dein Bruder will die Welt mit Bomben verbessern. Und wir beide ... wir sitzen an einem leeren Küchentisch und essen angebrannte Lasagne.«

Iris erblasste. Einen kurzen Moment lang wollte sie ihre Mutter in den Arm nehmen, so wie sie es immer tat, wenn diese ihre Tiefs hatte. Aber ihre frostige Reaktion traf Iris dieses Mal mit voller Wucht. In einem einzigen Satz hatte ihre Mutter zusammengefasst, wie ihre einst glückliche Familie zerbrochen war.

»Immer dreht sich alles nur um dich«, erwiderte Iris, mit ebenso ruhiger, monotoner Stimme. Iris fehlte die Energie, um wütend zu werden. Sie schob ihren Stuhl zurück und stand auf.

»Ich bin in meinem Zimmer.«

Sie war schon fast aus der Tür, als ihre Mutter fragte: »Was war denn jetzt mit Frau Kroon?«

Iris machte sich nicht die Mühe, die Frage zu beantworten.

In ihrem Zimmer musste sie sich entscheiden zwischen Fernsehen, einem Buch lesen oder *Superhelden* weiterspielen. Sie entschied sich für Letzteres, seit dem Tod ihres Vaters konnte sie sich schlecht konzentrieren.

Iris lag in ihrer Lieblingsposition auf dem Bett, bäuchlings, den Laptop vor sich aufgeklappt. Sie dachte an Justinimgefängnisihrvatervormzugihremutterwütendwegenfraukroon.

Nein! Konzentration, bitte!

In dem Raum gab es ein kompliziertes Schiebepuzzle mit Totenköpfen, mit dem Iris eine Weile beschäftigt war. Jedes Mal, wenn sie eine Reihe gelöst hatte, tauchte wieder eine neue auf. Und wieder eine. Und wieder eine. Dann geschah nichts mehr.

Eine Tür öffnete sich.

Endlich, das nächste Level!

Doch anstatt ihren Avatar weiter zu bewegen, lief Iris nach unten, wo ihre Mutter die Küche aufräumte.

»Machst du jetzt etwas?«, fragte Iris schroff.

»Rede nicht in so einem Ton mit mir, mein Fräuleinchen.«

»Fräuleinchen?«

»Ja, Fräuleinchen.«

Iris musste anfangen zu lachen, obwohl es das Letzte war, wonach ihr der Sinn stand. »Fräuleinchen? Kommst du aus dem letzten Jahrhundert?«

»Wäre es dir lieber, wenn ich dich ›ungehobelter Rüpel‹ nenne?«

»Nein, schon gut. Sag ruhig Fräuleinchen. Aber ich meinte es ernst: Ob du noch was machen wirst?«

»Was meinst du denn damit?«

»Ob du etwas unternehmen wirst, Mama. Wegen Justin.«

Ihre Mutter, die gerade dabei war, die Spülmaschine einzuräumen, hielt mit einem schmutzigen Teller in der Hand inne. »Was um alles in der Welt könnte ich denn tun?«

»Die Botschaft anrufen?«, schlug Iris vor.

»Nein, das kann ich nicht ... Obwohl ... so eine schlechte Idee ist das vielleicht gar nicht!«

»Fräuleinchen?«

Jetzt musste ihre Mutter selbst lachen. »Fräuleinchen.«

»Gut, dann spiele ich jetzt weiter.« Iris goss sich ein Glas Cola ein und rannte damit die Treppe hoch (wobei sie gut darauf achtete, nichts zu verschütten).

Dass Iris sich um ihre Mutter und ihre apathische Haltung Sorgen machte, war inzwischen völlig normal, darum hatte sie in ihrem Kopf dafür einen speziellen Platz eingerichtet: ein Schränkchen, in dem sie all ihre Sorgen verstaute, wenn sie gerade keine Lust darauf hatte – so wie jetzt.

Während sie unten gewesen war, hatte sie das Spiel nicht unterbrochen, aber zum Glück waren in der Zwischenzeit keine Spinnen gekommen, um ihren Avatar aufzufressen. Die Tür stand noch immer offen. Iris legte ihre Finger auf die Tastatur und ließ ihre Figur vorwärtsgehen.

Der Saal war nicht ganz so groß wie die Grotte mit dem Berg und dem Labyrinth, dennoch war er riesig.

»Grün, grün, grün sind alle meine Kleider ...«, summte Iris, als ihre virtuelle Persönlichkeit den Raum betrat.

Alles im Saal war grün. Der Boden war grün, er war mit grünen Smaragden ausgelegt, und die Fugen zwischen den grünen Steinchen leuchteten grün auf.

Die Wände waren grün, genau wie die gewölbte Decke. Doch Iris Blick wurde unwillkürlich auf den riesigen, steinernen Thron in der Mitte des Raumes gelenkt.

Über dem Thron schwebte ein Kopf – genauer gesagt war es ein Feuerball. Dies war der einzige Gegenstand im Raum, der gelb war und nicht grün, und er strahlte hell. In dem Feuerball *schwebten* Augen und ein Mund, so musste man es wohl beschreiben.

Iris war froh, dass alles nur ein Spiel war. Das hier war kein Kopf, dem sie in Wirklichkeit begegnen wollte.

»WILLKOMMEN, IRIS GOUDHAAN«, sprach der Feuerball mit einer mechanischen Stimme, die nicht zu dem Kopf passte. »WILLKOMMEN AUF PALA. MEIN NAME IST MR OZ.«

Iris stellte die Lautstärke an ihrem Laptop etwas leiser und ließ ihren Avatar gemächlich im Raum auf und ab gehen, auf der Suche nach einem Hinweis. Der Feuerball folgte ihren Bewegungen und drehte sich mit, dahinter musste ein gekonnter Algorithmus stecken.

»MR OZ IST HIER«, sprach der Kopf. Klang die Stimme ein wenig verärgert?

Iris drückte auf den Trackball und sah zu, wie ihr Avatar dem Feuerkopf fröhlich zuwinkte.

»DU BRAUCHST NICHT WEITER ZU SUCHEN. DAS SPIEL IST ZU ENDE. DU HAST GEWONNEN.«

Die Stimme ging einem durch Mark und Bein. Iris stellte das Volumen noch ein Stück leiser. Am unteren Rand des Bildschirms gab es ein Textfeld, in das die Spieler selbst etwas eintippen konnten. Iris schrieb: »Und jetzt?«

»JETZT WIRD MR OZ DIR EIN ANGEBOT MACHEN.«

Was? Iris war automatisch davon ausgegangen, dass sie es mit einem programmierten Spielcharakter zu tun hatte – so wie die Spinne einer gewesen war. Deshalb hatte sie gar nicht mit einer Antwort gerechnet. Und woher kannte er überhaupt ihren Namen? Ihr Avatar hieß Iduna Rothaarig, ihr selbst gewählter *Nickname* im Internet. Saß dort wirklich jemand auf der anderen Seite und tippte? Aber selbst wenn es so wäre: Woher wusste dieser jemand, wer sie war?

»Wer sind Sie?«

»MEIN NAME IST MR OZ.«

»Ja, das habe ich begriffen, aber wer sind Sie in Wirklichkeit?«

»WILLST DU DAS TATSÄCHLICH WISSEN, IRIS?«

Ja, Mann, dachte Iris, sonst würde ich wohl kaum fragen. Sie tippte: »Ja.«

»SUPERHELDEN SPIELT MAN WELTWEIT. NUR WENIGE ERREICHTEN DAS ZIEL IN DER ZEIT.«

»Das reimt sich«, kicherte Iris, aber sie tippte es lieber nicht in das Feld.

»ALLE GEWINNER KAMEN NACH PALA.«

Pala, das war die Insel, auf der das Spiel stattfand, das wusste sie doch. Nun rede schon weiter, Mann!

»MR OZ WILL, DASS DU HERKOMMST. DANN KANN MR OZ DIR ZEIGEN, WER ER WIRKLICH IST.«

»Wohin?«

»NACH PALA.«

»Aber ich bin doch auf Pala?«

»DIE ECHTE INSEL IM GROSSEN OZEAN.«

»Es gibt Pala wirklich?«

»ES GIBT SIE WIRKLICH. MR OZ IST ECHT.«

»Hm ..., dann habe ich also eine Reise gewonnen?«

»SO KANNST DU ES AUCH NENNEN.«

»Cool! Und was muss ich nun machen?«

»ICH MAILE DIR DIE KOORDINATEN VON DEM ORT, AN DEM DU DICH MORGEN MELDEN SOLLST, IRIS GOUDHAAN.«

»Melden? Das wird wohl schwierig. Ich gehe morgen normal in die Schule. Wenn ich echt eine Reise gewonnen habe« – und das glaubte sie, um ehrlich zu sein, nicht im Traum –, »dann schick mir die Tickets doch einfach zu. Ich muss gehen. Tschüs, Mr Oz.«

»IRIS GOUDHAAN, WILLST DU DEINEN BRUDER WIEDERSEHEN?«, hallte die Stimme durch den Saal und aus den Lautsprechern des Computers.

Ihren Bruder Justin? Was war das denn jetzt, woher wusste er ...? »Was soll das heißen?«, tippte sie.

Der Feuerkopf wiederholte seine Frage: »WILLST DU DEINEN BRUDER WIEDERSEHEN?!«

»Ja«, antwortete Iris.

»DANN SOLLTEST DU DIR LIEBER MEINEN VORSCHLAG ANHÖREN.«

Iris hörte sich Mr Oz' Geschichte an.

»Und woher weiß ich, dass es stimmt, was Sie mir erzählen?«, fragte Iris schließlich.

Mr Oz antwortete nicht. Stattdessen drehte er seinen Kopf zur hinteren Wand des Saales. Dort leuchtete ein Bildschirm auf – selbstverständlich in grün –, auf dem nun ein Film gezeigt wurde.

»Oh, mein Gott, Justin?«

Da saß Justin. Er hatte den Kopf auf den Tisch, auf seine verschränkten Arme gelegt. *(Schlief er? War er tot?)* Die Zelle, in der er sich befand, war spartanisch eingerichtet. Es gab keine vergitterten Fenster oder Graffitis an der Wand, wie man das aus Filmen kannte, sondern nur einen Tisch, einen zweiten Stuhl und die Zahl Drei, die jemand an die Wand gemalt hatte.

Justin hob den Kopf. Er war es, zweifellos. Seine langen Haare, die Lederjacke, die Iris mit ihm zusammen gekauft hatte – es war unverkennbar ihr Bruder. Nur der Bart war neu.

Dennoch sah Justin aus wie ein Schatten seiner selbst. Er hatte tiefe Ringe unter den Augen – ein Zeichen für schlaflose Nächte und für mehr Sorgen, als ein Achtzehnjähriger normalerweise haben sollte.

»Was hast du mit ihm gemacht?«, fragte Iris.

»NICHTS. DAS SIND VIDEOBILDER AUS FRANKREICH. MR OZ HAT BEZIEHUNGEN.«

»Kann Mr Oz ihn freibekommen?«

»MR OZ KANN ALLES.«

»Und was muss ich tun?«

»DU HAST ZWÖLF STUNDEN ZEIT, UM DIR EIN SMARTPHONE ZU BESCHAFFEN. HIER IST DER CODE: N 52 5.260, E 5 7.170.«

Bevor Iris eine Antwort tippen konnte, flackerte der Kopf wie eine Flamme im Wind und verschwand. Auf dem Bildschirm zoomte die Kamera näher an ihren Bruder heran. Erst jetzt sah sie, dass sein linkes Auge blau war. Auf der Stirn hatte er eine Schnittwunde.

Justin schaute ausdruckslos vor sich hin – Ein Familienmerkmal der Goudhaans: Was auch immer passierte, man ließ sich nichts anmerken.

»Was um alles in der Welt haben sie mit dir angestellt, Justin?«, murmelte Iris. »Und was hast du angestellt?«

Justin machte sich Gedanken um das Klima, die Bio-Industrie und Politiker, denen Macht wichtiger war als das Wohlergehen der Menschen. Er trat Greenpeace bei und wurde aktives Mitglied der Jugendorganisation einer politischen Partei.

Er schrieb einen Artikel für die Zeitung, in dem er sich dafür aussprach, dass es eine gesetzliche Regelung geben sollte, Kinder als Vegetarier aufwachsen zu lassen. Bis sie dann mit sechzehn selbst die Entscheidung treffen könnten, ob sie Fleisch essen wollten oder nicht. Justin war dafür, dass auf Fleischverpackungen eine Warnung stehen sollte, so wie man es von Zigarettenpackungen kannte: »Fleisch schadet der Gesundheit unseres Planeten.«

Manchmal stimmte Iris seinen extremen Ansichten zu, oftmals hielt sie diese aber auch einfach für Geschwätz. Ideale zu haben war schön und gut, aber in der Umsetzung brauchte es einfach viel Zeit, um die Menschen wirklich zu verändern. Justin verstand das nicht, er wollte immer alles sofort.

Nach dem Selbstmord ihres Vaters wurde Justin radikaler. Er schrieb nicht mehr und ging von der Schule ab. Ihre Mutter protestierte nicht einmal, sie hatte zu viel mit ihren eigenen Problemen zu kämpfen. Justin kam immer seltener nach Hause, und schließlich verschwand er nach Amsterdam, wo er zusammen mit seinen »Freunden« ein Haus besetzte.

Und jetzt saß er in einem Gefängnis in Frankreich, weil er den französischen Präsidenten mit einer Bombe in die Luft jagen wollte. Auf dem Bildschirm sah man nun Justin ausgestreckt auf dem Boden liegen. Er starrte an die Decke. Und Iris wiederum starrte ihren Bruder an. Woher hatte Mr Oz diese Bilder, und was wollte er von ihr? Wie konnte sie ihrem Bruder helfen?

Iris wurde verrückt von all den Fragen, auf die sie keine Antwort wusste. Sie musste sich auf das Wesentliche konzentrieren. Sie musste versuchen, an ein Smartphone zu kommen.

Sie klappte ihren Laptop zu und ging nach unten.

Ihre Mutter hatte ein iPhone, aber das durfte sie bestimmt nicht nehmen. Und kaufen konnte sie sich auch keines – die Dinger kosteten locker fünfhundert Euro! Iris öffnete die Wohnzimmertür.

»Mama?«

Ihre Mutter war am Telefon. Unruhig lief sie im Zimmer auf und ab und machte Iris ein Zeichen, dass sie still sein sollte. Von Zeit zu Zeit murmelte sie etwas ins Telefon, aber ganz offensichtlich wurde das Gespräch von der Person auf der anderen Seite der Leitung geführt. Ihre Mutter telefonierte auf dem Festnetz. Das Mobiltelefon musste also woanders liegen.

Iris ging direkt weiter in die Küche, um Kaffee aufzusetzen. Mit einem Auge schielte sie nach der Handtasche ihrer Mutter, konnte sie aber nirgends entdecken. Mit zwei Bechern Kaffee mit aufgeschäumter Milch in der Hand ging sie ins Wohnzimmer und stellte die Becher auf den Couchtisch. Ihre Mutter legte auf.

»War das das Konsulat?«, fragte Iris.

»Ja. Sie haben keine Ahnung, wo Justin im Gefängnis sitzt. Sie tun zwar so, als wäre das eine Angelegenheit der nationalen Sicherheit. Aber meiner Meinung nach wissen sie es einfach selbst nicht. Sie vermuten, dass der französische Geheimdienst ihn festhält. Ich habe eine Anwältin gesprochen, eine Niederländerin, die in Paris lebt. Sie versucht jetzt herauszufinden, wo er ist. Die Franzosen wollen allerdings nicht mit ihr sprechen.«

»Und wenn du selbst nach Frankreich fährst?«, fragte Iris, der plötzlich ein Geistesblitz kam.

»Hm, ja, das wäre eine Idee. Ich bin seine Mutter, mich kann der Geheimdienst doch wohl nicht abweisen?« Ihre Stimme klang verzweifelt.

»Wann fährst du los?«, fragte Iris etwas zu eifrig. Zum Glück fiel ihrer Mutter das nicht auf.

»Ich würde nachsehen, ob es morgen früh einen Flug gibt. Könntest du vielleicht bei Eveline übernachten?«

»Bestimmt. Soll ich sie gleich mal fragen?«

Ihre Mutter nickte und nahm ihre Laptoptasche. Dabei erhaschte Iris einen Blick auf ihr iPhone, das in einem Seitenfach steckte. Während ihre Mutter versuchte, online einen Flug zu buchen, schickte Iris Eveline eine SMS. »Kannst du für mich lügen und sagen, dass ich morgen bei dir übernachte?«

»Na klar«, schrieb Eveline ein paar Sekunden später zurück. »Hast du ein Date mit dem süßen Jungen vom Schulhof?«

»So in etwa«, antwortete Iris. Sie steckte ihr Handy wieder ein und sagte: »Kein Problem, ich kann morgen nach der Schule zu ihr gehen.«

»Gut. Iris? Was ich da gesagt habe ..., das war dumm, und ... es tut mir leid, ja?«

Iris zuckte mit den Achseln. »Okay.«

»Ich war einfach ziemlich von der Rolle, aber ich hätte mich nicht so gehen lassen dürfen«, meinte ihre Mutter.

»Erinnerst du dich daran, was die Sozialarbeiterin nach der Beerdigung zu dir gesagt hat?«

Ihre Mutter sah sie traurig an. »Denk an deine Kinder, hat sie gesagt ...«

»Dann fang mit Justin an.« Iris zeigte auf das Telefon.

Ihre Mutter buchte einen Flug für den nächsten Morgen um sechs Uhr. Iris konnte also unbemerkt die Schule schwänzen.

Am Abend vor dem Abflug wagte Iris einen vorsichtigen Versuch: »Mama, kann ich ein Smartphone haben?«

»Nein.«

»Warum nicht?«

»Smartphones sind teuer.«

»Darf ich dann das von dir leihen?«

»Nein! Ohne mein Telefon bin ich aufgeschmissen, vor allem jetzt. Ich muss erreichbar sein, Iris. Wofür brauchst du denn überhaupt ein Smartphone?«

»Nur so.«

»Nur so?«

»Ja, nur so.«

»Oh, ich verstehe, dann darfst du es natürlich haben.« Ihre Mutter lachte.

»Wirklich?«

»Nein, natürlich nicht, mein Schatz.«

»In der Schule haben alle Smartphones.«

»In der Schule haben alle ausrangierte Nokias oder LGs, genau wie du.«

»Aha, ausrangiert bin ich also?«

»Willst du dich streiten, Iris? Ich kann dir auf jeden Fall versichern, dass du für deinen Wunsch keinen besseren Zeitpunkt hättest wählen können als jetzt. In diesem Moment gibt es tatsächlich wichtigere Dinge als ein Smartphone!«

Iris verkniff sich die Antwort. Aber ich brauche das Smartphone, um Justin zu befreien, Mama!, hätte sie am liebsten geschrien. Wenn du es nicht schaffst, ist das seine letzte Chance!

Doch Iris biss sich auf die Lippen. Stattdessen fragte sie: »Wann bist du denn wieder zurück?«

»Weiß ich nicht. Meinst du, dass Evelines Mutter was dagegen hat, wenn du ein paar Tage bei ihnen bleibst?«

Iris schüttelte den Kopf.

Gähnend kam Iris die Treppe herunter in die Küche. Es war vier Uhr morgens, ihre Mutter würde sich gleich auf den Weg zum Flughafen machen.

Nervös lief Frau Goudhaan vom Wohnzimmer in die Küche. Sie trug Jeans und einen bequemen Pullover. Da stand ihr Koffer, der so klein war, dass er als Handgepäck durchging.

»Hast du mein Telefon gesehen?«

»Ebenfalls gute Nacht.«

»Ja, guten Morgen, tut mir leid. Hast du mein iPhone gesehen?«

Iris schloss einen kurzen Moment lang die Augen, dann schüttelte sie den Kopf. »Seit gestern nicht mehr. Ist es nicht in deiner Tasche?«

»Nein, ich habe wirklich überall gesucht.«

Iris zuckte mit den Achseln und hoffte, dass sie nicht rot wurde.

»Du hast es dir doch nicht etwa genommen, oder?«, fragte ihre Mutter.

»Was soll ich denn mit deinem iPhone?«

»Na ja, gestern hast du noch darum gebettelt.«

»Ich bin schließlich ein Teenager. Jeden Tag will ich etwas anderes. Heute will ich übrigens eine Xbox. Darf ich eine Xbox haben, Mama?«

»Iris, hör auf. Hilf mir lieber, mein iPhone zu suchen.« Iris ging einmal durchs ganze Haus und hielt Ausschau nach dem verschwundenen iPhone. Draußen hupte ein Auto.

»Mist! Da ist schon das Taxi!«, rief ihre Mutter. »Ich muss los, sonst verpasse ich das Flugzeug.«

»Wenn du willst, kannst du mein Handy mitnehmen.«

»Nein, ich will mein eigenes Handy! Damit kann ich auch mailen.« Sie klang wie ein kleines Kind, das seinen Willen nicht bekam.

»Hast du dich schon selbst angerufen?«

»Ja, aber es geht nur meine Mailbox an. Wahrscheinlich ist der Akku leer.«

Der Taxifahrer hupte zum zweiten Mal.

»Verflixt, ich muss wirklich los.«

Iris nahm ihr Handy und überreichte es ihrer Mutter. »Hier.«

Ihre Mutter gab auf und nahm das Handy. »Ist gut. Solltest du meins finden, rufst du mich dann bitte gleich an, mein Schatz?«

»Na klar, Mama, es wird alles gut. Und nun geh, Justin wartet.«

Iris' Mutter gab ihr schnell einen Kuss auf die Wange und griff nach ihrem Koffer. »Ich rufe dich heute Abend bei Eveline an, ja?«

»Ist gut. Jetzt geh schon.«

Dann war ihre Mutter aus der Tür, Iris winkte ihr nach. Erst als das Taxi nicht mehr zu sehen war, zog sie das iPhone ihrer Mutter hervor und schaltete es ein. Natürlich hatte sie den PIN-Code ihrer Mutter im Kopf. Die Batterieanzeige stand bei hundert Prozent, Iris hatte das Handy die ganze Nacht über aufgeladen.

Iris wusste inzwischen, was die Zahlen von Mr Oz bedeuteten. Sie hatte sie in die Google-Suchmaschine kopiert und war bei Google Maps gelandet. Es schienen Koordinaten zu sein, genauer gesagt Koordinaten vom Springweg in Utrecht.

Sobald die Schule öffnete, würde sie im Sekretariat anrufen und sagen, ihre Tochter Iris sei heute krank und müsse zu Hause bleiben. Bei mehr als achthundert Schülern war es unwahrscheinlich, dass die Sekretärin ihre Stimme erkennen würde. Sie fühlte sich wie eine Lügnerin und Betrügerin.

Dann schaute sie auf die Uhr. Gleich halb fünf. Mit etwas Glück konnte sie noch drei Stunden schlafen. Iris unterdrückte ein Gähnen und ging ins Bett.

PERSONENANZAHL: 2

»Ich schlafe nicht mit dir in einem Bett, Alex.« Fiber sah Alex ein wenig mitleidig an, als wäre er ein Bettler, der von ihr einen Zloty verlangte.

»Und wie stellst du es dir sonst vor, Marthe? Dass ich auf der Bank dort drüben schlafe? *No way*, selbst wenn ich mich komplett zusammenfalte, passe ich da nicht drauf!«

»Von mir aus schläfst du dann eben auf dem Boden, jedenfalls nicht neben mir im Bett.«

»Marthe, *please* ...« Wenn kein anderer dabei war, nannte Alex sie eigentlich selten Fiber.

»Marthe, plieeeesss!«, machte Fiber ihn mit kindischer Stimme und polnischem Akzent nach. »Vergiss nicht, du bist sechzehn, Alex. Und ein Junge.« Und ich weiß, wie du mich manchmal ansiehst, wollte sie eigentlich noch hinzufügen.

Lang ausgestreckt lag sie auf dem Doppelbett. Die Tasche mit ihren Klamotten hatte sie neben sich gestellt, sodass auf dem Bett kein Platz mehr war. Alex stand am Fußende und wurde allmählich wirklich wütend. Sie schlug keusch ihre Beine übereinander – obwohl sie ohnehin Leggings unter ihrem Rock trug und absolut nichts zu sehen war.

»Bilde dir bloß nichts ein, *Viper*«, zischte er ihr zu. Er wusste, dass sie es nicht leiden konnte, wenn er sie Schlange nannte. »Als wärst du der erste und einzige Goth auf Erden.« Mit einem dramatischen Abgang verließ er das Zimmer.

Fiber seufzte, klappte ihren Laptop auf und versuchte, mit Mr Oz Kontakt aufzunehmen.

Ihr Budget von Mr Oz hätte ausgereicht, um sich zwei Zimmer in einem einfachen Hotel zu mieten. Alex hatte aber für Marthe mitentschieden, lieber das gesamte Geld in eine Luxussuite im *Grand Hotel Karel V* zu investieren. Zugegeben, er hatte tatsächlich gehofft, dass sie sich heute Abend küssen würden. Auch wenn er nicht in Marthe verliebt war, hatte sie schon recht: Er war eben einfach ein Junge. Und auf der Insel liefen zwar ein paar hübsche Mädchen herum, aber dort gab es überall Kameras.

Jetzt stand er unschlüssig auf dem Flur. Zurück ins Zimmer gehen war keine Option, doch was sollte er sonst machen? Gegessen hatten sie bereits – Hamburger bei *McDonald's* –, und der Abend war noch jung. Es war ziemlich unwahrscheinlich, dass sie heute Abend noch etwas von Iris hören würden. Also beschloss er, nach unten zu laufen, um etwas zu trinken.

Das Hotel befand sich im Zentrum von Utrecht. Es bestand aus mehreren zusammengehörigen Gebäuden. Als Londoner ließ sich Alex nicht besonders schnell von historischen Bauwerken beeindrucken, aber das Hotel sah schon wirklich toll aus, das musste er zugeben. Er und Marthe übernachteten in einer der kaiserlichen Suiten im napoleonischen Flügel des Hauses. Marthe hatte das Zimmer als »Superkitsch« bezeichnet, doch Alex mochte den barocken Stil. Nur diese elende Holzbank, darauf konnte er beim besten Willen nicht schlafen.

Alex setzte sich an einen Tisch in der Brasserie und bestellte ein Bier. Er war davon ausgegangen, dass sie nach seinem Ausweis fragen würden, aber das taten sie nicht. Natürlich nicht, sie waren schließlich in Holland. Die Kellnerin war ein hübsches, blondes Mädchen, das mit mäßigem Erfolg versuchte, ihre schlanke Figur unter einer grünen Schürze zu verbergen. Sie empfahl Alex die *Bitterballen*, kleine Krokettbällchen, an denen er sich direkt die Zunge verbrannte.

Nach seinem dritten Bier fing Alex allmählich an, sich zu entspannen. Er beschloss, einen Film zu sehen. Gegenüber vom Hotel war ein kleines Kino, in dem sie *The Bourne Identity* zeigten, einen seiner Lieblingsfilme. Es ging um einen Spion mit Gedächtnisverlust, der gegen seinen Willen auf Missionen geschickt wurde. Alex konnte sich gut in seine Lage hineinversetzen.

Als er gerade nach der Rechnung fragen wollte, vibrierte sein Smartphone. Eine SMS von Marthe, die wissen wollte, wo er war. Einen kurzen Moment lang zögerte er, ob er ihr antworten sollte, dann schrieb er knapp »Brasserie«. Vielleicht wollte sie ihn ja doch.

»Wir gehen davon aus, dass Iris sich morgen früh melden wird«, eröffnete Fiber das Gespräch. Sie saß Alex gegenüber am Tisch, vor ihr ein Glas Cola. Um irgendwelche blöden Kommentare zu vermeiden, hatte Alex sein Bierglas direkt abräumen lassen und sich dafür eine Fanta Cassis bestellt. Marthe schien es allerdings ohnehin nicht zu interessieren, was er trank.

»Sie kommt zu uns? Freiwillig? Das hat es noch nie gegeben.«

»Du weißt ja auch gar nicht, was es mit ihr auf sich hat, oder?«, fragte Fiber. »Warum sie so besonders ist?«

»Ich weiß nicht mal, ob sie es wirklich ist. In ihrer Akte steht, sie sei hochbegabt, aber auf keinem Gebiet wirklich herausragend. Wahrscheinlich ist sie einfach faul.« Er trank einen Schluck von seiner Fanta. »Wo warst du eigentlich heute Nachmittag?«

»Wusstest du, dass das hier früher mal eine Klosterküche gewesen ist?«, fragte Fiber.

Alex starrte sie an. »Wenn du gerade versuchen willst, vom Thema abzulenken: *nice try* … Also, wo warst du?«

»Kannst du ein Geheimnis für dich behalten?«

Alex zuckte mit den Achseln. »Wem sollte ich denn schon was erzählen? Ich kenne hier doch nur dich.«

Fiber beugte sich zu ihm rüber und sagte: »Iris bekommt morgen eine Extraaufgabe, eine Art Schnitzeljagd *in real life*. Ich habe sie mir heute Nachmittag in der Stadt ausgedacht.«

»Und warum?«, fragte Alex. »Warum nehmen wir sie nicht einfach so mit?«

»Vielleicht sind die Zeiten schlichtweg vorbei«, antwortete Fiber. »Wie viele Kinder kann man denn heute noch unbemerkt verschwinden lassen? Tigerbaby war auch kein Erfolg, von Olina ganz zu schweigen.«

»Hmmm.« Alex trank sein Glas aus. »Glaubst du, Mr Oz will mich ersetzen, Marthe?« Dieser Gedanke spukte ihm schon lange im Kopf herum, sogar schon vor dem Drama in Ripley.

Fiber wich seinem Blick aus. »Willst du ein Bier trinken?«, fragte sie. Ohne seine Antwort abzuwarten, winkte sie die Kellnerin heran und bestellte zwei Bier. »Und gehst du danach auch ins Bett?«, fragte sie.

Alex grinste. Vielleicht würde der Abend ja doch noch nett werden.

* * *

Es war ein grauer, unfreundlicher Morgen. Iris schlug ihren Jackenkragen etwas höher und stieg auf ihr Rad.

Der Springweg war ungefähr fünf Kilometer von Leidsche Rijn entfernt. Nach einer halben Stunde bog Iris in die Straße ein. Sie kam am Spielzeugladen vorbei, in dem sie als kleines Kind oft mit ihrem Vater hineingeschaut hatte. Damals war er noch fröhlich gewesen, am Freitagnachmittag gingen sie gemeinsam in die Stadt. Justin war gerade in die Schule gekommen. Sie durfte sich dann im Laden ein kleines Spielzeug aussuchen, und danach tranken sie noch etwas zusammen im Café, draußen vor dem Kino. Ihr Vater bestellte aus Spaß für Iris Kaffee und für sich selbst eine Limonade. Jeden Freitag derselbe Witz.

Gegenüber vom Kino hielt Iris an. Und jetzt? Was sollte sie jetzt machen?

»Iris?«, fragte eine Mädchenstimme. Iris drehte sich um. Vor ihr stand ein junges Mädchen, sie war stark geschminkt, trug eine lederne Pilotenjacke und Jeans. Ihre Sonnenbrille hatte sie sich ins schwarz gefärbte Haar gesteckt. Nase und Lippen waren gepierct, und im Ohr blitzte ein kleines Metallstäbchen auf. Iris schätzte sie auf etwa fünfzehn. Hinter ihr stand der blonde Junge vom Schulhof.

»Ich bin Marthe«, stellte sich das Mädchen vor. »Aber nenn mich einfach Fiber. Die Missgeburt hier ist Alex.« Sie sprach Niederländisch mit einem leichten Akzent.

Der Junge nickte Iris etwas unsicher zu. »Hi«, murmelte er.

»Du warst bei meiner Schule«, sagte Iris. »Gehört ihr beiden zu Mr Oz?«

Fiber nickte. »Ich habe eine Aufgabe für dich. Genauer gesagt für dich und Alex.«

»Hä?«, fragte Alex erstaunt. »Was soll das denn jetzt?«

Fiber warf Alex einen flüchtigen Blick zu, dann erklärte sie kurz: »Tut mir leid, Alex, aber ich habe meine Anweisungen.« Nun wandte sie sich wieder an Iris. »Dürfte ich dann bitte dein Portemonnaie, deinen Pass und deinen Rucksack haben?«

»Und wofür, wenn ich fragen darf?«, erkundigte sich Iris misstrauisch. Sie kannte das Mädchen überhaupt nicht, und nun sollte sie der Fremden einfach ihre Sachen überlassen? Auf keinen Fall würde sie das tun.

»Wenn du deinen Bruder wiedersehen willst, gibst du mir jetzt deine Sachen.«

Iris zögerte.

»Wenn nicht, dann eben nicht. Mir ist es egal. Aber wenn du mitmachst ...«

Widerwillig überreichte Iris Fiber ihr Portemonnaie und den Rucksack.

»Und deinen Fahrradschlüssel.«

»Mein Pass ist zu Hause«, sagte Iris.

Fiber nickte. Sie sah das Portemonnaie kurz durch und steckte den Fahrradschlüssel in das Münzfach.

»Du auch, Alex.«

»Fiber, *what the fuck?*« Er hatte gewartet, bis Fiber mit dem rothaarigen Mädchen fertig war, aber jetzt war es an der Zeit, zu protestieren.

Fiber presste die Lippen zusammen und streckte die Hand aus. Schließlich reichte Alex ihr wütend seine Sachen: Portemonnaie, Pass, Kreditkarte. Autoschlüssel hatte er nicht, in den Niederlanden durfte man zwar mit sechzehn Jahren Bier trinken, doch Auto fahren war noch nicht erlaubt.

»Dein Handy darfst du behalten«, sagte Fiber. »So, dies hier ist die Aufgabe: Irgendwo in Utrecht liegt eine Bombe. Über dein Handy erhältst du Anweisungen, wie du dorthin kommst. In genau drei Stunden geht sie in die Luft. Wer als Erster die Bombe entschärft, hat gewonnen. Alex?« Sie wandte sich an ihren Partner. »Wenn Iris gewinnt, bist du kein Teamleader mehr, sondern ich.«

»Serpent«, zischte Alex ihr zu.

Fiber ignorierte ihn. »Iris?« Sie drehte sich zu dem verdutzten Mädchen um. »Wenn du gewinnst, ist dein Bruder auf der Stelle frei. Viel Glück, die Zeit läuft.«

Fiber griff nach ihrem eigenen Smartphone und drückte auf ein Icon. Eine Uhr begann rückwärts zu laufen – 3:00 zu 2:59:59, 2:59:58, 2:59:57. Alex' und Iris' iPhones piepsten einmal kurz auf, dann begann der Countdown auch bei ihnen herunterzuzählen.

»Ach ja, noch etwas«, sagte Fiber. »Die Bombe ist echt. Sollte keiner von euch beiden rechtzeitig vor Ort sein, wird es Tote geben.«

Iris rannte los.

»Fiber!«

»Alex, Mr Oz meint, es sei an der Zeit, dass du dich einmal selbst beweist. Hör auf zu jammern und fang an! Du hast noch zwei Stunden und neunundfünzig, nein, achtundfünfzig Minuten.«

Fiber drehte sich um und ging zurück zum Hotel, ohne sich noch einmal umzusehen. Erst als sie außer Sichtweite war, verlor sie die Beherrschung und fing an zu zittern. *»Mr Oz, Ty pieprzony gnoju«*, murmelte sie auf Polnisch. »Warum tust du mir das an, du entsetzlicher *dupek*!«

LIVE GESPIELT

Iris rannte fluchend aus dem Springweg. Das konnte doch nicht wahr sein! Hatte Mr Oz tatsächlich eine echte Bombe gelegt? War dieser Typ vollkommen wahnsinnig? Sollte sie die Polizei benachrichtigen?

Nein. Sie schüttelte den Kopf. Eigentlich war die Sache ganz einfach. Ob die Bombe nun echt war oder nicht. Wenn sie nicht echt war, passierte nichts, dann verplemperte sie drei Stunden ihres Lebens damit, durch Utrecht zu rennen. Im schlimmsten Fall blieb ihr Bruder im Gefängnis, und sie selbst würde von ihrer Mutter zur Rede gestellt werden, weil sie ihr Telefon geklaut hatte.

Wenn die Bombe nun aber doch echt war, dann hatte sie die nächsten drei Stunden lang die Chance, ihren Bruder zu befreien. Ihren Bruder, der eingesperrt war, weil er einen terroristischen Anschlag geplant hatte. Ihren Bruder, diesen Idioten. Aber eben doch irgendwie *ihr* Idiot.

Und wenn die Bombe wirklich hochging, würde es Tote geben.

Ihr blieb keine Wahl. Sie musste einfach so tun, als ob sie echt wäre. Und das bedeutete, dass sie etwas weniger als hundertachtzig Minuten Zeit hatte, die Bombe zu entschärfen.

Eine Bombe.

Iris schnappte sich ihr Handy und sah, dass sich auf dem Bildschirm nun ein zusätzliches Icon befand. Hm, wie hatten sie das denn gemacht? Sie klickte es an, und bekam die Zeit angezeigt, 2:53:23. Sieben Minuten waren vergangen. Unter den Ziffern war ein Foto von einer Statue zu sehen. Es war eine vergoldete Frauenfigur, die die Arme zum Himmel erhob. In jeder Hand hielt sie jeweils einen Gegenstand, den Iris nicht erkennen konnte. Unter dem Foto befand sich ein Textfeld, in das sie etwas eintippen konnte. Was, das wusste sie nicht, doch die Statue kam ihr bekannt vor. Sie hing am Giebel vom Schauspielhaus.

Iris steckte ihr Handy ein und rannte zur nächsten Bushaltestelle. Nachdem sie dort ein paar Minuten gestanden und gewartet hatte, fiel ihr auf, dass sowohl die Monatskarte als auch das Geld in ihrem Portemonnaie steckten.

Alex wusste, dass es sich um eine Statue handelte, aber das war bereits alles. Er war zum ersten Mal in seinem Leben in Holland, und Utrecht kannte er überhaupt nicht – abgesehen von den Straßen in nächster Nähe des Hotels. Darum sprach er einige Passanten an und zeigte ihnen das Foto. Die dritte Person konnte ihm weiterhelfen. Es war ein älterer Mann, der es etwas weniger eilig hatte als die anderen. In gebrochenem Englisch erklärte er ihm den Weg zum Schauspielhaus.

Zum Glück hatte Alex Google Maps auf seinem Smartphone, sodass er die Entfernung ungefähr einschätzen konnte.

Ein Auto zu klauen war zu riskant, und die Fahrräder waren hier alle gleich mit mehreren Schlössern angekettet. Ihm blieb also nichts anderes übrig, als zu rennen. Dabei gingen ihm düstere Gedanken durch den Kopf. Marthe musste gestern Abend schon über die Aufgabe informiert gewesen sein. Sie waren die ganze Nacht zusammen gewesen, und ihr Telefon hatte nicht geklingelt. Sie hatte nicht mit Mr Oz gesprochen, da war er sich ganz sicher. Demnach hatte sie gestern Abend gelogen. Sie wusste, was heute passieren würde, dieses Miststück. Schließlich hatte sie sich die Schnitzeljagd selbst ausgedacht. Alles deutete darauf hin, dass sie unbedingt Teamleaderin werden wollte. Ihre Freundschaft bedeutete Marthe anscheinend gar nichts.

Aber sie hatte recht: Er jammerte zu viel und nahm vieles zu ernst. Wenn er Teamleader bleiben und Mr Oz nicht noch einmal enttäuschen wollte, dann musste er als Erster die Bombe entschärfen – und danach klarmachen, wer hier der Chef war.

Der Gedanke, dass die Bombe vielleicht gar nicht echt sein könnte, kam ihm überhaupt nicht in den Sinn. Mr Oz war geisteskrank, das hatte Alex schon lange durchschaut. Geisteskrank und erbarmungslos. Wenn keiner von ihnen die Bombe entschärfte, würde es Opfer geben. Und irgendwie würde Mr Oz dann auch die Explosion wieder zu seinen Zwecken nutzen. Egal, was heute Mittag geschehen würde, es gab nur einen Gewinner.

Alex raste um die Kurve. Seiner Einschätzung nach waren es noch etwa fünf Minuten bis zum Schauspielhaus.

Iris war bereits beim Schauspielhaus angekommen. Es stand mitten im Zentrum der Stadt, am Rande eines Platzes, Lucasbolwerk 24. Um Zeit zu gewinnen, rannte sie quer über die Rasenfläche zum Theater. An der linken Wand hing die vergoldete Frauenfigur, und jetzt konnte Iris auch sehen, was sie in den Händen hielt: eine Maske und einen Zweig. Unter der Statue stand in feinen Buchstaben: »O KUNST DIE STYGT UIT 'T DWERELD LEVEN EN AAN DER TYDEN NOOD ONTGAAT«, was so viel hieß wie »Die Kunst übersteigt das weltliche Leben und entgeht den Zeiten der Not«.

Iris zog das Smartphone ihrer Mutter aus der Tasche und klickte auf das Textfeld. Sie tippte willkürlich ein paar Buchstaben ein, um herauszufinden, wie viel Platz sie zur Verfügung hatte. Nach dem fünften Buchstaben war schon Schluss. Fünf also. Es gab vier Wörter, die aus fünf Buchstaben bestanden: »Kunst«, »stygt«, »Leven« und »Tijden«. Iris tippte eines nach dem anderen in das Feld ein. Das dritte, »Leven«, war richtig. Das Foto der Frauenfigur verschwand, und stattdessen erschien ein neues Bild. Dieses Mal war es ein violett erleuchteter, unterirdischer Gang. Das Bild war irgendwie seltsam. Der Gang war aus Stein und wirkte mittelalterlich, doch die violetten Lampen, die den Gang erleuchteten, waren modern. Am Ende des Gangs liefen die Farben in Orange, Gelb, Grün und Blau über. Das Ganze hatte etwas Märchenhaftes, aber zugleich war es ein bisschen unheimlich.

Iris hatte keine Ahnung, wo der Gang sein könnte. Dieses Mal gab es auch kein Textfeld auf dem Bildschirm.

Die Zeitanzeige stand nun bei 2:24:53. Weniger als zweieinhalb Stunden blieben ihr übrig, dabei hatte sie doch gerade erst angefangen.

Mit wildem Blick schaute Iris sich um, auf der Suche nach irgendeinem Hinweis. Da entdeckte sie in der Ferne den blonden Jungen. Alex, so hatte Fiber ihn genannt. Vor zwei Tagen hatte sie ihn an der Schule gesehen. Wie lange beobachteten die beiden sie schon?

Zum wiederholten Male fragte Iris sich, was sie eigentlich von ihr wollten. Und was hatte es mit Alex auf sich? Er hatte genauso überrascht gewirkt wie sie, als er von der Aufgabe erfuhr. War das ein Trick, um sie anzutreiben? Dann war er jedenfalls ein guter Schauspieler, denn er schien wirklich wütend auf das Gothic-Mädchen zu sein.

Alles wichtige Fragen, aber nicht in diesem Moment. Jetzt musste sie erst einmal weiter. Iris rannte vom Schauspielhaus weg und hoffte, dass Alex sie dabei nicht sah. Sie tauchte hinter ein paar parkenden Autos ab und lief in geduckter Haltung weiter in Richtung Stadtmitte.

In Utrecht gab es viele Gebäude, die noch aus dem Mittelalter stammten. Die meisten davon standen im Stadtzentrum. Es war also durchaus möglich, dass der unterirdische Gang hier in der Nähe war. Das Schauspielhaus lag am Rande der Innenstadt. Ob sie einfach auf gut Glück dorthin zurückgehen sollte? Doch wenn sie sich täuschte, würde sie das sehr viel Zeit kosten.

Iris ging die Nobelstraat entlang. Dabei versuchte sie, sich eine Strategie zu überlegen.

Fakt: Sie hatte keine Ahnung, wo der Gang war.

Fakt: Einfach durch die Stadt irren und hoffen, dass sie durch Zufall am richtigen Ort ankam, war das Blödeste, was sie machen konnte.

Schlussfolgerung: Sie musste jemanden finden, der ihr half.

Es gab also zwei Optionen: Sie konnte Passanten ansprechen, in der Hoffnung, dass jemand den Ort kannte. Oder sie machte sich direkt auf die Suche nach einem Experten.

Frage: Wer kennt die Stadt wie seine Westentasche?

Antwort: Ein Ladenbesitzer aus der Gegend.

Zehn Minuten später kam Iris triumphierend aus einem Buchladen, den es schon seit 1865 gab. Der Besitzer brauchte nur einen Blick auf den Bildschirm ihres iPhones zu werfen, um zu verkünden: »Das ist der Tunnel unter dem Ganzenmarkt.« Das Foto schien Teil eines Kunstprojektes zu sein, bei dem verschiedene Künstler Lichtinstallationen aufgebaut hatten. Es war am Abend aufgenommen worden, daher hatte Iris den Tunnel nicht erkannt. Wahrscheinlich war sie schon tausend Mal daran vorbeigekommen, aber eben immer tagsüber.

Der Weg zum Tunnel ging schräg nach unten, direkt am *Utrechtse Kinderbuchladen* vorbei und führte zu den *Werfkelders*. Das waren unterirdische Vorratsräume, an denen die Schiffe früher direkt vom Wasser aus entladen werden konnten. Im Tunnel selbst befanden sich mehrere Metalltüren, die ganz offensichtlich zu den Läden über ihnen gehörten. Iris spähte durch eines der kleinen Fenster in den Türen und sah dort Kisten mit Kinderbüchern stehen.

Neben der Tür hatte jemand mit schwarzem Stift einen Code an die Wand geschrieben: »N 52 5 7.5, E 5 7 45.4«. Koordinaten! Iris zog ihr Handy aus der Tasche und tippte die Zahlen ein. Google Maps zoomte auf eine Karte und zeigte die Sternwarte Sonnenborgh. Sonnenborgh war von hier aus zu Fuß ein ganzes Stück entfernt.

Iris kam kurz in den Sinn, ob sie auf Alex warten und ihm vorschlagen sollte, zusammenzuarbeiten. Zu zweit würden sie einen viel größeren Aktivitätsradius haben. Wer weiß, wohin man sie noch überall schickte. Aber Iris verwarf die Idee gleich wieder. Das Risiko, dass er Nein sagen würde, war zu groß. Und dann hätte sie ihren Vorsprung verloren.

Auf einmal kam ihr eine Idee. Sie rannte aus dem Tunnel (nachdem sie sich vergewissert hatte, dass Alex ihr nicht folgte). Dann ging sie in den Kinderbuchladen, um sich einen schwarzen Stift auszuleihen. Aus der vierten Fünf konnte man problemlos eine Acht machen. Natürlich wusste sie nicht, ob sie Alex damit wirklich in die Irre leiten würde, doch verzögern würde es seine Suche bestimmt. Sie brachte den Stift wieder zurück und lief los in Richtung Sternwarte.

Alex tippte »Leven« in sein Handy und hatte damit direkt den Nagel auf den Kopf getroffen. Auf dem Bildschirm erschien das Foto eines hell erleuchteten Tunnels. Darunter stand »© Trajectum Lumen«. Alex startete das Internet auf seinem Smartphone und kopierte das lateinische Wort in das Google-Suchfeld. Ein paar Sekunden später las er die Beschreibung des Kunstprojekts und sah auf der Karte die verschiedenen Standorte der Kunstwerke. Einer davon war der Ganzenmarkt. Er ließ Google Maps die Route planen, während er schon mal in Richtung Zentrum trabte. Mit etwas Glück würde er Iris noch einholen.

Iris brauchte fast eine Viertelstunde für den Weg bis zum Zonnenburg Park, in dem sich die Sternwarte befand. In der Stadt war erstaunlich viel los (Mussten die Menschen denn nicht arbeiten?), und sie war jetzt ganz schön außer Puste. Iris war noch nie besonders gut in Sport gewesen, doch seit sie auf dem Gymnasium war, trieb sie überhaupt keinen Sport mehr. Die Schule bot gute Sportmöglichkeiten, aber Iris spielte lieber Theater.

Inzwischen waren fast anderthalb Stunden vergangen, und Iris überlegte, ob sie den Stift nicht lieber hätte behalten sollen. Der Weg zurück zum Laden hatte sie wertvolle Minuten gekostet.

Die Sternwarte lag oben auf einem Hügel. Auf dem Weg hinauf kam Iris eine Gruppe Kindergartenkinder entgegen. Alle trugen lustige Miniatur-Ritterausrüstungen. Die Kindergärtnerin hatte ein Buch mit Fotos dabei. Anscheinend mussten die Kinder die abgebildeten Gegenstände hier irgendwo wiederfinden. Iris musste unwillkürlich lächeln – das erinnerte sie an die Ritterspiele, die sie als Kind mit Justin gespielt hatte. Dann lief sie das letzte Stück des Hügels hoch.

Hinter der gläsernen Eingangstür der Sternwarte befand sich ein kleiner Raum mit einem Empfangstresen und einem Kartenständer. An der Wand hingen Poster, die ein junger Mann andächtig studierte, er war so um die zwanzig. Hinter dem Tresen stand ein älterer Mann, der ein Schild mit dem Namen Nico trug. Er war ehrenamtlicher Mitarbeiter bei der Sternwarte.

Nico begrüßte Iris herzlich und wartete geduldig, bis sie am Tresen angekommen war. Dann fragte er sie, ob er ihr helfen könne.

»Ich möchte gerne rein«, antwortete Iris zögerlich, da sie sich nicht sicher war, ob sie wirklich hier hineinmusste.

»Ein Projekt für die Schule, habe ich recht?«, fragte der Mann.

Iris nickte. »Physik«, erklärte sie.

»Hast du eine Jahreskarte fürs Museum?«

»Ja, habe ich«, antwortete Iris und griff in die Innentasche ihrer Jacke, in der sie normalerweise ihr Portemonnaie hatte.

»Oh, *shit*«, fluchte sie, gefolgt von einem schnellen *»sorry«*.

»Meine Kinder sind schon etwas älter, aber glaub mir, junge Dame, ich habe schon Schlimmeres gehört als, *shit*.« Der Mann lachte recht freundlich. »Lass mich raten – Portemonnaie vergessen?«

»Richtig geraten. Können Sie mir einen Gefallen tun?«

Der Mann schüttelte den Kopf. »Tut mir leid, mein Mädchen. Das macht sechs Euro – oder drei, wenn du unter siebzehn bist – oder du musst eben die Jahreskarte vorzeigen. Als Museum haben wir ohnehin keine großen Einkünfte, wenn ich da auch noch Ausnahmen mache ...«

Erst hatte er »junge Dame« gesagt und jetzt nur noch »Mädchen« – ein Abstieg in weniger als zehn Sekunden. Das ließ nicht viel Gutes hoffen. Iris wollte böse werden, genau wie Justin, wenn er nicht seinen Willen bekam. Doch sie war nicht Justin. Sie warf einen Blick auf ihr Handy und sah, dass ihr lediglich eine Stunde und einundzwanzig Minuten blieben.

Nachdenken, Iris!, ermahnte sie sich. Los, denk nach!

»Mein Herr«, sagte sie. »Ich wohne in Leidsche Rijn, das heißt, ich kann nicht mal eben hin- und herfahren. Morgen muss ich meine Hausarbeit abgeben. Ich bin spät dran, das weiß ich selbst, aber ...« Sie sah ihn schmachtend an und riss dabei die Augen weit auf. Allerdings nur so weit, dass es, ihrer Ansicht nach, nicht übertrieben war. »Wenn ich Ihnen nun Folgendes verspreche: Ich komme morgen mit meiner Jahreskarte vorbei – oder noch besser mit drei, nein, zehn Euro –, und dann ...«

Der Mann schüttelte schon den Kopf, bevor Iris ihren Satz beendet hatte. »Tut mir leid, mein Mädchen, die Antwort lautet nein. Morgen arbeitet hier jemand anderes, und wer garantiert mir überhaupt, dass du wirklich wiederkommst? Ich behaupte ja nicht, dass du nicht ehrlich bist, doch meine Erfahrungen mit Jugendlichen sind ...«

»Hier.« Jetzt wurde er unterbrochen. Der junge Mann, der die Poster angeschaut hatte, legte drei Eurostücke auf den Tresen. Iris hatte ganz vergessen, dass er auch noch da war. »Für die junge Dame.« Und zu Iris gewandt sagte er: »Ich nehme an, du bist noch keine siebzehn, oder?«

Iris schüttelte den Kopf.

»Worüber musst du denn schreiben?«

Iris warf einen panischen Blick auf eines der Ausstellungsposter. »Ähm ... Bilder vom Weltall! Ich muss eine Hausarbeit über das Weltall schreiben.«

»Dann kannst du dir drinnen einen Film speziell über das Weltall angucken, aber den gibt's sonst auch im Internet. Die Fotos sind wirklich schön. Viel Erfolg.«

»Danke«, stammelte Iris und wandte sich mit rotem Kopf wieder an den Museumsmitarbeiter.

Der Mann hatte in der Zwischenzeit die drei Euro kassiert und ein Ticket hervorgezaubert. »Rettung in letzter Minute«, sagte er mürrisch, als hätte er sie lieber vor der Tür stehen lassen. Er reichte ihr das Ticket und einen Plan vom Museum. Dann zeigte er Iris, wo sie ihre Jacke aufhängen konnte.

Das Museum bestand aus mehreren Räumen. Im Erdgeschoss gab es einen großen Raum. Er war ganz aus Stein und befand sich unter einer riesigen Glaskuppel. Hier hielt ein Mann simultan auf vier verschiedenen Bildschirmen einen langweiligen Monolog. Laut Plan gab es noch drei weitere Kuppelräume mit Sternguckern – von denen einer geschlossen war – und darüber hinaus drei weitere Ausstellungsräume.

Iris hatte keine Ahnung, wo sie anfangen sollte. Und die Uhr tickte weiter.

Was, wenn der Hinweis sich außerhalb des Gebäudes befand? Sie war irgendwie ganz selbstverständlich davon ausgegangen, dass er hier drinnen sein würde, aber vielleicht war das gar nicht der Fall! Frustriert zog sie ihr Handy aus der Tasche. Die Zeitanzeige zählte weiter rückwärts, sie sprang in dieser Sekunde auf 1:09:00, als darunter auf einmal ein Pfeil erschien, der nach Osten zeigte.

»*Yes!*«, sagte Iris laut, woraufhin sie direkt den irritierten Blick eines Vaters erntete, der gerade mit seiner Tochter in den Raum geschlurft kam. Iris nahm die Beine in die Hand.

Ihr Smartphone gab nur die Richtung an, jedoch nicht das Stockwerk, weshalb sie zunächst ein paar Treppen hoch- und runterlaufen musste, bis sie den richtigen Standort gefunden hatte: Es war eine der Kuppeln. Sie sah zu einem der Sterngucker hinauf, der ungefähr doppelt so groß war wie sie selbst.

Nach Angabe ihres Handys befand sie sich nun am richtigen Ort. Doch hier konnte sie nichts entdecken, was nach Zahlen, Buchstaben, Codes oder Ähnlichem aussah.

Iris geriet in Panik. Die Bombe, ihr Bruder, bisher war ihr das alles unwirklich vorgekommen. Als würde sie noch immer durch ein 3-D-Computerspiel rennen. Aber jetzt, wo die Zeit knapp wurde, wurde es real. In einer guten Stunde explodierte eine Bombe, und es würde Tote geben.

Ihr Mobiltelefon klingelte. Gedankenverloren nahm Iris den Anruf an. »Hallo?«

»Iris? Du hast also mein Handy gefunden?«

»Mum?« Dumm. Dumm! Sie hatte sich doch fest vorgenommen, nicht ranzugehen, wenn ihre Mutter anrief. »Bist du schon in Paris?«, fragte Iris schnell.

»Ja, ich bin im Hotel. Wo lag es denn?«

»Was?«

»Wo mein Handy lag? Wo hast du es gefunden?«

»Neben dem Sofa, bei den Zeitschriften.«

»Merkwürdig, ich dachte, da hätte ich nachgeguckt. Ja, wirklich ärgerlich. Warum bist du nicht in der Schule?«

»Ähm ... Freistunde.«

»Freistunde, um diese Zeit?«

»Ja, Frau Kroon ist krank. In zwanzig Minuten geht's weiter. Um wie viel Uhr bist du bei der Botschaft?« Iris bemühte sich verzweifelt, das Gespräch auf ein anderes Thema zu lenken.

»Erst am Nachmittag. Sie versuchen herauszufinden, wo Justin ist. Iris, wo schläfst du heute Abend?«

»Bei Eveline?«

»Und warum lese ich dann bitte in einer SMS auf deinem Handy: »Kannst du für mich lügen und sagen, dass ich morgen bei dir schlafe?«

Verdammt. Sie hatte vergessen, ihre Nachrichten zu löschen.

»Iris, hast du dir mein Telefon genommen?«

Iris wusste nicht, was sie sagen sollte. Sie drückte ihre Mutter einfach weg. Danach stellte sie das Gerät auf lautlos und ignorierte das andauernde Vibrieren.

Ihr Herz klopfte laut in ihrer Brust. Die Bombe, ihr Bruder, der Zeitdruck, das alles war nichts im Vergleich zum Telefongespräch mit ihrer Mutter. Sie war unsicher. Sollte sie zurückrufen? Einfach alles erklären? Blieb ihr dafür Zeit?

Iris starrte geistesabwesend auf das Teleskop vor ihr. Sie schlug sich gegen die Stirn. Wie blöd konnte man denn sein, das Teleskop, natürlich!

Das Teleskop stand auf einem kleinen Treppchen, damit man bequem durchschauen konnte. Iris stieg die Stufen hinauf und blickte durch das Fernglas. Zunächst einmal sah sie nichts. Aber nachdem sie ihren Kopf ein paarmal von rechts nach links bewegt hatte, rückte der Dom ins Bild. Mehr brauchte sie nicht zu wissen. Schnell lief sie zurück zum Eingang.

Ihre Mutter schickte noch mehrere SMS, die Iris alle ignorierte.

Ohne einen Abschiedsgruß schnappte Iris sich ihre Jacke und stürmte aus der Tür. Der ehrenamtliche Mitarbeiter Nico konnte sich eine Bemerkung über die Jugend von heute nicht verkneifen. Doch da war Iris schon längst weg.

Iris' Trick mit dem Stift hatte Alex eher geholfen als verwirrt. Die von ihr geänderten Koordinaten wiesen nämlich zu einem Ort in Deutschland. Alex konnte sich beim besten Willen nicht vorstellen, wieso Mr Oz die Aufgabe so schwierig machen sollte, und ahnte, dass etwas nicht stimmte.

Anfangs ging er davon aus, es wäre ein Rätsel, das er lösen musste. Nachdem er dann aber zehn Minuten damit zugebracht hatte, die Zahlen zu addieren, zu multiplizieren und umzudrehen, fiel ihm auf, dass eine der Zahlen geändert worden war. Er wischte mit dem Finger über die Acht, und eine Fünf erschien.

Ihm blieb keine Zeit, um wütend zu werden. Er tippte die Zahlen in sein Smartphone ein und guckte zu, wie in Google Maps die Route aufgebaut wurde.

Als er endlich bei der Sternwarte ankam, stürmte Iris gerade heraus. Nur ein paar Minuten früher oder später und er hätte sie verpasst. Er beschloss, die Sternwarte einfach auszulassen und Iris blind zu folgen.

GLEIS 7

Fiber verfolgte die zwei kleinen leuchtenden Punkte, die sich über die Karte von Utrecht bewegten. Sie saß in ihrem Hotelzimmer auf der Bettkante, den Laptop auf dem Schoß. Fiber konnte sehen, dass Alex die Spur von Iris wieder aufgenommen hatte, als ihr Handy klingelte. »Hier ist Fiber.«

Mr Oz' mechanische Stimme schmetterte ihr ins Ohr: »WIE MACHEN SICH DIE ZWEI?«

Fiber sah auf ihre Armbanduhr. Obwohl sie eigentlich ein Technik-Freak war, trug sie eine altmodische Uhr, die ihrer Mutter gehört hatte. »Die beiden werden es im letzten Moment schaffen, denke ich.«

»DANN IST ES AN DER ZEIT, ES ETWAS SCHWIERIGER ZU GESTALTEN. DU WIRST FOLGENDES TUN.«

Iris war kurz vor dem Dom, als Fibers SMS bei ihr eintraf: »Neuer Schwierigkeitsgrad: Ich folge euch. *Run, Baby, run.*«

Alex befand sich ein paar Dutzend Meter hinter Iris, als er sah, dass sie erschrocken anhielt und auf ihr Handy guckte. Kurz darauf begann auch sein Smartphone zu vibrieren, und er empfing dieselbe Nachricht.

»Bollocks«, murmelte Alex in sich hinein. Er wusste, wie gut Marthe war – und wie schlau. Sie konnte genau sehen, wo Iris und er sich gerade befanden, indem sie ihren Mobiltelefonen folgte (und dann war da natürlich ohnehin noch der Chip in seinem Hals). Aber ihre Handys konnten sie nicht einfach wegschmeißen: Ohne Mobiltelefon keine

Anweisung, und ohne Anweisung ging das Spiel nicht weiter.

Doch vielleicht war die neue Situation sogar auch vorteilhaft für ihn, denn Iris war nicht besonders fit. Wenn Marthe ihr hinterherlief, konnte er in der Zwischenzeit die Bombe finden und entschärfen und so den Wettkampf gewinnen. Dafür musste er allerdings wissen, was Iris' Ziel war.

Iris wurde panisch. Sie wusste nicht, ob sie die Nachricht wörtlich verstehen sollte. Fiber musste ihr ja nur das Handy wegnehmen, dann konnte sie ihrem Bruder nicht mehr helfen. Auf einmal schienen an jeder Straßenecke Goths zu laufen, die es auf sie abgesehen hatten.

Allmählich wurde die Zeit knapp, sie hatte nur noch eine Dreiviertelstunde.

Als Iris einen Jungen mit einem Handy am Ohr sah, kam ihr eine Idee. Sie überlegte kurz, ob sie ihn ansprechen sollte – aber nein, doch lieber nicht, er war nicht der richtige Kandidat. Sie brauchte einen Computerfreak.

Iris scannte mit ihren Augen den Domplatz ab, auf der Suche nach einem Opfer. Unterdessen übte sie ihre Geschichte im Kopf ein.

Sie brauchte einen Jungen, der am besten etwas älter war als sie selbst, möglichst ohne Freundin. Iris biss sich auf die Lippen, während ein ungeeigneter Kandidat nach dem anderen vorüberging. Und die Zeit tickte gnadenlos weiter. Wenn sie nicht schnell jemanden fand, musste sie alles auf eine Karte setzen und loslaufen, in der Hoffnung, Fiber zu entkommen.

Da tauchte auf einmal, wie bestellt, der Richtige auf. Es

war ein etwa sechzehnjähriger Typ in Kapuzenjacke, mit einem hellblonden Bärtchen. In einer Hand hielt er eine Plastiktüte von einem Comicladen, in der anderen sein Handy. Iris steuert direkt auf ihn zu. »Hallo?«

Der Junge hatte kurze Haare, die er mit einer gehörigen Portion Gel stachelig aufgestellt hatte. Er sah Iris etwas schüchtern an. Sie schenkte ihm ein strahlendes Lächeln. »Darf ich dir eine unverschämte Frage stellen?«

Der Junge errötete. »Äh ... ja, ist gut ...«

»Ich mache bei einem Radioprogramm mit«, plapperte Iris drauflos. Eigentlich hatte sie Fernsehprogramm sagen wollen, aber dann hätte er sie vielleicht gefragt, wo der Kameramann war. »Ich muss in einer bestimmten Zeit eine Schatzkiste finden. Dabei kann ich einen Preis gewinnen. Das Problem ist nur, dass mich jemand verfolgt – einer von der Show. Und wenn er mich erwischt, bin ich raus aus dem Spiel.«

»Oh, oh«, war die Reaktion des Jungen. Er sah sie an, als ob sie verrückt wäre.

Okay, so ging das nicht, sie musste weniger reden, das verwirrte nur. Iris rückte etwas dichter an ihn heran und sprach nun leiser: »Ich weiß, wie merkwürdig das klingt, aber ...« Sie hielt ihr Handy hoch und flüsterte verschwörerisch: »Ich weiß genau, dass sie mir aufgrund dieses Smartphones folgen können. Ich kann es bloß nicht wegwerfen, weil ich darauf weitere Hinweise erhalte, um das Rätsel zu lösen. Ich wollte dich also fragen ...« Sie trat noch ein paar Schritte dichter an den Jungen heran und flüsterte ihm ihren Vorschlag ins Ohr. Dabei versuchte sie, möglichst viel Körperkontakt aufzunehmen.

Alex versteckte sich hinter einer Steinfigur, in der Hoffnung, von dem Gespräch etwas aufzuschnappen. Was hatte Iris vor? Hatte er sie unterschätzt? Sie hatte ihn ja eben schon auf die falsche Fährte gelockt, indem sie die Koordinaten geändert hatte. Verfolgte sie jetzt einen neuen Plan? Allmählich vermutete er, dass sie mehr als ein hübsches Ding mit einer tollen Figur war. Mr Oz hatte schon seine Gründe, warum er sie ausgewählt hatte.

Iris war nun fertig und küsste den Jungen auf die Wange. Sie zögerte einen kurzen Moment, dann schlang sie ihm die Arme um den Hals. Sie beugte sich vor und gab ihm einen langsamen Kuss auf den Mund. Iris errötete und rannte davon.

Alex sah, wie der Junge ihr entgeistert nachsah und dann zum Eingang vom Domturm ging.

Alex wusste nicht, was er tun sollte. Würde der Junge jetzt an ihrer Stelle auf den Turm steigen, oder wollte er da sowieso hin? Wem der beiden sollte er nun folgen?

Iris spürte noch Hugos Lippen auf ihrem Mund. Sie hatte nie zuvor einen Jungen geküsst. Natürlich hatte sie sich oft überlegt, wie es sein würde, und vor allem, wen sie küssen würde. In ihrer Phantasie war das jedenfalls nicht irgendein Typ auf dem zugigen Domplatz gewesen ... Ob Alex sie wohl gesehen hatte? Warum interessierte sie das überhaupt?

Iris hatte große Lust auf ein Brötchen und einen Kaffee, vielleicht würde sich dann auch ihr Magen etwas beruhigen. Aber sie hatte alles in ihrem Rucksack, und Geld hatte sie ebenfalls keins.

So mussten Obdachlose sich fühlen. Überall um sich herum sah man Läden und Menschen mit vollen Portemonnaies und Taschen, doch man selbst hatte keinen Cent, um sich etwas zu kaufen. Iris' Magen knurrte wie zur Bestätigung noch einmal extra laut.

Sie schaute auf Hugos Handy. Iris hatte mit ihm getauscht, sodass er nun das Smartphone ihrer Mutter hatte. Sie hoffte, Fiber konnte ihr auf diese Weise nicht mehr folgen. Vielleicht war Fiber ja auch gar nicht so gefährlich, wie sie aussah.

Iris warf einen Blick auf die Kirchturmuhr. Man brauchte nicht lange herumrechnen, um zu sehen, dass eine Viertelstunde vergangen war.

Alex musste große Überredungskunst an den Tag legen, um den Domturm hoch zu dürfen, ohne dafür zu bezahlen. Und er durfte auch nicht allein hinauf. Er musste also gemeinsam mit dem Jungen, zwei japanischen Touristen und einer lärmenden Schulklasse warten, bis die Führung losging. Er hoffte nur, es war die richtige Entscheidung gewesen, dem Jungen zu folgen.

Alex betrachtete Iris' neuen Lover genauestens. Iris hatte eine schlaue Wahl getroffen. Der Junge sah aus wie jemand, der nicht viele Freunde hatte – erst recht keine Freundin. Wahrscheinlich war er froh, dass er einem hübschen Mädchen einen Gefallen tun durfte. Der Kuss war dann noch das Sahnehäubchen gewesen. Wenn es drauf ankam, würde dieser Junge für sie vom Kirchturm springen.

Der Lover warf immer wieder einen Blick auf sein Handy. Alex schob sich langsam in seine Richtung, in der Hoffnung, einen Blick auf den Bildschirm seines Mobiltelefons zu erhaschen.

Endlich setzte sich die Gruppe in Bewegung. Alex ließ den Jungen vor. Unterwegs blieben sie an verschiedenen historischen Orten stehen, an denen Alex nicht wirklich interessiert war. Und er wurde allmählich, genau wie der Lover, unruhig.

Als der Reiseleiter – ein nicht sonderlich motivierter Student, der monoton seinen Vortrag herunterleierte – ihnen den Van-Heukelom-Saal zeigte, ergriff der Junge die Chance und sauste die Treppe hinauf. Alex zögerte keinen Moment und folgte ihm auf dem Fuße.

Fiber stand vor dem Turm und guckte nach oben, aber sie sah nichts. Sie studierte ihr iPhone genauer und entdeckte einen roten und einen blauen Punkt, die einander umzingelten. Sie drückte auf Anruf und hielt sich das Handy ans Ohr. »Mr Oz? Iris und Alex sind beide oben auf dem Turm. Was soll ich jetzt machen?«

»LASS IRIS LAUFEN, HALT ALEX AUF.«

»Ja, Sir«, antwortete Fiber. Sie steckte ihr Handy ein und versuchte, nicht an gestern Abend zu denken.

Iris hatte inzwischen ein belegtes Brötchen und eine Flasche Wasser ergattert. Merkwürdig, wie leicht man Dinge erreichte, wenn man nur freundlich danach fragte, dachte sie. Sie saß auf einer Bank in einem Innenhof in Bahnhofsnähe. Hugos Handy lag auf ihrem Schoß, und die Zeit tickte weiter.

Einen kurzen Moment lang dämmerte sie weg. Früher war sie hier einmal mit ihrem Vater gewesen. In der Mitte des Innenhofs stand ein Felsstein. Offiziell war es ein Kunstwerk, aber für ein Kindergartenkind war es ein Klettergerüst. Ihr Vater hielt sie fest, während sie ungelenk von einer Seite zur anderen kletterte. In Iris' Erinnerung war es ein riesengroßer Fels gewesen. In Wirklichkeit ging ihr das Ding gerade mal bis zu den Knien.

Irgendwo klingelte ein Telefon. Es dauerte eine Weile, bis Iris kapierte, dass es ihr eingetauschtes Handy war. »Hugo?«

»Ja, ich habe den Hinweis gefunden! Es war ein QR-Code, du weißt schon, eines dieser schwarz-weißen Quadrate, die du mit deiner Kamera einscannen kannst. Er verweist auf eine Website!«

»*Way to go*, Hugo!«, kicherte Iris aufgeregt. »Du bist der Größte! Und was ist das für eine Website?«

»Der Reiseplaner der niederländischen Bahn. Du sollst um 12:55 den Zug nach Amsterdam nehmen. Gleis 7.«

Die Welt stand still.

Die Vögel hörten auf zu singen. Autos hielten mitten auf der Straße an. Passanten erstarrten in ihrer Bewegung, und alle Gespräche stoppten.

Inmitten der Stille saß Iris und guckte regungslos auf ihr Handy.

»Iris? Iris, bist du noch da?«, erklang Hugos Stimme aus dem Mobiltelefon.

Seine Stimme war das einzige Geräusch auf der ganzen Welt. Sie lauschte der Stimme, als wäre es ein Signal aus dem Weltall, ein erstes Zeichen von außerirdischem Leben, seit dem Beginn der Menschheit.

»Iris?«

Iris hielt ihr Handy wieder ans Ohr und fragte mit monotoner Stimme: »Kannst du das noch einmal wiederholen?«

»Du sollst den Zug nach Amsterdam nehmen. Gleis 7. 12:55.«

Ohne zu antworten, drückte Iris das Gespräch weg und stand auf.

Mit glasigem Blick ging sie aus dem Innenhof, vorbei an bewegungslosen Passanten und stehenden Autos. Die Welt hielt einen Moment lang den Atem an, während Iris sich dem Ort näherte, an dem ihr Vater vor zwei Jahren Selbstmord begangen hatte.

DIE BOMBE

Er musste zum Bahnhof. Alex hatte mitbekommen, wie der Junge den QR-Code vor seine Handykamera gehalten und danach nervös seine neue Freundin angerufen hatte. Sobald der Lover nicht mehr zu sehen war, scannte Alex den Code selbst ein.

Der Zug nach Amsterdam. Hatte Mr Oz die Bombe im Zug versteckt? Hatte er Marthe damit beauftragt, das für ihn zu machen? Iris hatte Vorsprung, wie viel, wusste er nicht. Er wollte Marthe anrufen, um sich mit ihr zu beraten. Aber nein, das konnte er nicht mehr. Er war nicht länger Teil des Teams, und – schlimmer noch – Marthes Gegenspieler geworden. Alex war auf sich allein gestellt, und wenn er Teamleader bleiben wollte, musste er sich jetzt beweisen. Bisher war diese *Rookie* ihm eindeutig zu schlau gewesen.

Alex ignorierte den Führer, der wütend nach oben gekommen war und ihn anschnauzte, dass er nicht alleine den Dom hinauf dürfte. Alex stürmte die Treppen hinunter, wo er bereits von Fiber erwartet wurde.

»Marthe«, keuchte er. Sein Blick wanderte gehetzt von links nach rechts, auf der Suche nach einem Ausweg. Unter normalen Umständen war er schneller als Fiber, aber nicht, nachdem er vierhundertfünfundsechzig Treppenstufen hinabgelaufen war.

»Alex, Mr Oz hat gesagt, dass ich dich aufhalten soll.«

»Und, tust du das?«

Fiber schüttelte den Kopf. »Ich werde sagen, ich hätte dich aus den Augen verloren. Weißt du, wohin du musst?«

Alex nickte. »Na dann los, du blutiger Anfänger. Ich halte Iris auf.«

»Iris? Die ist nicht auf dem Turm, die ist schon lange weg.«

»Und wer ist dann bitte hier oben?«

»Irgendein Loser mit ihrem Handy.« Alex rannte los.

Fiber wartete ein paar Sekunden und fing schließlich an, die Statue auf dem Domplatz so schnell wie möglich mehrfach zu umrunden. Als sie komplett außer Atem war, rief sie Mr Oz an.

»Ich habe die beiden verloren«, sagte sie keuchend. »Iris hat mich an der Nase herumgeführt und ihr Telefon mit einem Passanten getauscht. Sie ist nie hier gewesen.«

»DAS MÄDCHEN IST SCHLAU. UND ALEX?«

»Der hängt mich im Rennen immer noch ab«, schnaufte sie.

»DAS IST WENIGSTENS ETWAS. OKAY, GEH ZURÜCK INS HOTEL.«

»Aber …«

»MR OZ HASST ES, WENN ER ETWAS ZWEIMAL SAGEN MUSS.«

»Ja, Sir.«

Alex warf nun alle Vorsichtsmaßnahmen über Bord und riss den erstbesten Mopedfahrer von seinem Fahrzeug. Begleitet von lautem Schimpfen schwang er sich auf den Sitz und gab Gas. Er ignorierte rote Ampeln, das Hupen der Autos und das Fluchen der Fußgänger, an denen er haarscharf vorbeidonnerte. Alex wusste ungefähr, wo der Bahnhof war. Er brauste am Busbahnhof entlang und über die Straßenbahnschienen in Richtung Rolltreppe nach oben. Dort angekommen, schmiss er das Moped hin und schlängelte sich an den Menschen vorbei, die nicht wie in England ordentlich auf der rechten Seite standen, sondern sich über die ganze Rolltreppe verteilt hatten. Das rief noch mehr Fluchen und Gebrüll hervor. Es gab sogar jemanden, der ihm den Weg versperren wollte und dazu ansetzte, ihm eine Predigt über Anstand zu halten. Alex rammte ihm sein Knie in den Bauch und sprang über den zu Boden sinkenden Mann hinweg. Wie ein Sprinter kurz vor dem Ziel raste er durch die Bahnhofshalle. Er wich verdutzten Reisenden aus, passierte scheinbar im Flug mehrere Kioske, an denen Eis und Zeitschriften verkauft wurden, und stürmte die Treppe hinunter zu Gleis 7, wo ihm der Zug direkt vor der Nase wegfuhr.

Keuchend stand er da, die Hände in die Hüften gestemmt, um die Seitenstiche zu unterdrücken, und sah dem davonratternden Zug hinterher.

»Die Bombe liegt auf den Gleisen, nicht im Zug«, hörte er eine monotone Mädchenstimme.

»Wie ... Woher weißt du das?«, fragte Alex. Hinter ihm stand Iris, ihre roten Haare wehten im Wind, ihr Gesicht war totenblass.

»Weil ich sie gefunden habe.« Sie zeigte auf ein Päckchen, das zwischen den Schienen lag. Man sah kleine Lichter blinkten, obendrauf war ein riesengroßer Zähler angebracht, der die Sekunden herunterzählte: 4:58, 4:57, 4:56.

»Damn.« Alex warf einen Blick auf die Anzeigetafel und sah, dass der nächste Zug in weniger als vier Minuten einfahren würde. Die Bombe würde genau unter einem der Waggons hochgehen. Er blickte Iris an. »Hast du Schiss?«

Sie schüttelte den Kopf. »Nein«, sagte sie. »Ich bin nur wütend.« Sie ging auf Alex zu und packte ihn an den Schultern.

»Warum?«, fragte sie ihn, sie konnte ihre Wut nur mühsam unterdrücken.

»Weiß ich doch nicht«, sagte Alex. »Die Wege des Mr Oz sind unergründlich.«

»Aber warum hier, du verdammtes Arschloch?!«

Alex hielt ihre Handgelenke fest und zwang sie auf diese Weise dazu, ihn loszulassen.

»Ich weiß nicht, wovon du redest. Ich weiß nicht, warum oder weshalb. Ich weiß nur, dass in weniger als vier Minuten eine Bombe hochgeht. Entscheide dich, Iris: Kampf oder Flucht.«

Iris schluckte. Ihre Gedanken wirbelten wild durcheinander. Sie schaute sich um, und ihr Blick fiel auf eine Gruppe Jugendlicher, die sich gelangweilt eine Zigarette teilten. Sie sah eine Mutter mit ihrem blonden, kleinen Sohn auf den Zug warten. Der Kleine hüpfte aufgeregt auf und ab. Ein Schaffner, der etwas Unverständliches in sein Walkie-Talkie murmelte. Die blinkenden Lichter der Bombe. Sie sah ihren Vater an der Bahnsteigkante stehen. Wie er an seine Familie dachte, an seine Kinder. In Gedanken beobachtete sie, wie der Zug einfuhr. Sie schaute zu, wie ihr Vater sprang, und sie sah das Blut über die Schienen spritzen.

Iris blickte Alex an. »Kampf«, sagte sie.

»Dann los.« Er packte Iris am Arm und zog sie zur Bahnsteigkante.

Iris guckte auf die Bombe, die inzwischen weniger als drei Minuten anzeigte. Eine Dame mittleren Alters folgte ihrem Blick. Sie starrte einige Sekunden lang auf das Paket, dann kreischte sie: »Eine Bombe! Da liegt eine Bombe auf den Gleisen!«

Um sie herum fingen die Leute an zu schreien und zu rennen. Iris und Alex ignorierten sie.

»Bereit?«, fragte Alex. Iris nickte. Sie hatte das Gefühl, sie würde ihrem Vater entgegenspringen.

Aus der Nähe betrachtet, fiel Iris auf, dass die Bombe drei schwarze Drähte hatte. An jedem der Drähte hing ein farbiges Label: ein rotes, ein grünes und ein blaues. Auf der Bombe war eine Illustration, auf der man kleinere Quadrate und Striche sah, die auf komplizierte Weise miteinander verbunden waren. Die Illustration glich einem der Labyrinthe aus dem Spiel, nur dass sie quadratisch war.

»Hast du ein Smartphone?«

»Ja, warte.« Alex zog sein Handy aus der Tasche. Hinter ihm hatten sie bereits mit der Evakuierung begonnen. Aus den Lautsprechern tönte eine ruhige Frauenstimme, die die Leute aufforderte, den Bahnhof zu verlassen. Währenddessen scannte Alex unerschütterlich den Code ein. Sein mobiler Browser öffnete sich, und es erschien folgender Text: »Diese Bombe hat drei Kabel, ein rotes, ein grünes und ein blaues. Die Label an den Kabeln sind vertauscht, das heißt nicht mehr am richtigen Platz. Um die Bombe zu entschärfen, schneide zuerst das grüne, dann das blaue und als Letztes das rote Kabel durch.«

»Die Label sind vertauscht«, wiederholte Alex.

»Wir haben keine Schere«, antwortete Iris.

»Warte mal, Iris, es heißt, dass die Label vertauscht sind, das bedeutet, ...«

»Hast du ein Messer?«

»Was? Nein, ich … Nein!«

Iris drehte sich um und schaute auf den mittlerweile verlassenen Bahnsteig. Irgendwo hinter ihnen kam jemand von der Bahnhofspolizei angerannt. Das versetzte ihr einen Stich. Wo war die Bahnhofspolizei gewesen, als ihr Vater gesprungen war? Warum hatte ihn niemand aufgehalten?

»Seid ihr verrückt geworden?«, schrie der Mann. »Geht von den Gleisen runter!«

Iris zögerte keine Sekunde und ließ sich von dem Mann auf den Bahnsteig ziehen. Danach versetzte sie ihm einen Schubs, sodass er das Gleichgewicht verlor, und sauste davon.

»Was machst du da?«, schrie Alex. Er konnte die Panik in seiner Stimme nicht unterdrücken.

»Eine Schere suchen!«, schrie Iris zurück. Sie sprintete zum Kiosk an der Ecke, der nun vollkommen verlassen dalag. Der Bahnhofspolizist rappelte sich auf und rannte hinter ihr her.

Währenddessen starrte Alex auf den Zähler, der weniger als zwei Minuten anzeigte. Alle drei Kabel waren schwarz. Welche Farbe unter der dicken Umhüllung versteckt war, war nicht zu sehen.

Iris kroch hinter den Tresen. Wie eine Wahnsinnige zog sie eine Schublade nach der anderen auf. In dem Moment stürmte auch schon der Polizist hinter ihr in den Kiosk.

»Finger weg! Und dann verschwinde hier, und zwar auf der Stelle! Hast du die Durchsage nicht gehört? Es gibt eine Bombenwarnung. Wir wissen nicht, ob das Ding echt ist oder nur eine Attrappe, aber du musst hier weg.«

Iris blickte gar nicht auf, sie war immer noch auf der Suche nach einem scharfen Gegenstand. »Es ist kein Witz«, sagte sie. »Die Bombe liegt auf den Schienen, mach doch die Augen auf.«

Einen Moment lang hielt der Mann inne, dann verließ er genauso schnell den Kiosk, wie er ihn betreten hatte. Er rannte zur Bahnsteigkante und starrte Alex an. Iris folgte ihm mit einem kleinen Kartoffelschälmesser in der Hand.

»Was machst du da?«, schrie der Polizist Alex an.

»Ich versuche, die Bombe zu entschärfen, Sir.«

»Spinner! Mach, dass du wegkommst! Die Experten sind unterwegs!«

»Wir haben noch etwas mehr als eine Minute. Meinen Sie, das ist genug Zeit für die Experten?«, rief Alex zurück.

Iris stellte sich neben den Mann und sagte: »Kampf oder Flucht? Die Entscheidung liegt bei Ihnen.«

Der Mann schaute sie an, als wäre sie vollkommen übergeschnappt. Dann packte er sie am Arm und zog sie über den Bahnsteig in Richtung Rolltreppe.

»Lassen Sie mich los!«, brüllte Iris, aber der Mann gab nicht nach. Verzweifelt sah sie zu Alex, doch der war damit beschäftigt, wie wild an den Kabeln zu ziehen. »Nein, Alex, nicht ziehen! Schneiden oder durchknipsen, sonst fliegen wir alle in die Luft!«

Iris versuchte erneut, sich loszureißen, der Mann war jedoch viel stärker als sie. Aus einem Impuls heraus hob sie ihre freie Hand und stach ihm das Kartoffelschälmesser in den Arm. Der Mann schrie auf und ließ sie auf der Stelle los. Bestürzt sah er auf das Blut, das langsam aus seinem Ärmel tropfte.

Iris zog ihr Messer heraus und rannte zu Alex, zur Bahnsteigkante, zu den Gleisen, zu dem Ort, an dem ihr Vater sein Leben verloren hatte.

Warum lief sie nicht einfach weg? Warum überließ sie die Sache nicht Alex?

Weil er keine Ahnung hatte, im Gegensatz zu ihr. Deshalb.

Sie sprang auf die Gleise und hockte sich keuchend neben ihn.

»Ich weiß nicht, was ich machen soll!«, sagte Alex.

»Aber ich«, antwortete Iris, ruhiger, als sie in Wirklichkeit war. Sie fing an, das Kabel mit dem blauen Label durchzuschneiden. Sie musste sich ziemlich anstrengen, denn das Gummi war dick. Einen kurzen Moment lang dachte sie, dass es das falsche Kabel war, da der Draht darunter rot war. Aber das war Blut.

(BLUT, DAS BLUT IHRES VATERS, BLUT)

Das Blut kam von dem Messer. Das Kabel war grün.

»Woher wusstest du das?«, stammelte Alex.

»Keine Zeit«, antwortete Iris knapp. Sie fing an, den Draht mit dem roten Label zu durchtrennen.

Die Zeitanzeige sprang nun auf weniger als eine Minute, und der Zähler begann zu piepen.

Jede Sekunde ein gellender Piep. Er ging durch Mark und Bein.

(56 SEKUNDEN)

Das war der Moment, als Alex spürte, wie der Boden vibrierte. Es dauerte einen Moment, bis ihm klar wurde, dass das der einfahrende Zug war.

(47 SEKUNDEN)

»Was ist das?« Iris sah erschrocken auf und hielt mitten im Schneiden inne.

»Weiterschneiden!«

Iris schnitt und säbelte aus Leibeskräften. Das Messer war stumpf, und das Gummi gab nur unter größter Anstrengung nach.

(39 SEKUNDEN)

»Was ist da los?«, fragte sie noch einmal. Sie schnitt das blaue Kabel durch. Noch 35 Sekunden und *ein* weiteres Kabel.

»Ein Zug«, antwortete Alex endlich.

»Was?!«, kreischte Iris. »Hat der keine Warnung erhalten?!«

(33 SEKUNDEN)

»Das rote Kabel, Iris, das muss auch noch durchgeschnitten werden!« Alex griff nach dem Messer, aber Iris ließ es nicht los. Die Sekunden tickten weiter. Iris blickte wie erstarrt über Alex' Schulter und sah den heranfahrenden Zug. Sie hörte die Bremsen quietschen.

(28 SEKUNDEN)

Das Quietschen übertönte das Piepen des Zählers.

(19 SEKUNDEN)

Iris verspürte einen stechenden Schmerz am Kopf. Entsetzt schaute sie Alex an, der bereit zu sein schien, sie noch einmal zu schlagen. Sie spürte, wie ihre Wange glühte.

(11 SEKUNDEN)

»Gib mir das Messer!«, schrie er. Fordernd zeigte er auf den Draht mit dem grünen Label.

Iris bückte sich und fing an zu schneiden. Unter dem schwarzen Gummi kam das rote Kabel zum Vorschein.

(8 SEKUNDEN)

»Los!«, schrie sie Alex an. »Hau ab!«

»Aber ...«

»Hau ab!!!«

Alex warf einen letzten Blick auf den Zähler, der nun bei sieben Sekunden stand. Er wollte bei ihr bleiben und zeigen, wie mutig er war, aber er konnte nicht. Er stand auf und sprang auf den Bahnsteig.

(6 SEKUNDEN)

Iris zog mit aller Kraft an dem Draht und spürte, wie er nachgab.

(5 SEKUNDEN)

Iris starrte auf die zwei Hälften des roten Kabels. Der Zähler blieb bei vier Sekunden stehen.

»Komm!«, schrie Alex vom Bahnsteig aus. Iris hob den Blick und sah einen gelben Zug auf sie zurasen. Ihr Blick streifte das erschrockene Gesicht des Zugführers hinter der Scheibe, und sie hörte ohrenbetäubendes Hupen. Für den Bruchteil – wirklich nur für den Bruchteil einer Sekunde – überlegte sie, einfach stehen zu bleiben. Aber dann hechtete sie zur Bahnsteigkante und ergriff Alex' Hand. Sie spürte, wie der Zug haarscharf hinter ihr vorbeibrauste, während Alex sie auf den Bahnsteig zog.

Sie lagen keuchend auf dem Rücken. Iris starrte auf die Welt um sie herum, die wieder in Bewegung kam. Neben ihnen gingen die Zugtüren auf, und nichtsahnende Passagiere strömten auf den leeren Bahnsteig. Die meisten liefen um sie herum. Einer hatte es so eilig, dass er sogar einen großen Schritt über die beiden hinwegsetzte. Der Lokführer kam auf sie zugestürmt und fing an, sie aufs Ärgste zu beschimpfen. Iris sah ihn mit von Tränen geröteten Augen an. Da hörte er auf zu schreien. »Was hattest du denn da zu suchen?«, war das Einzige, was er noch hervorstoßen konnte.

Alex antwortete an ihrer Stelle: »Sie hatte dort etwas verloren. Komm.« Er half Iris hoch, die jetzt vollkommen durcheinander zu sein schien. Sie klammerte sich an ihm fest und ließ sich zur Rolltreppe bringen.

»Woher wusstest du das mit den Kabeln?«, fragte Alex leise.

»Alles war vertauscht«, leierte Iris herunter, als hätte Frau Kroon ihr eine Frage gestellt. »Laut Anweisung war alles vertauscht. Demnach konnte das Kabel mit dem roten Label nicht das rote Kabel sein.«

Einen Moment lang war Alex still, dann sagte er: »Verstehe. Und das Kabel mit dem blauen Label ...«

»... musste das rote oder das grüne Kabel sein. Sonst wäre das Kabel mit dem grünen Label ja das grüne gewesen, und das ging doch gerade nicht.«

Alex schwieg einen kurzen Moment.

»Aber dann war es immer noch eine Fifty-fifty-Chance, den Utrechter Hauptbahnhof in die Luft zu jagen, stimmt's?«

Iris schwieg.

»Manchmal ist es gut, nicht zu viel nachzudenken«, erwiderte sie schließlich.

Sie fuhren die Rolltreppe zur Bahnhofshalle hoch.

»Wohin gehen wir?«

»Zum Hotel«, sagte Alex.

Als sie gerade zum Ausgang laufen wollten, hörte Iris auf einmal hinter sich eine Stimme.

»Iris?«

Die zwei drehten sich gleichzeitig um und sahen in das Gesicht von Hugo.

»Hast du die Schatzkiste gewonnen? Hast du den Preis?«

Iris konnte nicht anders, sie fing an zu lachen. »Ja, Hugo. Ich habe den Preis.« Ihr fiel auf, dass sie einen Arm um Alex gelegt hatte. War das ihr Preis?

»Oh.« Misstrauisch sah der Junge zu Alex. »Dürfte ich dann … bitte mein Handy wiederhaben?«

Daraufhin prusteten Alex und Iris vor Lachen. Von Hugo ernteten sie nur einen gekränkten Blick. Sie tauschten ihre Handys zurück, und damit trennten sich ihre Wege.

Als der Junge außer Sichtweite war, gingen die beiden wie in Zeitlupe zum Hotel. Iris ließ sich noch immer von Alex stützen. Sie spürte seine Nähe und die Wärme seine Körpers.

Ihr Mobiltelefon klingelte.

»Meine Mutter«, sagte Iris entschuldigend. »Ich muss ihr was erklären …« Sie drückte auf Annehmen. »Hi Mum«, sagte sie.

»DAS IST ABER LIEB«, schmetterte ihr eine metallische Stimme aus dem Hörer ins Ohr. »MUM HAT MICH BIS JETZT NOCH KEINER GENANNT.«

»MR OZ?«, stammelte Iris.

Alex sah auf.

»DU HAST GEWONNEN. JETZT BIST DU EINE VON UNS.«

Alex riss ihr das Handy aus der Hand und schrie hinein: »Nein, ich habe gewonnen! Lass sie in Ruhe.«

Iris versuchte, ihr Handy zurückzuergattern. »Hey, das ist mein Handy! Und warum bitte solltest du gewonnen haben?«

Alex hielt die Hand über den Hörer und flüsterte: »Vertrau mir, du willst nicht zu uns gehören!«

»Und was ist dann mit meinem Bruder?«

»Das Risiko übernehme ich!«, zischte Alex. »Es ist nicht so, wie du denkst!« Er nahm seine Hand wieder weg und sagte: »Sir? Ich war derjenige, der die Bombe entschärft hat, nicht Iris.«

»NICE TRY«, sagte Mr Oz so laut, dass sogar Iris seine Stimme hören konnte. »ABER MR OZ HAT ÜBERALL KAMERAS.«

»Mr Oz?«, Alex flehte ihn an. »Bitte. Lass sie bitte gehen.«

»GIB MIR DAS MÄDCHEN.«

»Sir?«

»GIB MR OZ DAS MÄDCHEN!«

Alex reichte Iris das Handy.

»Wo ist mein Bruder?«, fragte sie.

»VERSPRICH MIR, DASS DU BEI MR OZ MITMACHST.«

Iris sah Alex an, der heftig den Kopf schüttelte. »Ich verspreche es«, sagte sie.

»DANN WARTE EINEN MOMENT.«

Iris blickte wieder zu Alex, doch der sah genauso ratlos aus. Auch er verstand nicht, was Mr Oz vorhatte.

Kurz darauf klingelte Iris' Handy wieder. Sie hatte nicht

einmal gemerkt, dass Mr Oz aufgelegt hatte. Sie nahm ab und fragte mit zögerlicher Stimme: »Ja?«

»Iris?«

»Justin? Wo bist du?«

»Was hast du getan, Iris?« Er klang böse und verwirrt, was Iris nicht erstaunte, nach all der Zeit in der kalten, einsamen Zelle.

»Ich ..., ich habe dich befreit! Das ist eine lange Geschichte, ich kann dir das jetzt nicht auf die Schnelle erklären, Justin.«

»Aber was ist der Preis dafür, Iris? Nun haben sie dich auch!«

»Das macht nichts, Justin, du kannst nach Hause kommen.«

»Ich kann nie mehr nach Hause kommen, liebes Schwesterchen«, sagte er mit leiser Stimme. »Nie mehr.«

»A...aber«, stammelte Iris. »Du bist doch jetzt frei? Ich habe dich doch befreit?«

»Wenn du wüsstest, was du getan hast, Iris. Du hast keine Ahnung. Aber das ist schon immer so gewesen, nicht wahr? Du hast keine Ahnung, die Welt macht mit dir, was sie will.«

»Justin?«

»Leb wohl, mein Schwesterchen. Ich liebe dich, vergiss das nicht.«

»Justin! Leg jetzt bitte nicht auf, Justin. Justin? Justin!«

Doch das Einzige, was sie noch hörte, war das Lärmen der Menschenmenge um sie herum.

PALA

II

SCHIFFFAHRT

Die beiden Mädchen lehnten nebeneinander an der Reling und schauten zu, wie das Schiff sich beständig seinen Weg durch den Amsterdamer Hafen bahnte. Bald ging es aufs offene Meer hinaus, wo sie einige Knoten zulegen würden. An Land winkte ein kleines Kind von seinem Fahrradsitz aus den Passagieren zu. Am Kai sah man Leute bei der Arbeit, doch sie blickten nicht einmal auf. Für sie waren die vorbeifahrenden Ozeanriesen nichts Außergewöhnliches. Für Iris sehr wohl, für sie war alles neu.

Sie konnte das hier nicht wirklich genießen. Sie war nie ein großer Fan von Amsterdam gewesen (»Vergnügungspark Amsterdam« hatte ihr Vater die Stadt immer genannt). Aber jetzt, da sie wegfuhr, empfand sie plötzlich ein Gefühl von Nostalgie. Würde sie diese Stadt jemals wiedersehen? Würde sie ihr Land jemals wiedersehen?

Fiber stand neben Iris, die dem kleinen Jungen am Ufer zuwinkte. Sie beobachtete Iris aus den Augenwinkeln. Sie meinte, diesen Gesichtsausdruck wiederzuerkennen. Auch Fiber hatte einst ihr Heimatland für immer verlassen.

»Es ist kalt«, murmelte Iris.

Fiber zog sich spontan die Mütze vom Kopf und reichte sie Iris. »Hier.«

»Aber frierst du dann nicht?«

Fiber zuckte mit den Achseln. »Ich bin Polin.« Als würde das als Erklärung reichen.

Iris nahm die Mütze und setzte sie auf. Die weiße Wolle bildete einen scharfen Kontrast zu ihren roten Haaren.

»Ich habe mir eine Kreuzfahrt immer mit tropischem Wetter vorgestellt«, sagte Iris. Sie rückte die Mütze auf ihrem Kopf zurecht. »In amerikanischen Filmen laufen die Frauen dann in Bikinis und Cocktailkleidern herum.«

»Aber nicht auf dieser Route«, sagte Fiber. »Obwohl ich auch nichts dagegen hätte, mal wieder einen Bikini anzuziehen.«

Iris versuchte, sich Fiber in einem Bikini mit Totenkopfdesign vorzustellen. »Aber du wohnst doch auf einer tropischen Insel?«, fragte Iris. »Ist es denn da nicht warm?«

»*Yeah, sure*, Mr Oz lässt uns bloß selten raus. Dieser Dreckskerl.«

Nicht nach draußen, dachte Iris. Sie durften auf der Insel nicht nach draußen? Das konnte ja heiter werden. »Magst du Mr Oz nicht?«

»Ich hasse ihn aus tiefstem Herzen. Komm, wir helfen deiner Mutter beim Auspacken.«

Iris war überrascht über Fibers Reaktion. Ob auch sie sich den Superhelden nicht freiwillig angeschlossen hatte? Warum war sie dann nicht weggelaufen? In den Niederlanden hätte es doch genug Gelegenheiten gegeben?

Fiber verließ ihren Platz an der Reling, und Iris folgte ihr zur Kajüte. Iris und ihre Mutter hatten eine Außenkabine mit eigenem Balkon – und das war nur eine der vielen Annehmlichkeiten dieses Urlaubs.

»Was passiert mit mir, wenn wir ankommen?«, fragte Iris beiläufig, als würde diese Frage ihr nicht schon die ganze Zeit auf den Lippen brennen.

Fiber erstarrte. »Das wirst du dann sehen«, antwortete sie, bevor sie die Suite betraten. Iris folgte ihr frustriert.

Die Penthouse-Veranda-Suite konnte es mit dem schicksten Hotelzimmer des teuersten Hotels an der französischen Rivera aufnehmen – in Iris' Vorstellung zumindest. Von der Küche aus gelangte man auf den Balkon. Es war eher eine einfache Küchenzeile – einfach im Vergleich zur übrigen Ausstattung. Dort gab es einen Esstisch für acht Personen. Wie viele Leute hier sitzen und essen sollten, war Iris schleierhaft. An der Decke hing ein riesengroßer Spiegel, wodurch alles noch bombastischer wirkte.

Iris trat hinter Fiber ins Schlafzimmer – ein weiterer Raum, der mit einem Vorhang abgetrennt werden konnte. Ihre Mutter war gerade dabei, die Koffer auszupacken. Sie hatte den Inhalt über das gesamte Kingsize-Bett verteilt, in dem ohne Probleme zwei Familien schlafen konnten. Nun räumte sie die vorsortierten Stapel gerade in die zwei Schränke ein.

»Ist das Zimmer nach Ihrem Geschmack, Frau Goudhaan?«, fragte Fiber förmlich.

Iris' Mutter fing an zu lachen. »Du kannst mir glauben, Marthe, selbst Imelda Marcos würde wohl nichts gegen diesen Luxus einzuwenden haben.«

»Ich habe keine Ahnung, wer das ist, aber ich bin froh, dass Sie zufrieden sind.«

»Imelda Romualdez Marcos ist die Witwe des ehemaligen philippinischen Präsidenten Ferdinand Marcos«, hörte Iris plötzlich ihre eigene Stimme. »Sie ist auf den Philippinen eine einflussreiche politische Figur. Bekannt ist sie auch unter dem Namen *Steel Butterfly*, was so viel heißt wie ›stählerner Schmetterling‹. Sie ist berühmt-berüchtigt für ihre riesengroße Schuhsammlung und ihre vielen Kleider und Juwelen.«

Fiber starrte sie ungläubig an. »Du bist echt merkwürdig«, sagte sie.

»Man gewöhnt sich dran«, sagte Iris' Mutter. »Wenn meine Tochter einmal etwas gelesen hat, vergisst sie es nie wieder.« Sie nahm ein Kleid aus dem Koffer und hängte es auf einem Bügel in den Schrank.

»Alex hat mir davon erzählt«, sagte Fiber. »Aber dass es so ... wortwörtlich ist ... Du bist ja wie ein Computer.«

»Ich bin kein Gegenstand oder so, okay?«

»Nein, nur verstehe ich jetzt, warum du so wertvoll bist.«

»Ich versuche sie schon seit Jahren davon zu überzeugen, dass sie Jura studieren sollte«, sagte Iris' Mutter. »Jemand mit ihrer Intelligenz, der alle Gesetze auswendig kann ...«

Noch bevor Iris sagen konnte, dass sie lieber Schauspielerin werden wollte (und dann nie ihren Text vergessen würde), fing ihre Mutter an zu lachen. »Du siehst so nach Reggae aus. Wir fahren doch nicht nach Jamaica, oder?«

»Wegen der Mütze?«, fragte Iris.

»Ja, genau. Aber keine Sorge, mein Schatz, es wird wärmer werden, sobald wir England hinter uns gelassen haben.«

Iris zog sich die Mütze vom Kopf und warf sie Fiber zu, die sie lässig auffing und in ihre hintere Hosentasche stopfte.

»Warum willst du nicht Anwältin werden?«, fragte Fiber, für ihre Verhältnisse erstaunlich interessiert. »Oder Richterin?«

»Ich will nicht über das Leben von anderen Menschen urteilen«, antwortete Iris. »Ich will unbemerkt durch die Welt gehen.«

»Hm, unsichtbare Iris. Na, viel Glück dabei.«

Iris' Mutter war mit dem Auspacken fertig und schob den

leeren Koffer unters Bett. »Marthe, wenn du deinen Auftraggeber sprichst … Oz?«

»Mr Oz.«

»Mr Oz. Wenn du ihn sprichst, würdest du ihm dann bitte meinen sehr herzlichen Dank für diese großartige Reise ausrichten? Glaub mir, nach allem, was Iris und ich in den letzten Jahren durchgemacht haben … Ich meine … danke …«

»Damit habe ich nichts zu tun, das ist alles ihr Verdienst.« Fiber zeigte auf Iris. Es klang, als hätte sie Angst, für irgendetwas zur Verantwortung gezogen zu werden. »Wir sehen uns beim Abendessen.« Mit der Eleganz einer Stechmücke verließ sie das Schlafzimmer.

»Wenn sie diesen Job weiter ausüben will, wird sie an ihren Kommunikationsfähigkeiten arbeiten müssen«, kommentierte Iris' Mutter die Unterhaltung, nachdem sie die Tür ins Schloss fallen hörte. »Was genau ist denn überhaupt ihr Job?«

»Keine Ahnung«, log Iris. »Hostess oder so? Mr Oz' *Personal assistent?*«

»Ist sie dafür nicht ein bisschen zu jung?«

»Vielleicht steht er auf junge Mädchen.«

»Iris!«

Iris legte sich grinsend aufs Bett und starrte an die Holzdecke über ihr. Hier gab es zum Glück keine Spiegel. Sie spürte nicht einmal, dass das Boot schaukelte. Sogar ihr Vater, der nach eigener Aussage schon in der Badewanne seekrank wurde, hätte hier problemlos ein paar Wochen verbringen können, ohne spuckend über der Reling zu enden. Vielleicht wäre er hier ja sogar glücklich gewesen.

Ihr Vater war depressiv gewesen. Wie depressiv, das wurde erst deutlich, als er sich das Leben nahm. Viele Leute fragten

Iris, ob sie es nicht hätten voraussehen können. Das machte sie wütend, sogar jetzt noch. Sie hatte doch keine Vergleichsmöglichkeiten! Als könnte sie wissen, wie ein perfekter Vater war. Außerdem konnte ihr Vater durchaus auch ausgelassen und fröhlich sein. Erst später fiel Iris auf, dass genau das die zwei Seiten seiner Krankheit waren.

Ihre Mutter hatte Angst, die Krankheit könnte erblich sein. Allein schon die Vorstellung hatte Iris regelrecht gelähmt. Der Arzt hatte gesagt, dass die Krankheit – falls Iris erblich belastet war – wahrscheinlich erst nach ihrem dreizehnten Lebensjahr auftreten würde. Iris war diese Zeitangabe einerlei. Es war, als hätte ihr jemand die Tür vor der Zukunft zugeschlagen. Sie verließ immer seltener das Haus und schloss sich in ihrem Zimmer ein, wo sie die meiste Zeit über *gamte*. In der Schule zeigte sie sich nicht sonderlich kontaktfreudig. Manchmal verabredete sie sich mit Eveline, doch allein fühlte sie sich am sichersten. Sicher. Aber nicht glücklich.

Im Geheimen war sie Mr Oz dankbar. Wenigstens war es ihm gelungen, sie vor die Tür zu kriegen.

Einen kurzen Moment lang war Iris berühmt gewesen: Das Mädchen, das die Bombe entschärft hatte. Sie wurde im Fernsehen gezeigt. Auf Facebook hatte sie auf einmal neue Freunde – von den meisten hatte sie noch nie zuvor gehört –, und jeder hatte etwas dazu zu sagen. Nicht alle Kommentare waren positiv. Einige fanden Iris mutig und meinten, die Polizei solle sich ein Vorbild an ihr nehmen. Andere sagten, sie wolle nur im Rampenlicht stehen, oder unterstellten ihr sogar, die Bombe selbst gelegt zu haben.

Und das dicke Ende sollte erst noch kommen, als eine übereifrige Journalistin die Verbindung zum Selbstmord ihres Vaters auf demselben Bahnsteig herstellte. Danach ging der Wahnsinn erst richtig los. Nun war Iris nirgendwo mehr sicher: nicht auf der Straße, nicht in der Schule, und schon gar nicht im Internet. Alle wollten irgendetwas von ihr, alle hatten eine Meinung über sie. Iris entschied für sich, die Medien komplett zu meiden. Sie löschte ihren Facebook- und Hyves-Account und legte sich eine neue Mailadresse zu (die sie dann aber nur selten nutzte). Sie verbrachte so viel Zeit wie möglich auf ihrem Zimmer. In der Schule ignorierte sie alle Fragen und redete nur mit anderen, wenn es unumgänglich war.

Sie wartete, bis sich ihr Leben wieder normalisierte.

Doch das tat es nicht.

Justin hielt sein Versprechen und kam nicht nach Hause zurück. Er rief nicht an, schickte keine E-Mails und war nicht erreichbar.

Die zwei Menschen, mit denen Iris am liebsten ihre Ängste und Sorgen geteilt hätte, waren entweder tot oder nicht da. Die einzige Person, die da war, war ihre Mutter. Aber die zog sich noch mehr in sich selbst zurück als zuvor. Und so nickte Iris einfach, wenn sie jemand fragte, ob bei ihr alles gut sei. Sie ging täglich den Weg zur Schule hin und zurück. Und wieder hin. Und wieder zurück.

Vier Wochen später lag dann ein Umschlag vor der Haustür. Als niederländische Gewinnerin des Internetspiels *Superhelden* hatte sie eine Kreuzfahrt für zwei Personen nach Amerika gewonnen.

Iris' Mutter war dabei gewesen, als sie den Umschlag öffnete. Sie sah ihr beim Lesen über die Schulter. Iris zog sich der Magen zusammen, und ihre Mutter fing an zu weinen – wohlgemerkt vor Freude. Sie nahm Iris fest in den Arm und schluchzte, dass sich nun alles zum Guten wenden würde.

Wie hätte sie in diesem Moment Nein sagen können.

Und da lag sie nun, auf einem viel zu großen Bett in einem viel zu großen Zimmer eines Kreuzfahrtschiffes. Hier an Bord gab es fast so viel Personal wie Schüler auf der Leidsche Rijn Schule. Und dann waren da noch mal doppelt so viele Passagiere. Begleitet wurde sie von einem sechzehnjährigen Mädchen, das sich gegen die böse Außenwelt schützte, indem es sich Augen und Lippen schwarz schminkte. Und von einer Mutter, die ihre Trauer versteckte, indem sie so tat, als ob alles ganz normal wäre.

»Kommst du mit?«, fragte ihre Mutter betont fröhlich. »Komm, wir erkunden das Schiff! Los geht's!«

Genau diese Art ging Iris auf die Nerven. »Schaffen wir das denn in einem Tag, oder muss ich Proviant einpacken?«, fragte Iris ironisch. »Oder vielleicht einen Kompass?«

»Ich denke, dass wir unterwegs durchaus was zu essen kaufen können. Schließlich ist alles inklusive, guck mal!« Triumphierend hielt ihre Mutter eine Kreditkarte hoch. »Für sämtliche Ausgaben. Mit herzlichem Dank an den großen Zauberer von Oz.«

FEIND ALKOHOL

Iris hätte gedacht, dass drei Wochen auf einem Kreuzfahrtschiff langweilig sein würden, aber das war absolut nicht der Fall. Auch für Jugendliche gab es hier wirklich einiges zu erleben. Den Morgen verbrachte Iris im Schwimmbad oder spazierte auf dem Deck herum. Am Nachmittag trank sie mit ihrer Mutter in einer der vielen Bars alkoholfreie Cocktails, später guckten sie sich im Fernsehen oder im Kino gemeinsam Filme an. Mit einem Mal entwickelte Iris sogar Spaß am Sport. Jeden Tag rannte sie eine Stunde lang im Fitnesscenter auf dem Laufband (mit Blick aufs Meer) – MP3-Spieler an, Kopfhörer auf –, und dann ging's los zum Beat von Lady Gaga.

Dem *Game Room* schenkte sie keinerlei Beachtung.

Am Abend aßen sie immer in einem der vielen Restaurants. Manchmal fanden dort auch Shows statt. Die Musik war zwar alles andere als zeitgemäß (Wer hört denn heute schon Frank Sinatra?), dennoch beeindruckten Iris die Sänger und Tänzer, und sie träumte heimlich von einer Bühnenkarriere.

Ihre Mutter entwickelte eine große Leidenschaft für die Sauna. Iris hingegen bekam bei der Vorstellung, nackt zwischen all den alten Leuten zu sitzen, eine Gänsehaut. Ihr reichte schon das Gefühl, dass alle sie ansahen, wenn sie in ihrem Badeanzug am Beckenrand saß (zu Anfang der Reise noch im Hallenbad, später, als die Temperatur angenehmer wurde, dann draußen an Deck). Iris zog immer öfter mit Fiber los, während ihre Mutter in der Sauna schwitzte.

Beim Karaokesingen zeigte Fiber großes Bühnentalent.

Mit ihrer Interpretation von *Like a Virgin* verdrehte sie allen anwesenden Typen den Kopf.

Über Mr Oz, die Superhelden und die inzwischen mythische Insel Pala wurde nicht gesprochen, auch wenn Iris ein paarmal versuchte, das Gespräch darauf zu lenken.

Sie überquerten den Atlantischen Ozean und die Labradorsee. Es war kalt, dafür waren die Sonnenuntergänge von atemberaubender Schönheit. Die Tage waren ausgefüllt mit Essen, Sport, Tanzen und Schlafen. Ohne dass es ihr wirklich bewusst war, war Iris glücklich.

Iris saß im obersten Deck des Schiffes an einem Tisch an einer Glaswand, unter ihr ging es drei Stockwerke in die Tiefe. Über ihr an der Decke hingen kleine Lichter, die an dem aufgemalten Himmel wie Sterne funkelten. Eine mit Spiegeln besetzte Säule reichte von diesem Sternenhimmel bis zum Boden, wo ein Piano stand. Kunstvolle Treppen führten spiralförmig nach unten, ihr goldenes Licht spiegelte sich in den Säulen wider. Der übrige Raum war blau. Blau mit Gold, Blau mit Gelb und Blau mit Blau.

Iris sah auf, als Fiber sich an ihren Tisch setzte und zwei hohe, schlanke Gläser hinstellte.

»Hier drinnen kriegt man nichts davon mit, dass man auf einem Schiff ist«, bemerkte das Gothic-Mädchen. »Das ist doch irre, oder? Wenn man es nicht besser wüsste, könnte man meinen, wir wären in der *Wafi City Mall* anstatt auf hoher See.«

»In der Wafiwas?«

»In der *Wafi City Mall*, das ist eine der teuersten Shoppingmalls in Dubai. Bist du mal dort gewesen?«

Iris schüttelte den Kopf. »Ich war einmal in Texas, als mein Vater noch lebte. Sonst haben wir immer Urlaub in Europa gemacht – wenn überhaupt.«

»Dubai ist der Wahnsinn«, sagte Fiber begeistert. »Und die *Wafi* übertrifft alles. Eine reine Glas-Stahl-Konstruktion mit riesigen Passagen, in denen es alle Läden der Welt gibt. Diese Mall ist ein fürchterlicher Albtraum oder auch der Himmel auf Erden – wahrscheinlich irgendwie beides. Verglichen mit der *Wafi* ist der Luxus auf diesem Boot gar nichts.«

»Musstest du dort auch einen Spieler einsammeln?«, fragte Iris. Sie nippte an ihrem Cocktail, der die Farbe ihrer Haare hatte, und verschluckte sich heftig. »Ist der mit Alkohol?«

»Yep.«

Zögernd nahm Iris einen zweiten Schluck. »Lecker. Wie heißt der?«

»Sex on the Beach.«

Um ein Haar hätte Iris sich schon wieder verschluckt.

»Marthe!«

»Hihi«, kicherte die Polin.

»Hast du dort jemanden getestet, in Dubai?«, wiederholte Iris ihre Frage.

Fiber schüttelte den Kopf. »Nein, das tun wir normalerweise nicht. Ich war mit Alex und Shade auf einer Mission.«

»Shade? Was ist denn das für ein Name?«

»Ein Deckname. Den bekommt man als fertig ausgebildeter Superheld, so müssen wir nicht unsere echten Namen preisgeben, wenn wir auf Mission sind. Ich bin Fiber. Alex ist Devil.«

»Und ich?«

»Das entscheiden wir erst, wenn du fertig ausgebildet bist.«

Iris hoffte im Stillen, dass man sie nicht Photocopy nennen würde.

»Was für Missionen sind denn das, auf die ihr da geht?«

»Tut mir leid, ich erzähle dir schon viel zu viel.«

»Kannst du mir dann wenigstens verraten, was die Superhelden überhaupt machen? Was ich tun werde?«

»Nicht im Detail«, antwortete Fiber. »Also … wir retten keine Menschen aus brennenden Gebäuden, und wir kämpfen auch nicht gegen irgendwelche Schurken in bunten Schlafanzügen. Was wir jedoch tun … Mr Oz hat einen Plan für die Welt. Es ist ein guter Plan, aber …«

»Du meinst, du hast bereits mehr gesagt, als du wolltest?«

»Ja …«

Sie tranken ihre Gläser aus, danach war Iris mit Drinksholen an der Reihe. Nach drei Gläsern wagte sie sich, Fiber zu fragen, ob sie schon einmal Sex gehabt hatte – wenn vielleicht auch nicht gleich am Strand.

Fiber verneinte, »*Nope*, nur mal geküsst.«

»Mit Alex?«

»Warum fragst du das?«

»Ich habe den Eindruck, er gefällt dir …«, sagte Iris.

»Aber ich bin doch total unfreundlich zu ihm«, murmelte Fiber.

»Siehst du, sag ich doch«, meinte Iris grinsend. »Er gefällt dir.« Wurde Fiber nun tatsächlich rot? »Er gefällt dir echt!«, rief Iris kichernd.

Fiber zuckte mit den Achseln. »Und selbst wenn, was dann? Wir haben, verdammt noch mal, keine Zukunft …«

»Wegen Mr Oz?«

Fiber nickte. »Ja, aber nicht allein deswegen. Sie haben Pläne, Iris. Nicht nur mit uns, sondern mit der ganzen Welt. Sie wollen die Welt verändern, die ganze Welt, alles!«

»Das klingt nach meinem Bruder Justin ...«, sagte Iris. »Der hatte auch so wilde Pläne. Und guck dir an, wohin das geführt hat ... Ich weiß nicht einmal, wo er ist.«

»Hört sich an, als wäre Justin auf Abwege geraten«, sagte Fiber. Sie guckte mürrisch vor sich hin.

»Was ist denn los, Marthe?«

»Es ist Zeit, Iris.«

»Jetzt schon? Es gibt doch noch kein Essen, oder?«

Fiber beugte sich vor und blickte Iris unverwandt an. Jeden Tag hatte sie sich etwas weniger geschminkt, und heute trug sie nur noch Mascara. Ohne die ganze schwarze Farbe um die Augen sah sie aus wie ein vollkommen normales Mädchen. Nun gut, ein normales Mädchen mit ein paar Piercings. »Es ist Zeit, nach Pala aufzubrechen.«

»Was? Nach Pala?«

Fiber nickte.

»Aber ... wir sind doch noch nicht da, wir sind erst in ein paar Tagen in Amerika. Ich ...«

»Es ist Zeit. Du gehst hier von Bord.«

»Aber Marthe!« Iris griff nach ihrem vierten Longdrink und trank ihn in einem Zug aus. »Ich will nicht.«

»Das weiß ich. Es tut mir leid.« Fiber sah aus, als würde es ihr wirklich leidtun. »Ich kann nichts daran ändern, Iris. Ich wünsche, ich könnte es, aber es geht nicht.«

»Kannst du mich nicht gehen lassen und sagen, dass ich in Bar Harbor von Bord gegangen bin?«

»Er würde mich umbringen.«

»Mr Oz? Das ist ja wohl nicht dein Ernst. Er tötet ja wohl keine Kinder?«

»Doch, das tut er, Iris. Du darfst mich alles fragen, nur das nicht.«

»Und was Mr Oz mit mir vorhat?«

»Das auch nicht.«

»Aber sonst darf ich dich alles fragen, bist du dir da sicher?« Sie konnte den Sarkasmus nicht unterdrücken.

Fiber schwieg.

»Dann vielleicht einfach noch einen Sex on the Beach, was meinst du?«

»Schon unterwegs.«

VOLLRAUSCH

»Kommst du, Iris?«

»Hm, was?«

»Kommst du mit zum Abendessen?«

»Ich habe keinen Hunger.«

»Bist du dir sicher?«

Iris' Mutter verlieh ihrem Make-up den letzten Schliff und betrat das Schlafzimmer. Iris lag lang ausgestreckt auf dem Bett, den Kopf unter dem Kissen vergraben.

»Ist alles in Ordnung mit dir, mein Schatz?«

»Ich bin seekrank.«

»Seekrank? Nach drei Wochen Schifffahrt bist du plötzlich von einem auf den anderen Tag seekrank? Das ist ja äußerst merkwürdig ...«

Iris' Mutter setzte sich auf die Bettkante und beugte sich über ihre Tochter. »Du bist betrunken! Ich hatte mich schon gefragt, wann du wohl die Cocktails entdecken würdest. Hat Marthe dich dazu angestiftet?«

Unverständliches Grummeln kam unter dem Kopfkissen hervor.

»Ich war dreizehn, als ich den letzten Rest Whiskey aus der Flasche meines Vaters getrunken habe. Normalerweise stand bei uns alles hinter Schloss und Riegel, aber meine Eltern hatten eine Party gefeiert und danach vergessen, die Flaschen wieder wegzuschließen. Es war an einem Sonntagmorgen, und ich saß vorm Fernseher. Meine Eltern schliefen noch, als ich mein Whiskey-Frühstück zu mir nahm.« Ihre Mutter schüttelte den Kopf. »Ein Whiskey-Frühstück, kannst du dir vorstellen, wie elend ich mich gefühlt habe? Das Zimmer fing an, sich zu drehen, doch mein Magen drehte sich nicht mit. Nein, er machte, was er wollte. Mir war so schlecht, ich fühlte, wie mir der Whiskey hochkam, wie er durch meine Speiseröhre hochwanderte, zurück in meinen ...«

Iris fing an zu würgen und rappelte sich auf. Sie hielt sich die Hand vor den Mund und rannte ins Badezimmer. Ihre Mutter folgte ihr auf dem Fuße.

»Das ganze Haus stank nach Alkohol und Erbrochenem, ich weiß es noch wie heute. Das ist so lange her, aber ich kann es nach wie vor riechen.«

»Hör auf!«, ertönte Iris' verzweifelte Stimme hinter der Tür.

»Ich bin im *Dining Room*. Da werde ich mir ein vor Fett triefendes Steak bestellen. So eins, bei dem sich der Teller rot färbt, wenn man das Messer hineinstößt, rot vom Fleischsaft.«

»Ich hasse dich.«

»Du solltest den Alkohol hassen, Fräuleinchen, nicht mich.«

»Hau ab!«

»Darf es noch ein Glas Wein sein, Miss?« Der Kellner stand mit einer Flasche Rotwein neben ihrem Tisch, die vornehm in eine weiße Serviette gewickelt war. Wie die meisten Crew-Mitglieder war auch er Filipino.

Frau Goudhaan nickte. »Ich muss heute nicht mehr fahren«, kicherte sie, doch der Kellner zeigte keine Reaktion. Er goss ihr Glas halb voll und war lautlos wieder verschwunden. Um sie herum saßen Paare an hübsch gedeckten Tischen und plauderten miteinander. Hier gefiel es ihr am besten, die anderen beiden Restaurants waren ihr zu laut. Immer wieder grüßte Iris' Mutter eine flüchtige Bekannte, mit der sie sich einmal unterhalten oder zusammen Sport gemacht hatte.

Vor ihr lag ein Stück Lachsfilet auf dem Teller, farblich dazu passend gab es grünen Spargel. Es schmeckte perfekt, so wie alles in diesem Urlaub, aber ohne ihre Tochter konnte sie das Essen nicht wirklich genießen. Sie trank einen Schluck Wein und überlegte, dass das für heute Abend das letzte Glas sein würde. Sonst lag sie nachher noch angetüdelt neben ihrer betrunkenen Tochter im Bett. Ihre dumme, betrunkene Tochter.

»Mum?«

Sie blickte auf und sah in Iris' bleiches Gesicht. »Wieder zurück unter den Lebenden?«

Iris schob einen Stuhl zurück und setzte sich an den Tisch. »Ich fühle mich eher wie ein Zombie.«

»Willst du was trinken? Eine Bloody Mary? Oder einen Daiquiri oder vielleicht doch lieber ein Glas Mojito?«

»Cola. Cola light.«

»Bist du dir sicher? Ein Planter's Punch ist aber auch gut gegen Kater.«

»Sehr witzig, Mum.«

Ihre Mutter winkte dem Kellner und bestellte eine Cola light. »Woran denkst du, Iris?«

»An nichts.«

»Haha! Das kannst du mir nicht weismachen, Iris.« Sie kicherte. »Frauen denken immer an irgendwas. Bedrückt dich etwas? Du weißt, du kannst mit mir über alles reden.«

»Lass mich in Ruhe!«

»Passt du bitte ein bisschen auf, was du sagst, Iris? Auch wenn du fast vierzehn bist, bedeutet das nicht, dass du so mit mir umspringen kannst.«

»Mum?«

»Ja?«

»Fuck off.«

Ihre Mutter guckte erschrocken. »Was hast du gesagt?«

»*Fuck. Off.* Lass mich in Ruhe. Du kümmerst dich seit Monaten nicht um mich, und jetzt willst du auf einmal wissen, worüber ich nachdenke? Das geht dich nichts an! Nicht mehr! *FUCK OFF!*«

Ein paar Leute an den Nachbartischen sahen auf, während die anderen sich bemühten, keine Reaktion zu zeigen. Ein Kellner kam mit strengem Gesicht auf ihren Tisch zu, doch noch bevor er etwas sagen konnte, war Iris bereits aufgestanden.

»Iris, setz dich hin!«

»Weißt du was, Mum? Ich liebe dich, wirklich. Ich liebe dich sehr. Aber du bist die schlechteste Mutter, die ich je gesehen habe.«

Mit unverwandtem Blick verließ Iris den Tisch. Sie wusste nicht, dass dies die letzten Worte sein würden, die sie zu ihrer Mutter sagte.

Iris wankte durch die Gänge zu ihrer Suite. So groß das Schiff und die Zimmer auch waren, irgendwie hatte sie das Gefühl, die Wände würden auf sie herabstürzen. Sie wollte fliehen, aber sie wusste nicht wohin. Es würde noch ein paar Tage dauern, bis sie im Hafen waren. Bis dahin saß sie hier fest. Oder vielleicht doch nicht?

Fiber hatte gesagt, dass es heute so weit war, nur wer bestimmte das? Hoffentlich nach wie vor sie selbst? Iris war ihr eigener Herr, weder ihre Mutter oder Fiber noch Mr Oz schrieben ihr etwas vor. Was war das überhaupt für ein dämlicher Name, Mr Oz?

Ob Fiber sie mit Absicht abgefüllt hatte? Betrunken sein war überhaupt nicht toll. Alles schaukelte und drehte sich, und die Leute um sie herum stanken nach Schweiß.

Nur ganz kurz aufs Bett legen.

Die Tür der Suite war geöffnet. Iris war sich sicher, dass sie sie hinter sich zugezogen hatte. Zögernd wankte sie in die Kajüte. Die Gardinen wehten im Wind. Die Balkontüren standen offen. Hatte der Wind die Tür aufgeweht?

Ob ihr fotografisches Gedächtnis sie vielleicht im Stich ließ, wenn sie betrunken war? Jeder Superheld hat eine Schwachstelle, warum sollte das bei ihr nicht genauso sein?

Nein, sie hatte die Tür zugemacht. Das wusste sie genau.

Auf dem Balkon bewegte sich etwas. War da jemand? Einer von Mr Oz' Leuten? Blitzschnell ließ Iris ihren Blick durchs Zimmer wandern, auf der Suche nach etwas, womit sie zuschlagen konnte. Nein, kämpfen war keine gute Idee! Sie war dreizehn und betrunken, sie musste hier weg!

Die Augen fest auf den Balkon gerichtet, schlurfte Iris langsam zurück zur Eingangstür der Kajüte. Vielleicht hatte der Eindringling sie noch nicht bemerkt.

Da erkannte sie auf einmal die Silhouette, die sich im Licht der untergehenden Sonne abzeichnete.

»Marthe?«, flüsterte sie. Vorsichtig trat Iris ein paar Schritte vor, weiterhin bereit, sich auf dem Absatz umzudrehen und wegzurennen. An der geöffneten Balkontür blieb sie stehen. »Marthe, bist du das?«

Fiber zeigte auf einen kleinen Punkt am Horizont und sagte: »Da liegt Nova Scotia. Das heißt Neuschottland, wusstest du das?«

»Nein. Marthe, was machst du auf unserem Balkon?« Iris trat auf den Balkon hinaus und stellte sich neben sie. »Alles gut mit dir?« Zögerlich legte Iris ihr die Hand auf die Schulter. »Marthe?«

»Die Hauptstadt von Nova Scotia ist Halifax. In Amerika gibt es vier Orte, die Halifax heißen, wusstest du das?« Fiber drehte sich nun zu ihr. Sie sah wieder aus wie früher, pechschwarz geschminkte Augen, schwarzer Lippenstift und ein emotionsloser Gesichtsausdruck.

»Marthe, hast du geweint?«

»Es gibt zwei Bands, die Halifax heißen, eine Rockband und eine Volksmusikgruppe, wusstest du das?«

»Marthe, du machst mir Angst, was ist denn los mit dir?«

»Ich habe das alles heute Nachmittag nachgeschlagen, aber schon jetzt habe ich vergessen, ob es nun vier oder fünf Halifaxe waren.«

»Marthe, du bist betrunken.« Iris' Stimme klang verzweifelt.

»Du würdest dich bestimmt daran erinnern, wenn du es gelesen hättest.«

»Na und? Du kennst dich mit Computern aus wie kein anderer, bei mir schmiert schon Windows ab. Wir alle sind in irgendetwas gut.«

Fiber schüttelte den Kopf. »Nein, du verstehst das nicht. Jeder ist in irgendetwas gut. Wir nicht. Wir sind in irgendetwas irre gut. Wir sind brillant. Wir sind die Elite. Wir sind die Superhelden. Und deshalb sind wir sein Besitz. Wir gehören nicht mehr uns selbst. Wir gehören ihm.«

»Marthe, niemand kann dich besitzen. Die Sklaverei ist abgeschafft. Komm mit mir, geh in Maine von Bord. Wir fliegen zusammen zurück nach Holland. Du musst nicht zu Mr Oz.«

»Es ist zu spät, Iris. Es tut mir leid.«

»Wie meinst du das?«

Fiber holte blitzschnell aus und schlug Iris mit voller Wucht in den Magen. Iris krümmte sich und ging rücklings zu Boden. Dabei knallte sie mit dem Kopf gegen einen niedrigen Tisch. Sie schnappte nach Luft. Verschwommen tauchte Fibers Gesicht über ihr auf, Iris nahm es durch einen Tränenschleier wahr.

Fiber zog ein kleines Fläschchen und ein Taschentuch hervor. Ohne zu zögern, öffnete sie die Flasche. »Es tut mir leid«, sagte sie noch einmal. Ohne Umschweife drückte Fiber Iris das nasse Tuch aufs Gesicht. Iris schlug panisch um sich, doch Fiber hielt das Tuch mit aller Kraft fest. Mit dem anderen Arm drückte sie Iris runter, so lange, bis die Betäubung zu wirken begann. Fiber fühlte, wie Iris' Körper erschlaffte und ihre Arme kraftlos zu Boden sanken. Sie zählte bis dreißig, dann erst nahm sie das Tuch weg. Nachdem sie Iris' Puls kontrolliert hatte, warf sie das Tuch und die Flasche mit Schwung über Bord und zog ihr Handy aus der Tasche.

Normalerweise haben Mobiletelefone auf hoher See keinen Empfang, doch Mr Oz' Smartphones erhielten überall auf der Welt ihr Signal von einem eigenen Satelliten. Fiber schob ein paar Icons hin und her. Nur noch fünf Minuten, das wurde knapp.

Einen kurzen Moment lang blieb sie neben Iris sitzen und streichelte ihr regloses Gesicht.

»Danke, dass du meine Freundin sein wolltest«, flüsterte sie. Danach machte sie sich daran, den Rest ihrer Tasche auszupacken.

FRAU ÜBER BORD

Die Frau zog ihre Sonnenbrille aus der Tasche und sah aufs Meer hinaus. Sie wirkten eigentlich nicht wie siebzig. Er – allmählich kahl werdend, aber sportlich gekleidet – trug seinen Pullover lässig über der Schulter und hatte einen Arm um seine Frau gelegt. Sie war zwei Jahre jünger, hatte graue, lange Haare und ein modisches, violettes Kleid mit dazu passenden Pumps an. Die Sonne war fast untergegangen, jeden Abend lockte sie das besondere Farbenspiel an genau diesen Ort an Deck.

»Mein Gott, willst du nicht ein Foto machen?«, fragte sie.

»Weißt du, wie viele Fotos ich schon habe?«

»Für die Kinder«, sagte sie entschuldigend.

Der Mann nahm den Arm von ihrer Schulter und griff zu der Tasche, die neben ihm auf dem Boden stand. Er holte eine digitale Spiegelreflexkamera heraus, die er von seinen Kindern und Enkelkindern zum Geburtstag bekommen hatte. Es hatte bestimmt ein gutes Jahr gedauert, bis er verstanden hatte, wie das Ding funktionierte, aber jetzt wusste er Bescheid.

Sorgsam wählte er die Blende aus und versuchte, den Horizont scharf zu stellen, als seine Frau rief: »Mein Gott! Guck mal, da!«

Der Mann ließ die Kamera sinken und schaute in die Richtung, in die sie zeigte.

»Da treibt ein Mädchen!«

Er sah es auch. Ein junges Mädchen mit roten Haaren, das ihm vage bekannt vorkam. Es trieb bäuchlings im Wasser und regte sich nicht. Wenn das Mädchen nicht tot war, dann war es auf jeden Fall bewusstlos.

»Nelly, ruf Hilfe!«, rief er. Instinktiv lehnte er sich über die Reling und schoss zwei Fotos.

Seine Frau rannte zu dem nächstbesten Steward und rief: »Frau über Bord! Frau über Bord!«

Der Mann gab dem Mädchen wenig Chancen.

Die meisten Kreuzfahrtschiffe fahren mit einer Geschwindigkeit von rund fünfunddreißig Kilometern die Stunde. Oftmals sind sie nur abends und nachts unterwegs, damit die Passagiere tagsüber, wenn das Schiff anlegt, an Land gehen und die verschiedenen Orte besuchen können. Die *MS Maasdam* war auf dem letzten Teil ihrer Reise angekommen, und obwohl sie an Kanada vorbeifuhren, konnte man hier nicht von Bord gehen. Der nächste und letzte Stopp war Bar Harbor im amerikanischen Maine.

Iris' Körper trieb bewegungslos im Meer, er schaukelte sanft in der Strömung. Alle zwei Minuten entfernte sich das Kreuzfahrtschiff einen Kilometer weiter von ihr weg. Als die Meldung »Frau über Bord« beim Kapitän eintraf und das Schiff schließlich zum Stehen gebracht wurde, waren fast acht Minuten vergangen, und das Schiff hatte sich bereits vier Kilometer von Iris entfernt. Bis das Rettungsboot besetzt war, waren zwei weitere Minuten verstrichen. Das Rettungsboot hatte eine Höchstgeschwindigkeit von dreißig Stundenkilometern. Die Entfernung zwischen der *MS Maasdam* und dem Ort, an dem Iris zum letzten Mal gesichtet worden war, legte es in weniger als einer Viertelstunde zurück.

Doch Iris war bereits außer Sichtweite.

Ihre Mutter versuchte gerade ihr Glück am Black-Jack-Tisch. Sie war noch nicht oft im Casino gewesen. Nicht, dass sie Angst hatte, die Kontrolle zu verlieren. Aber Iris war zu jung, sie durfte noch nicht ins Casino. Und weil sie ja schließlich mit Iris zusammen hier im Urlaub war (eigentlich war Iris ja mit *ihr* da), ging sie mit ihrer Tochter abends lieber ins Kino oder besuchte eine der Shows. Nach der verbalen Abreibung, die sie gerade von ihrer Tochter erhalten hatte, war ihr heute jedoch alles egal. Die Gäste sahen sie missbilligend an, als wäre es ihre Schuld, dass ihre Tochter wütend und betrunken war. Ja, Iris hatte recht, sie war in den letzten Monaten nicht immer wirklich bei der Sache gewesen. Aber deshalb war man doch nicht gleich eine schlechte Mutter? Was fiel Iris bloß ein, ihr so etwas an den Kopf zu werfen!

Der Manager des Casinos schaute sich unwillig im Saal um. Er war auf der Suche nach der rothaarigen Dame, die er eigentlich gar nicht finden wollte. Er hatte seine Ausbildung in Indonesien absolviert, bevor er seine erste Fahrt antreten durfte. Diese Art von Gesprächen hatten sie damals geübt, doch in der Realität war es etwas anderes. Er hoffte, dass sie schon wieder weg war, dann war es nicht mehr sein Problem.

Die Frau saß am Black-Jack-Tisch. *»Hit me«*, sagte sie. Der Croupier gab ihr daraufhin eine Karte. *»Hit me again.«*

Der Manager hockte sich neben die Dame und flüsterte ihr leise etwas ins Ohr. Er sah, wie ihr die Karten aus der Hand fielen (zwei Asse und ein Bube). Sie zuckte erschrocken zusammen und fing an zu zittern. Er musste ihr von ihrem Stuhl aufhelfen, sonst wäre sie gestürzt. Danach begleitete er sie zur Kapitänskajüte und wiederholte wie ein Mantra:

»Wir tun alles, was wir können, Miss. Wir tun alles, was wir können. Ein Rettungsboot ist unterwegs.«

Aber das war nicht genug, und es war viel zu spät.

Ein Rettungsflugzeug, ein Hubschrauber und ein Kutter der amerikanischen Küstenwache waren zum Ort des Geschehens geschickt worden. Sie suchten die ganze Nacht hindurch und auch noch am nächsten Morgen. Nach zwei Tagen wurde die Suche jedoch abgeblasen. Die Küstenwache hatte ein Gebiet von mehr als fünftausendeinhundert Meilen durchkämmt, von dem Mädchen keine Spur. Iris war zum zweiten Mal in ihrem Leben im Fernsehen, diesmal auf CNN. Das Foto von ihrem leblosen Körper im Wasser erschien in ein paar lokalen amerikanischen Zeitungen und in allen niederländischen Ausgaben. In der Berichterstattung war von Trunkenheit und Selbstmord die Rede. Der Kapitän der *MS Maasdam* schloss ein Unglück aus. »Die Reling ist höher als anderthalb Meter«, antwortete er auf die Frage. »Da kommt man nur rüber, wenn man unbedingt will, oder wenn einem dabei geholfen wird.«

Nach Aussage ihrer Mutter und ihrer besten Freundin war Selbstmord vollkommen undenkbar. »Sie hatte gerade wieder Freude am Leben«, erklärte ihre Mutter. »Sie hat die Zeit hier so genossen«, bestätigte ihre Freundin Marthe. »Es muss ein Unfall gewesen sein. Sie hatte zum ersten Mal in ihrem Leben Alkohol getrunken.«

Der Chef der Küstenwache erklärte: »Nach unermüdlichen Bemühungen, die Vermisste zu finden, haben wir die schwierige Entscheidung getroffen, die Suche einzustellen. Unsere Gedanken sind bei ihr und ihrer Familie.«

Von Iris Goudhaan wurde nie wieder etwas gehört.

DFII

Wäre es nach Alex gegangen, dann hätte er einfach so getan, als würde es Iris gar nicht geben. Dann würde er allein in die Welt hinausfahren. Sein Fahrzeug war eine leicht umgebaute *Deep Flight II*, ein Mini-U-Boot mit zwei Tragflächen an den Seiten und vier Motoren hinten. Das Boot ähnelte wohl noch am ehesten einem stählernen Rochen mit zwei riesengroßen Glasaugen. Alex saß in einem der Augen. Er konnte sich an der Unterwasserwelt nicht sattsehen. Auf Pala war er viel getaucht – als sie noch über der Erde sein durften –, aber was er hier sah, übertraf alles.

Die *DFII* war ein Zweipersonen-U-Boot, das bis zu achtunddreißigtausendvierhundert FSW hinabtauchen konnte. FSW stand für *Feet Sea Water*. Das entsprach in etwa einer Tiefe von elftausend Metern. Aber heute würde er nicht so tief hinuntergehen. Alex wollte nichts riskieren und fuhr nur in einer Tiefe von tausend Metern unter dem Meeresspiegel. Auf diese Weise hielt er sich von Riesentintenfischen und Atom-U-Booten, die auf Patrouille waren, fern. Doch auch in dieser Tiefe gab es genug zu sehen.

Dank seiner einzigartigen Technik hatte die *DFII* eine Reichweite von acht Stunden. Die *MS Maasdam* war fast vierzig Kilometer von Pala entfernt. Diese Strecke konnte Alex in weniger als vier Stunden zurücklegen. Theoretisch kam er locker hin und zurück, aber er durfte keinen Fehler machen.

Eigentlich musste man ein dreitägiges Training ablegen, um ein Unterseeboot bedienen zu können. Die Handhabung einer *DFII* erinnerte allerdings stark an die eines Helikopters, und Alex hatte genug Flugstunden hinter sich, um einen *Sikorsky S-76* sicher zu landen.

Heute Morgen bei der Probefahrt um die Insel war ihm aufgefallen, dass das Boot einen leichten Linksdrall hatte. Kein großes Hindernis, das ließ sich leicht ausgleichen.

Marthe war nun schon seit drei Wochen mit Iris auf dem Kreuzfahrtschiff und stand daher die ganze Zeit über nicht für echte Missionen zur Verfügung. Was für ein Aufwand für ein einziges Mädchen. Alex hoffte nur, dass Iris es wert war.

Die Fische reagierten kaum auf seine Anwesenheit. Alex hatte keine Ahnung, was das für Fische waren, die er da sah. Er konnte sie lediglich als »großer Fisch«, »blauer Fisch« und »bunter Fisch« kategorisieren. Alex schien mehr von ihnen beeindruckt zu sein als sie von ihm.

Alex entdeckte sie auf dem Radar, noch bevor er sie im Wasser sehen konnte, denn dafür war er zu tief unten. Vorsichtig zog er das Steuerhorn zu sich heran und begann langsam aufzusteigen, zweitausend Fuß, eintausend Fuß, fünfhundert. Jetzt musste er in ihrer Nähe sein. Die Kunst bestand nun darin, unentdeckt zu bleiben und sie lebendig ins U-Boot zu kriegen.

Die Sonne ging fast unter, ein klarer Vorteil für ihn. Die *DFII* war dunkelblau angemalt und fiel so im Ozean nicht weiter auf. Wahrscheinlich würde man ihn auf dem Radar der *MS Maasdam* sehen können, doch idealerweise würde man ihn für einen Orca oder dergleichen halten. Ob es die hier überhaupt gab? Vielleicht sollte er mal etwas an seinen biologischen Kenntnissen arbeiten.

Marthe hatte Iris einen kleinen Sender mitgegeben, der jede Sekunde einen Piep von sich gab und als pulsierendes rotes Licht auf seinem Radarschirm angezeigt wurde. Demnach befand sie sich ein Stückchen über ihm.

Alex bewegte die *Sub* vorsichtig nach oben. Er musste dabei ganz auf seinen Radar vertrauen. Obwohl die Kabine komplett aus Glas war, konnte er nicht mehr als zwei Meter über sich etwas erkennen.

Alex verringerte das Tempo, mit einem Auge behielt er den Schirm stets im Blick. Der Radar gab an, dass Iris ein paar Meter von ihm entfernt war. Nun gut, er wollte nicht das Risiko eingehen, ihr das Rückgrat zu brechen, indem er direkt unter ihrem Körper auftauchte.

Die *MS Maasdam* war einige Meilen weit weg. Selbst wenn sie ihn auf dem Radar sehen würden, wären sie nicht schnell genug, bevor ...

Damn.

Ein kleiner Punkt entfernte sich von der *Maasdam* und fuhr in seine Richtung. Wahrscheinlich ein Rettungsboot. Alex schätzte die Zeit, die er brauchen würde, um Iris aus dem Wasser zu holen. Vier Minuten, vielleicht auch etwas weniger.

Auf jeden Fall war es jetzt mit der Ruhe vorbei.

Alex zögerte nicht lange und zog das Steuerhorn ganz zu sich heran. Die *DFII* durchbrach die Wasseroberfläche, und er sah den Himmel. Alex schaltete den Motor aus. Er verließ seinen Sitz und zwängte sich zum Ausstieg, einer schmalen Schleuse, die mit einer Luke hermetisch abgeriegelt war. Flink wie ein Wiesel kletterte Alex hoch und öffnete die Luke. Er streckte seinen Kopf heraus und atmete die frische Luft ein.

Noch drei Minuten.

Für einen kurzen Moment überlegte er, ob die Entfernung

zu Iris vielleicht falsch berechnet war. Aber dann sah er sie im Wasser treiben, im Licht der untergehenden Sonne war sie kaum zu erkennen.

Irgendetwas stimmte hier nicht.

Iris lag nicht auf dem Rücken, sondern auf dem Bauch, mit dem Gesicht im Wasser. War sie tot? War etwa alles umsonst gewesen?

Wie sollte er zu ihr kommen? Ihr Körper trieb nur etwa fünf Meter von ihm entfernt. Er könnte die Luke wieder schließen und das Unterseeboot ein paar Meter nach vorne fahren, aber dadurch würde er kostbare Zeit verlieren. Schwimmen? Er hatte einen Taucheranzug an, seine Taucherbrille lag unten. Es blieb keine Zeit, sie hochzuholen.

Alex kletterte aus der Luke hinaus. Es war schwierig, auf der glatten Oberfläche des Bootes das Gleichgewicht zu halten. Langsam ließ er sich vom Rand des Bootes ins Wasser gleiten.

Der Ozean war kalt, das konnte er selbst durch den Taucheranzug spüren – und an den Tropfen, die ihm ins Gesicht spritzten. Kalt und salzig. Mit schnellen Zügen schwamm Alex zu Iris hinüber, die noch immer kein Lebenszeichen von sich gegeben hatte.

In der Ferne hörte er das Röhren eines Motorbootes.

Bloody hell, die hatten vielleicht starke Motoren. Ganz offensichtlich blieb ihm nicht mehr viel Zeit.

Alex packte Iris am Genick und drehte sie auf den Rücken. Um ihren Bauch hing eine Sauerstoffflasche, und sie atmete durch ein Mundstück. *Good old* Fiber. Er hielt Iris an den Schultern fest und zog sie auf dem Rücken schwimmend zurück zum U-Boot. Dort angekommen fasste er sie unter den

Achseln und zog sie auf eine der Tragflächen des U-Bootes. Während er mit den Füßen strampelte, um sich über Wasser zu halten, entfernte er bei Iris die Sauerstoffflasche und das Mundstück. Er kontrollierte, ob sie eigenständig weiteratmete. Erst dann kletterte er selbst aufs Boot.

Das plötzliche zusätzliche Gewicht drückte die Tragfläche bis unter die Wasseroberfläche herunter. Alex konnte sich gerade noch am Rand festhalten, aber die bewusstlose Iris glitt ohne Vorwarnung lautlos ins Wasser zurück und sank in die Tiefe.

Alex zögerte keine Sekunde. Er ließ das Boot los und tauchte hinter ihr her. Wenn es um Kampf oder Flucht ging, entschied er sich selten für Letzteres. Er verfluchte sich selbst, dass er so einen dummen Fehler gemacht hatte. Ein feiner Superheld war er. Wenn Iris starb, konnte er zusehen, dass er hier wegkam, Chip hin oder her.

Es hatte Vor- und Nachteile, dass Iris keine Sauerstoffflasche mehr trug. Da sie weniger Gewicht hatte, sank sie langsamer in die Tiefe als Alex, der schwerer war. Ohne Sauerstoffflasche hatte sie jedoch maximal drei Minuten, bevor es zu spät war. Maximal ...

Glücklicherweise war Alex ein guter Schwimmer. Innerhalb von sechzig Sekunden bekam er Iris' schlaffen Körper zu packen, und die beiden waren schon wieder auf dem Weg zurück nach oben.

Nun zog er sie zum zweiten Mal auf die Tragfläche seines U-Bootes. Er schob Iris so weit wie möglich zur Mitte des Bootes. Danach kroch er hinterher und hievte sie zur Luke. Hinter ihm ertönte das Geräusch des sich nähernden Motorbootes.

Mit aller Kraft schleppte er Iris über die Tragfläche zur Luke. Er ließ sie so weit wie möglich durch die Schleuse nach unten gleiten, dann ließ er sie los. Er hörte, wie ihr Körper mit einem dumpfen Plumps aufkam. Alex sprang ihr nach. Er schloss die Luke über seinem Kopf und kletterte mühsam über ihren leblosen Körper hinweg in die Kabine. Alex verlor keine Zeit damit, sich zu setzen, sondern startete den Motor im Stehen. Er drückte das Steuerhorn so weit wie möglich von sich. Das Boot nahm langsam Fahrt auf und tauchte ab. Alex schätzte, dass zwanzig Meter genug sein müssten, um unsichtbar zu sein. Bei einundzwanzig schaltete er den Motor aus und widmete sich Iris.

Ihre Lippen und ihre Haut waren graublau, und sie atmete nicht. Alex versuchte, sich an seinen Erste-Hilfe-Kurs zu erinnern. Er zog ihr eilig die Schwimmweste aus. Dann legte er ihr eine Hand auf den Kopf und zwei Finger unters Kinn. Er versuchte es mit Mund-zu-Mund-Beatmung und schaute dann, ob ihre Brust sich bewegte.

Nichts.

Alex presste seinen Mund fest auf Iris' Lippen und blies seinen Atem anderthalb Sekunden lang in sie hinein. Dabei versuchte er, ruhig zu bleiben. Wenn er einen Fehler machte oder in Panik geriet, war sie verloren.

Jeder Superheld hatte die Verpflichtung, seine Erste-Hilfe-Griffe zu kennen und sie auch anwenden zu können. Das hieß aber nicht, dass das im Ernstfall wirklich funktionierte.

Wenn nur Marthe hier wäre.

Alex blies weiter Luft in Iris' Mund, anschließend drückte er wieder auf ihren Brustkorb. Ihm tat alles weh, seine Arme, seine Hände, sein Rücken. Mit der Zeit verfiel er in eine Art

Trance. In Filmen kamen Opfer immer innerhalb einer Minute zu sich, spuckten etwas Wasser und erhoben sich, als wäre nichts geschehen. Die Realität sah anders aus.

Iris fing an zu husten.

Alex half ihr, sich aufzusetzen. Wasser strömte ihr aus dem Mund, das sich dann mit ihren Tränen vermischte. Sie fing an zu schlottern. Alex setzte sie mit dem Rücken an die Wand und legte eine Rettungsdecke um sie. Danach hob er sie hoch und ließ sie auf den Sitz in der zweiten Kabine sinken, wo er sie – in die Decke gewickelt – anschnallte. Schließlich sprang er selbst auf seinen Sitz und startete den Motor.

Der Motor machte ein summendes Geräusch, es war nicht viel mehr als das Surren einer Mücke. Eine Unterwassermücke, sie saß in einem Tier. Iris starrte durch die Augen der Mücke auf die Fische, die an ihnen vorbeischwammen und sie keines Blickes würdigten. Warum sollten sie auch? Iris war selbst eine Mücke, ein nichtiges, kleines Ding, ein nerviges Geschöpf ohne jeglichen Nutzen, das man mit einer Zeitung totschlug oder in einem Wasserglas ertränkte.

Wasser, sie war ausgetrocknet. Iris fragte, ob sie etwas trinken dürfte. Jemand antwortete ihr, aber sie wusste nicht mehr, was sie gefragt hatte.

Iris verlor das Zeitgefühl, als hätte jemand ein paar Sekunden (Stunden?) lang das Licht ausgemacht. Als sie wieder aufwachte, war sie noch immer eine Mücke.

»Ich habe mir in die Hose gemacht«, sagte sie. Irgendwie war das das Schlimmste, was ihr am heutigen Tag passiert war. Iris hatte noch bis zu ihrem siebten Lebensjahr in der

Nacht Windeln getragen, weil sie nie aufwachte, wenn sie auf die Toilette musste. Wie unendlich stolz war sie gewesen, als sie demonstrativ ihre letzte Nachtwindel in den Abfalleimer geworfen hatte. »Jetzt bist du wirklich ein großes Mädchen«, hatte ihre Mutter gesagt.

Heute war sie wieder das Kind von damals.

Iris fing an zu weinen. »Ich habe mir in die Hose gemacht, es tut mir so leid, es tut mir leid, es tut mir leid.«

Die Zeit verging irgendwie sprunghaft. Iris verlor immer wieder das Bewusstsein. Diesmal war sie sich darüber jedoch im Klaren. Sie merkte, dass *sie* verschwand und nicht die Zeit. Die Zeit machte, was sie wollte. Oder vielleicht auch was Iris wollte, wer wusste das schon.

»Sterbe ich?«, fragte sie. »Ich fühle mich so merkwürdig. Fühlt es sich so an, wenn man stirbt?«

»Ich weiß es nicht«, sagte jemand. »Ich bin noch nie gestorben.«

Das klang irgendwie logisch.

(SCHWARZ)

»Wir fahren langsamer«, sagte Iris.

»Ach Quatsch«, antwortete die Stimme. Sie hörte eine gewisse Verärgerung und beschloss, noch ein bisschen weiter nachzubohren.

»*Yes, we do, we do, we do*«, sagte sie mit einem kindlichen, hohen Stimmchen, als wäre sie gerade beim Probesingen für die Teletubbies. »Äh-oh, äh-oh, *we're going too slow*.«

»Shit.« Der Junge links neben ihr (Alex?) fing an, wild auf irgendwelche Knöpfe zu drücken und an Hebeln zu ziehen. Er schien in Panik zu geraten und zu tanzen (nein, nicht zu

tanzen, die Fische, die Fische fingen an zu tanzen. Sie fingen an, sich vor dem Fenster im Kreis zu drehen und zu winken. Iris, Iris! Kommst du raus zum Spielen?).

»Shit, shit, shit!«

»Alex? Alex, ich fühl mich nicht so gut. Ich will raus hier, Alex. Ich muss kurz raus. Darf ich ganz kurz raus?«

»*Shit*, verdammt! Du hast recht, wir fahren langsamer. Wir haben keinen Strom mehr ...«

»Alex, die Fische tanzen. Sie tanzen zu Lady Gaga. Gagastyle. *Don't be a drag, just be a queen, don't be a drag, just be ...*«

»Ich bin heute Morgen eine Proberunde gefahren und habe die *Sub* danach nicht wieder aufgeladen! *Shit*. Anderthalb Stunden. Das waren locker anderthalb Stunden, die ich heute Morgen gefahren bin. Anderthalb Stunden, das sind fast fünfzehn Kilometer! *Shit, Mr Oz is going to kill me.*«

»Alex?«

»Nein, du kannst nicht raus!«

Alex schaute wütend zur Seite. Das Erste, was er sah, war Blut. Blut lief ihr aus dem Mund, über die Lippen, das Kinn herunter. Und es war nicht ein kleines bisschen Blut, es war viel Blut, sehr viel Blut. Iris hustete, und beim Husten kam noch mehr Blut hoch.

»Iris? Iris!«

»Alex? Die Fische, sie haben aufgehört zu tanzen. Ich will, dass sie wieder tanzen. Alex, wo sind die Fische geblieben?«

»Iris!« Alex sprang von seinem Sitz und kniete sich neben das Mädchen. Ihr T-Shirt, das vorhin, als er ihr die Schwimmweste ausgezogen hatte, noch grün gewesen war, war nun rot durchtränkt. Sie musste so schnell wie möglich auf die Krankenstation! Er riss ihr T-Shirt auf, und Iris begann zu kichern.

»Doch nicht gleich bei unserem ersten Date, Alex. Was denkst du wohl, was ich für eine bin.«

Es war ein Wunder, dass Iris nach wie vor bei Bewusstsein war.

Es war ein Wunder, dass sie nach wie vor lebte.

Auf Pala gab es eine Krankenstation, aber die Insel war noch locker fünfzehn Kilometer entfernt. *Life Support* war nicht das Problem, das Unterwasserboot hatte genug Luft für sechsundneunzig Stunden an Bord, und im Notfall brauchte er nur an die Wasseroberfläche zu kommen und die Luke zu öffnen. Das Problem war, dass Iris keine sechsundneunzig Stunden mehr hatte. Sie würde keine halbe Stunde mehr durchhalten, das war eindeutig.

Alex rannte zur Kommunikationsapparatur, die es standardmäßig an Bord eines U-Bootes gab. Offiziell durfte er keinen Kontakt zur Heimatfront aufnehmen, aber dies hier war ein Notfall. Er griff zum Mikrofon und schrie: »*Mayday, mayday!* Das ist ein Notfall. Ich brauche einen Helikopter, sofort!«

BEI MR OZ

Boot, Helikopter, Ausschnitte von Bewegungen. Menschen beugten sich über sie und hantierten konzentriert mit Schläuchen und Nadel und Skalpell herum. Jemand gab ihr durch einen Strohhalm etwas zu trinken. Wütende Stimmen. Satzfetzen. Fragen, wie sie sich fühlt. Sie weigerte sich zu antworten, ihre Gefühle gingen niemanden etwas an.

(MEINE, MEINE, MEINE)

Der Geruch von Desinfektionsmittel und Pfefferminz. Iris musste gar nicht fragen, wo sie war. Weiße Wände, Metallbett. Kein ständiges Schaukeln vom Boot.

(PALALALA)

Die Bilder wurden zu kurzen Filmen, die schwarzen Momente dazwischen wurden immer kürzer, um schlussendlich

(GEH WEG)

ganz zu verschwinden. Fragmente wurden zu Gesprächen. Gerüche blieben Gerüche.

»Hello beauty.«

Iris sah Alex ruhig an. Er trug eine Uniform, die sie an X-Men erinnerte. Zum Glück kein Synthetik-Anzug und kein Cape, dafür prangte auf der Brusttasche ein rotes S, das sie von der Homepage wiedererkannte.

»Sie sagen, dass du nicht sprichst, aber mit deinen Stimmbändern ist alles in Ordnung.«

Iris gab keine Antwort.

»Ich höre dich nachts nach deiner Mutter rufen.«

Er sagte das nicht, um gemein zu sein, das konnte sie ihm ansehen. Trotzdem versetzte es ihr einen Stich. Das Letzte, was sie zu ihrer Mutter gesagt hatte, war, dass sie eine schlechte Mutter war.

»Wo sind die Palmen?«, fragte Iris. Sie erschrak über ihre eigene Stimme, die rau und heiser klang.

»Was?«

»Wo sind die Palmen? Wir sind doch auf einer tropischen Insel?«

Alex nickte. »Wir sind unter der Erde. Es gibt Palmen, aber die kriegst du erst mal noch nicht zu Gesicht, tut mir leid.«

Iris vergrub ihren Kopf im Kissen, Alex sollte ihre Tränen nicht sehen. Es stimmte also, sie war auf Pala. Von ihrer Reise hierher erinnerte sie nicht mehr als ein paar Handlungsfetzen und viel Wasser.

»Du wärst fast gestorben«, flüsterte Alex.

»Das habe ich mitbekommen«, murmelte Iris.

Wenn er von ihr ein Dankeschön hören wollte, konnte er lange warten. Wenn er und Fiber nicht wären, wäre sie gar nicht erst fast ertrunken, dann wäre sie jetzt einfach zu Hause.

Unter ihrem Kissen hörte sie, wie Alex aus dem Zimmer ging.

Eine Woche später wurde Iris von der Krankenstation entlassen. Alex brachte ihr ein Garnitur Klamotten: Jeans, Unterwäsche, ein paar T-Shirts – wieder mit dem S-Aufdruck – und Turnschuhe, alles genau in ihrer Größe. Sie konnte sich im Badezimmer umziehen.

Vom Haupteingang der Krankenstation gelangte man auf einen langen, fensterlosen Gang. Alex hielt einen Pass vor einen massiven Plastikkasten an der Wand. Auf dem Boden leuchtete ein grüner Strich auf.

»Grün steht für Level 1«, erklärte Alex. »Für den Rest des Gebäudes ist bis zum Ende des Trainings der Zutritt verboten.«

Sie folgten dem Strich und kamen auf einen breiten Flur mit unzähligen identischen Türen, von denen eine offen stand. Alex trat einen Schritt zur Seite und ließ Iris vorgehen.

»Das ist ja wie in einem Gefängnis«, bemerkte Iris. Sie betrachtete den spärlich eingerichteten Raum. Ein Einzelbett (es hätte mindestens fünfmal in das *Kingsize*-Bett vom Kreuzfahrtschiff gepasst) war ein Stück über dem Boden an der Wand festgeschraubt. Auf dem Bett lagen eine Matratze (blau), ein Kissen (weiß) und ein Stapel Bettwäsche (ebenfalls weiß). Ein Brett an der Wand stellte den Nachttisch dar. In der Ecke gab es eine Toilette und ein Waschbecken. Ein zweites Brett an der Wand diente als Schreibtisch. Der Stuhl davor war das Einzige, was nicht festgeschraubt war. Auch hier gab es keine Fenster.

»Du kannst in einer der Kabinen am Ende des Gangs duschen.«

»Und wo schläfst du?«

»In einem anderen Teil der Insel. Superhelden haben größere Zimmer.«

»Ich bin noch kein Superheld?«, fragte Iris.

Alex schüttelte den Kopf. »Nein, du bist ein Kandidat. Morgen wirst du mit der Ausbildung anfangen.«

Okay. Eine Ausbildung zum Superhelden. Was musste

sie da machen? Leben retten? Häuser in die Luft stemmen? Durch Wände hindurchsehen oder daran hochklettern?

»Richte dich hier erst mal ein. Wenn du etwas brauchst, drück einfach auf die Klingel.« Alex zeigte auf einen Knopf an der Wand, der Iris zuvor gar nicht aufgefallen war. »Morgen bringe ich dich zu Mr Oz.«

»Morgen erst?«

»Ja, Mr Oz ist ein vielbeschäftigter … Mann. Und der Empfang eines neuen Kandidaten ist ein besonderer Moment, der einige Vorbereitungen erfordert.«

»Und was soll ich in der Zwischenzeit machen?«

Alex zog ein Buch aus seiner Hosentasche und reichte es Iris.

»Der Zauberer von Oz?«

»Das Buch erklärt ein paar Dinge, die hier stattfinden. Lies es.«

»Okay.« Iris setzte sich aufs Bett. Alex blieb noch für einen kurzen Moment in der Tür stehen. Keiner der beiden sagte etwas.

»Es wird besser, Iris.«

»Lüg nicht, Alex, so gutgläubig bin ich nicht.«

Alex machte die Tür zu. Er schloss von außen ab.

Der Vorteil an einem leeren Zimmer ist, dass man nicht abgelenkt wird. Zu Hause wusste Iris nie, was sie als Erstes tun sollte: Computer spielen, Hausaufgaben machen, lesen, Musik hören, malen oder NDS spielen. Hier konnte sie nur eine Sache machen, und das war lesen. Sie machte zunächst ihr Bett, dann legte sie sich hin: die Beine angewinkelt, Kissen unter den Kopf, das Buch auf den Oberschenkeln.

Vor gar nicht allzu langer Zeit hatte sie nicht viel anders auf ihrem eigenen Bett gelegen, den Laptop vor sich aufgeklappt, und die virtuelle Welt von Pala gesehen. Jetzt war sie wirklich dort – wenn sie Alex glauben durfte.

Der Zauberer von Oz wurde im Jahre 1900 von einem gewissen Frank L. Baum geschrieben. Iris kannte die Geschichte in groben Zügen. Sie hatte einen Teil des Films gesehen, und als Kind war sie einmal bei einer Theatervorführung gewesen. Sie schlug die erste Seite des Buches auf. Es war zwar ein Kinderbuch, aber zum Glück war die Sprache nicht sehr kindlich oder altmodisch.

Das Buch handelt von einem Mädchen – Dorothy –, das zusammen mit ihrem Hund Toto von einem Wirbelsturm erfasst wurde und mit Haus und allem Hab und Gut im Land von Oz landet. Zusammen mit dem Blechmann, dem feigen Löwen und der Vogelscheuche machte sie sich in der Smaragdstadt auf die Suche nach dem großen Zauberer von Oz. Dabei mussten sie immer dem gelben Ziegensteinweg folgen. Unterwegs erlebten sie alle möglichen Abenteuer, durch die sie einander und sich selbst besser kennenlernten.

Es war ein unterhaltsames Buch, nichts, was sie zu Hause gelesen hätte, doch immerhin sorgte es für Ablenkung.

Eigentlich hätte Iris in Panik geraten oder wenigstens wütend werden müssen. Sie war entführt worden, anders konnte man das nicht nennen. Zu Hause galt sie als vermisst.

Belüg dich doch nicht selbst, hielt sie sich vor. Das Spiel, der Preis, die Kreuzfahrt, alles war so geplant, damit sie mitten auf hoher See über Bord gehen konnte. Sie wurde vermisst, aber niemand suchte sie, für ihre Umwelt war sie tot.

Warum war sie nicht wütend geworden? Warum lag sie

hier und las, als wäre sie im Urlaub? Auf dem Boot war sie unruhig gewesen. Sie hatte Angst gehabt, vor dem, was kommen würde. Doch hier war sie jetzt ganz ruhig. Was hatten sie mit ihr gemacht?

Gegen Mittag brachte ihr jemand eine Tomatensuppe mit Brot, abends gab es dann einen Teller Reis mit Gemüse. Das Essen wurde ihr durch eine Luke ins Zimmer geschoben – sie kam sich vor wie in einem Film. Offensichtlich war es verboten, mit ihr in Kontakt zu treten. Oder war Alex vielleicht der einzige Mensch auf dieser Insel? Möglich war alles.

Iris ging früh schlafen. Oder besser gesagt *dachte* sie, dass sie früh schlafen ging. In ihrer Zelle gab es keine Uhr (und das hier war eine Zelle, da konnte Alex ihr erzählen, was er wollte), und ohne Sonnenlicht hatte sie keine Möglichkeit, die Uhrzeit festzustellen.

Sie vermisste die Sonne.

Sie vermisste ihre Mutter.

Sie vermisste sogar Marthe.

Zum ersten Mal, seitdem sie weg war, verspürte sie einen stechenden Schmerz in ihrem Magen.

(Nicht dran denken nicht dran denken nicht dran denken nicht dran denken.)

Iris legte das Buch zur Seite. Sie hatte zehn Kapitel gelesen. Dorothy war gerade in der Smaragdstadt angekommen, morgen würde sie den Zauberer treffen.

Iris legte ihre Kleider auf den Stuhl und kroch, nur im Slip, unter die Decke. Sie hoffte, dass es in dieser Zelle keine verborgenen Kameras gab.

In dem Moment, als ihr Kopf das Kissen berührte, löschte

jemand das Licht im Zimmer. Innerhalb weniger Sekunden schlief sie ein und träumte von Wasser, tanzenden Fischen und gelben Ziegelsteinwegen. Immer wieder murmelte sie leise »Mama«.

DER GELBE ZIEGELSTEINWEG

Am nächsten Morgen brachte Alex sie gleich nach dem Frühstück zum Duschraum. Er wartete sogar draußen vor der Tür auf sie. Ob das reine Höflichkeit war oder ob er dort Wache stand, wusste Iris nicht.

Nachdem sie das Badezimmer auf Kameras überprüft hatte, zog sie sich aus und ließ sich das warme Wasser über den Körper laufen. Obwohl es im Duschraum sehr heiß war, zitterte sie wie ein Rohr – ein merkwürdiger Ausdruck. Sie hatte ihren Vater einmal gefragt, woher dieser Ausdruck kam, den er selbst oft benutzte. Wie konnte ein Rohr denn zittern? Ihr Vater hatte gelacht und sie in ein Musikgeschäft mitgenommen, in dem alle möglichen Blasinstrumente verkauft wurden. Dort zeigte er ihr, wie das Mundstück, das Rohrblatt des Instruments zitterte, wenn man hineinblies.

Ihr Vater hatte sich nie mit einer einfachen Antwort zufrieden gegeben. In der Beziehung hätte ihm Pala gefallen.

Mit der Ruhe war es jetzt bei ihr vorbei, und Iris ahnte auch, woran das lag. In der Krankenstation hatte sie an einem Tropf gehangen, der sie mit Schmerzmitteln versorgte. Medikamente, die nicht nur die Schmerzen linderten, sondern sie zugleich betäubten. Heute war der erste Tag ohne Medikamente und der Tag, an dem sie den großen, bösen Mr Oz treffen würde.

Das war garantiert kein Zufall.

Aber sie würde sich nicht so einfach geschlagen geben. Sie hatten sie hinters Licht geführt, verschleppt und eingesperrt. Ihre Mutter dachte wahrscheinlich, dass sie tot war.

Iris drehte energisch den Wasserhahn zu, trocknete sich ab und zog sich an. Ihre Muskeln schmerzten, und ihre Stimme klang nach wie vor ein bisschen heiser, ansonsten war ihr Zustand wieder ganz okay. Immerhin lebte sie noch.

»Sollen wir los?« Die nassen Haare hingen ihr über die Schultern, und Iris spürte, wie ihr stetig Wasser in den Nacken tropfte. Die Gänge waren kalt – wahrscheinlich alles klimatisiert –, hier würden ihre Haare sicher nicht so schnell trocknen. Nächstes Mal würde sie das besser machen. Vielleicht konnte sie auch nach einem Föhn fragen?

Iris zwang sich, ihre Gedanken auf Alex zu konzentrieren. Er ging vor ihr her, sie folgten dem gelben Strich an der Wand. *»Follow the yellow brick road«*, sagte sie.

»Genau«, antwortete er.

»Ich mache bei euch nicht mit.« Iris verlieh ihrer Stimme einen sehr bestimmten Klang.

»Okay«, antwortete Alex.

»Glaubst du mir nicht?«

»Mr Oz kann sehr überzeugend sein.«

»Das werden wir sehen.«

Der Strich schien sie in die Mitte des Gebäudekomplexes zu führen. Vor einer kleinen gelben Tür blieben sie stehen.

Alex trat einen Schritt zur Seite und öffnete ihr die Tür. »Ich darf nicht mit hinein.«

»Natürlich nicht«, antwortete Iris. »Er will ja auch mich sprechen und nicht dich.« Entschlossen betrat sie den Saal. Sie war der festen Überzeugung, sie würde sich auf nichts einlassen.

Beim Anblick, der sich ihr bot, stockte ihr der Atem. *»In*

diesem Augenblick ertönte das Klingeln einer Glocke«[2], zitierte Iris.

»›Es ist so weit‹, sagte das grüne Mädchen zu Dorothy. ›Du musst alleine in den Thronsaal gehen.‹ Sie öffnete eine kleine Tür, und nachdem Dorothy diese furchtlos durchschritten hatte, fand sie sich in einem überaus prunkvollen runden Saal wieder, dessen Boden, Wände und Decke über und über mit großen Smaragden besetzt waren. Von der hohen Decke hing ein großer Leuchter, dessen Licht, so hell wie die Sonne, die Edelsteine aufs Wunderbarste funkeln ließ.«[3]

»DU HAST DAS BUCH GELESEN«, erschallte aus der Ferne eine Stimme.

»Ich bin noch nicht ganz durch«, antwortete Iris. »Aber heute Morgen habe ich gelesen, wie Dorothy Oz besucht. Also den anderen Oz.«

Zögerlich trat Iris in die Richtung, aus der die Stimme kam. Hier sah alles genauso aus wie in dem Spiel, doch in echt war es noch viel beeindruckender. Überall funkelten grüne Smaragde, die sich ineinander spiegelten.

»DU ERINNERST DICH WORTWÖRTLICH AN DEN TEXT?«, fragte Mr Oz, den sie zwar hörte, allerdings nirgendwo entdecken konnte. Seine mechanische Stimme ging einem durch Mark und Bein, aber hier gab es keinen Lautstärkeregler, den sie hätte leiser stellen können.

»Das ist kein Erinnern«, sagte Iris. »Ich sehe den Text des Buches vor mir, als würde ich es in diesem Moment in den Händen halten. Ich lese einfach vor, was dort steht.« Sie hörte das Echo ihrer eigenen Stimme im Raum widerhallen.

»BEEINDRUCKEND.«

Entlang der Wände standen riesengroße Steinschalen

auf niedrigen Säulen. Eine grüne Substanz schwelte in den Glasgefäßen und verströmte einen frisch riechenden, grünen weihrauchähnlichen Dampf.

Iris stockte der Atem.

In der Mitte des Saales stand ein Thron, genau, wie im Buch beschrieben. Der Thron war ein massiver Steinblock, bestimmt zehn Meter hoch. In den Sockel waren Steinstufen hineingeschlagen, die nach ganz oben zu einem Sitz führten. Genau wie der übrige Saal, war auch der Thron mit funkelnden Smaragden verziert. *»Auf dem Thron saß ein riesiger Kopf, ganz ohne Arme, Beine oder Körper«*[4], genau, wie Baum es in seinem Roman beschrieben hatte. Der Kopf strahlte auf sie herab wie eine Sonne.

»WILLKOMMEN, IRIS«, hallte die Stimme durch den Saal. »DU BIST ENDLICH ZU HAUSE.«

Iris blieb stocksteif stehen und stammelte nur: *»Er war noch viel größer als der Kopf des größten Riesen und völlig haarlos, dafür verfügte er über zwei Augen, eine Nase und einen Mund.«*[5]

»SO IST ES.«

Die Anwesenheit des gigantischen Kopfes in dem noch viel riesigeren Raum, das Funkeln der Edelsteine, die bombastische Stimme – all das schüchterte Iris ein. Sie fühlte sich klein und demütig, nichtiger als die kleinste Mücke. Sie atmete den Weihrauch ein, der ihr angenehm in den Kopf stieg.

Es war, als würde sie vor Gott stehen.

»ES WAR KEINE KLEINIGKEIT, DICH HIERHERZUHOLEN«, sagte Oz – Mr Oz, korrigierte sie sich selbst. »ABER JETZT BIST DU DA.«

»Aber warum? Warum ich?«

»WEIL DU BESONDERS BIST.«

»Weil ich Dinge so gut behalten kann? Das ist praktisch, aber nicht besonders, oder?«

»DU BIST VIEL MEHR ALS JEMAND MIT EINEM UNFEHLBAREN GEDÄCHTNIS. SO VIEL MEHR.«

Das war genau das, was Iris schon lange versuchte, den Leuten klarzumachen. Nicht ihre Intelligenz oder ihr Gedächtnis bestimmten, wer sie wirklich war. Warum sah sie keiner *wirklich*, es ging nicht allein darum, wie sie aussah oder wie gut sie lernen konnte. Sollte sie endlich jemanden gefunden haben, der sie verstand? Auch wenn es nur ein großer, schwebender Kopf war, immerhin.

Iris atmete den grünen Weihrauchqualm ein, und plötzlich schien alles ganz klar. Sie *war* besonders, und das nicht, weil Mr Oz es sagte. Sie war *besonders*. Sie verstand gar nicht, warum sie bei seinem ersten Versuch, sie zu den Superhelden zu holen, nicht direkt eingewilligt hatte. Bei ihm sein, ihm dienen, das war alles ..., alles, was sie wollte.

Sie kniete vor dem riesengroßen, lächelnden Kopf nieder. »Zu Ihren Diensten, Herr.«

Nein. Das war nicht, weshalb sie hier war. Das war nicht, was sie sich vorgenommen hatte! Sie zwang sich dazu, wieder aufzustehen. Erstaunt stellte sie fest, dass ihr Körper ihr nicht gehorchte, sondern sie einfach auf den Knien sitzen blieb. »Ich will hier nicht sein.«

»ABER DU BIST NUN HIER.« Mr Oz' Stimme klang erstaunt.

»Ja, ich bin ... hier.«

»WIE KANNST DU DANN NICHT HIER SEIN?«

Hey, was meinte er denn jetzt damit? Sie war hier, sie wollte nicht ..., sie musste ...

»IRIS. MACH DIR KEINE SORGEN. MR OZ PASST AUF DICH AUF.«

»Wer ist Mr Oz? Wer sind Sie?«

»MR OZ IST HIER, UM DIE WELT GERADEZURÜCKEN, IRIS. FINDEST DU NICHT, DASS DIE WELT SCHIEF IST? DASS SIE AUS DEM GLEICHGEWICHT GERATEN IST?«

Iris nickte.

»WIR RÜCKEN SIE GERADE, IRIS. WIR, DIE SUPERHELDEN. WILLST DU EIN SUPERHELD SEIN? WILLST DU DIE WELT GERADERÜCKEN?«

Iris senkte den Kopf. »Ja, Sir.«

»DANN FANG MIT DEM PROGRAMM AN, WIR WERDEN UNS WIEDERSEHEN. JETZT GEH.«

Zitternd stand Iris auf. Sie verbeugte sich. »Ich danke Ihnen«, sagte sie, ohne ihn anzusehen. »Danke.«

»GEH. ALEX WIRD DICH IN DEINE UNTERKUNFT ZURÜCKBRINGEN.«

Iris warf noch einen letzten Blick auf den riesigen Kopf, der sie beruhigend ansah. Sie senkte den Blick vor seiner Größe und stammelte »Danke«. Dann verließ sie eilig den Raum.

Draußen nahm Alex sie in Empfang. Sie flog ihm um den Hals und umarmte ihn, dabei flüsterte sie ihm ins Ohr: »Er ist so schön, so unglaublich schön, Alex. Oh, wenn ich ihn nur wiedersehen könnte.«

»Ja, das ist der besondere Effekt, den er auf Menschen hat.«

Ihr kullerten die Tränen über die Wangen. »Er hat gesagt, dass ich besonders bin. Kannst du das glauben, Alex? «

»Komm, ich bringe dich auf dein Zimmer.«

Sobald Iris zurück in ihrer Zelle war, ging Alex noch einmal allein zurück in den Thronsaal. Er schnippte mit den Fingern, und die Deckenbeleuchtung ging an. Die LED-Lämpchen, die die Smaragde darstellen sollten, verblassten langsam. Die Glasgefäße glommen noch etwas nach, aber sie gaben zu wenig halluzinierende Stoffe ab, um auf Alex einen Effekt zu haben.

Ohne den Blick zu heben, lief Alex am leeren Thron vorbei zur Rückseite des Saales. Hier gab es eine zweite Tür. Er klopfte an und wartete, bis eine metallische Stimme »KOMM HEREIN« rief.

Alex öffnete die Tür und betrat das Studierzimmer. Mr Oz befand sich im hinteren Bereich des Raumes – außerhalb der Sichtweite seines Besuchers, so wünschte er es. Nie durften ihm mehrere Menschen gleichzeitig in die Augen sehen, und die meisten, die in seine Augen schauten, bereuten es hinterher.

»Sir«, sagte Alex, »sie ist in ihrem Zimmer.« Er hörte das Wasser im Aquarium plätschern.

»MORGEN BEGINNT SIE IHR TRAINING.«

»Sir, ich weiß nicht, ob sie schon dazu bereit ist. Sie war fast tot ...«

»MORGEN!« Die metallische Stimme des Sprachsynthesizers konnte nur schlecht Emotionen ausdrücken, aber Alex hörte seine Wut trotzdem.

»Wie Sie wollen.«

Alex verließ das Zimmer und schloss die Tür hinter sich.

WILLKOMMEN IN LEVEL 1

»Wakey, wakey.«

Iris öffnete die Augen und sah direkt in das Gesicht von Alex. Er hatte eine Uniform dabei.

»Geh weg.« Iris legte schützend einen Arm über die Augen, das grelle Licht blendete sie. Der stechende Kopfschmerz erinnerte sie an den Abend, als sie Bekanntschaft mit den Cocktails gemacht hatte.

»Zeit zum Aufstehen, Iris. Du bist jetzt in Level 1. Da gibt es bestimmte Regeln.«

»Und seit wann bist du meine Mutter?« Iris gähnte. Sie wagte es nicht, sich im Bett richtig zu recken, aus Angst, die Decke könnte runterrutschen und den Blick auf ihren nackten Oberkörper freigeben.

»Ich bin nicht deine Mutter, sondern dein direkter Vorgesetzter. Du hast zwanzig Minuten Zeit zum Duschen und Anziehen. Wir sehen uns im Frühstückssaal. Folge einfach dem violetten Strich.« Alex legte die Klamotten auf den Stuhl und verschwand.

Dreißig Minuten später betrat Iris einen Raum, der sie entfernt an die Aula ihrer Schule erinnerte. Sie trug nun die gleiche Uniform wie Alex, nur dass bei ihr anstelle des S eine große 1 auf der Brusttasche stand. Der Frühstückssaal war in neun Farbfelder aufgeteilt, die mit großen Buchstaben markiert waren. Innerhalb der Farbfelder standen lange Tische, an denen Hunderte von Kindern saßen.

Hunderte!

Das Alter der Kinder variierte zwischen jung (Iris sah ein

asiatisch aussehendes Mädchen, das höchstens acht Jahre alt war) bis hin zu relativ alt (Jugendliche). Es waren etwa genauso viele Mädchen wie Jungs. Von Justin war keine Spur zu sehen.

Alle Tische waren voll besetzt – bis auf einen Tisch im Feld mit der Nummer 1, wo Alex neben einem leeren Stuhl stand und wartete. »Du bist spät dran.«

»Ich habe keine Uhr.«

»Das ist nicht mein Problem. Dir bleiben zehn Minuten zum Frühstücken.« Er zeigte auf ein Büfett, wo Körbe mit Brot und gekochten Eiern für sie bereitstanden. Iris suchte vergeblich nach einem Lächeln auf seinem Gesicht oder wenigstens nach einem Augenzwinkern, aber er sah sie weiterhin vollkommen emotionslos an.

Iris wägte ab, was sie innerhalb von zehn Minuten essen könnte, und belud sich dann kurzerhand ein Tablett mit einer Schale Cornflakes mit Milch, einem Teller klein geschnittenem Obst und einem Glas frisch gepresstem Orangensaft. Neben sie trat ein indisch aussehender Junge, der sich einen Apfel aus der Schale nahm.

»Hi«, sagte Iris.

»Wusstest du, dass man in Belgien nicht ›Jus d'orange‹ sondern ›Fruchtsaft‹ sagt?«, fragte der Junge in einwandfreiem Niederländisch.

Iris schüttelte den Kopf.

Der Junge biss in seinen Apfel. »Äpfel. Es ist wirklich wichtig zu wissen, wer einen gibt und wer einen bekommt.«

»Wie du meinst«, murmelte Iris, als er außer Hörweite war. Das konnte ja heiter werden, wenn die Typen hier alle so schräg drauf waren.

»Erzähl«, sagte Iris. Sie stellte ihr Tablett auf dem Tisch Nummer 1 ab und rückte mit ihrem Stuhl dichter an Alex heran, der sich an die Ecke des Tisches gesetzt hatte.

»Dir bleiben genau sechs Minuten Zeit zum Essen.«

»Das meine ich nicht, ich meine das hier.« Iris machte eine ausladende Armbewegung und zeigte in den Raum. »Was ist das. Wer sind wir? Warum sitze ich hier und die anderen dort?« Sie nahm einen Löffel Cornflakes und sagte mit vollem Mund: »Du reden, ich essen.«

Alex schüttelte den Kopf. »Später.«

Iris gab ihre Befragung auf und konzentrierte sich auf ihre Cornflakes.

Etwa fünf Minuten später klingelte es. Alex ignorierte ihren Protest und zog Iris das Tablett unter der Nase weg. Die Hälfte ihres Frühstücks war noch unangerührt.

»Aber ich bin doch gar nicht fertig!«

»Das ist nicht mein Problem. Komm jetzt.« Er stellte das Tablett auf ein Förderband und schubste Iris unsanft zum Ausgang. Um sie herum schoben die anderen ihre Stühle ordentlich zurück und räumten ihre Sachen weg. Ein paar Dinge fielen Iris auf: Sie alle hatten eine Zahl auf der Brusttasche, eine Zahl zwischen zwei und neun. Kinder mit einer niedrigen Zahl ließen Kinder mit einer höheren Zahl vor, dabei schien das Alter keine Rolle zu spielen. Der indisch aussehende Junge trug ein S, genau wie Alex. An den Reaktionen der anderen erkannte Iris, dass sie zur Elite gehörten, sie waren die Superhelden.

Iris wurde von allen ignoriert.

Sie folgte Alex, der sich resolut seinen Weg durch das Gängegewirr bahnte. Die farbigen Lichter auf dem Boden leuchteten unter ihren Füßen auf. Ganz offensichtlich folgten sie heute der Farbe Blau.

Durch eine Tür gelangte man in ein Foyer, in dem sich eine geschlossene Theke befand, Doppelflügeltüren führten zu einem weiteren Raum.

Alex gab ihr ein Handzeichen: »Setz dich, wohin du willst.«

Iris zögerte einen Moment.

»Nun geh schon, wir sehen uns später.«

Iris trat einen Schritt vor. Sie drückte die linke Tür auf, die sie in einen riesengroßen Kinosaal führte. Hier gab es eine Leinwand, gegen die ein IMAX-Schirm eine Zwergen-Leinwand war. Iris suchte sich einen Platz in der Mitte des Saales und murmelte leise in sich hinein: »Oh nein, ich hoffe nicht, dass du jetzt *The Wiz* zeigst, Alex.« Michael Jackson als Vogelscheuche war so ungefähr das Letzte, wonach Iris der Sinn stand.

Im Saal erloschen die Lichter. Iris fiel es nicht schwer, sich vorzustellen, dass sie gerade im Rembrandt-Kino saß und gleich die Trailer und die Reklame für neue In-Getränke losgingen. Obwohl es noch früh am Morgen war, hatte Iris Lust auf Cola und Popcorn. Und auf eine Jacke, denn hier im Saal war es eiskalt.

Auf der Leinwand begann es grün zu flackern, dazu wurde Orchestermusik gespielt. Die Musik schwoll an – je stärker die grüne Glut flimmerte, desto lauter wurde die Musik. »WILLKOMMEN AUF PALA«, stand auf der Leinwand. Geigenspiel erfüllte den Raum. Dann verschwand der Titel wieder, dafür rückte jetzt die Luftaufnahme einer Insel ins Bild.

Pala. Irgendwo dort, unter der Erde, saß sie nun und sah diesen Film. Merkwürdige Vorstellung.

Iris konnte schwer einschätzen, wie groß die Insel wirklich war, aber den Pflanzen und Bäumen nach zu urteilen, war sie auf jeden Fall tropisch. An zwei Stellen gab es eine leichte Erhebung der Erde, die dann zu einem kleinen und einem größeren Berg anwuchs. Die Kamera zoomte heran, näher und näher, durch die Pflanzen hindurch, bis sie scheinbar durch die Erde stieß. Unter der Erde filmte sie eine kreisförmige Versammlungshalle. An den Wänden sah man zahlreiche Türen. Das vertraute S war auf dem polierten Fußboden abgebildet. In der Mitte vom S stand …

Alex?

Dieser Alex war jünger als der, den Iris kannte, er war vielleicht 14 Jahre alt. Er wirkte fröhlicher und unbeschwerter, als würde er nicht die Last der ganzen Welt auf den Schultern tragen.

»*Welcome*«, sagte er auf Englisch. »Willkommen« erschien in niederländischen Untertiteln. »Willkommen auf Pala.«

»Mein Name ist Alex. Dies ist der Einführungsfilm für Superhelden in Level 1. In diesem Film erzähle ich dir kurz, was du von uns in den nächsten Wochen zu erwarten hast und wie das Training in Phase 1 aussieht. Aber zunächst erfährst du etwas über die Geschichte von Pala.«

Nun wurde der unterirdische, smaragdene Thronsaal gezeigt, in dem Iris gestern gewesen war. Die Kamera bewegte sich langsam über den Boden, wodurch die Halle noch imposanter wirkte. Während der Thron mit dem leuchtenden, schwebenden Kopf langsam ins Bild rückte, ertönte Alex' Stimme als *voice-over*: »Pala ist die Erfindung des Mannes, den wir alle als Mr Oz kennen. Der Name Pala stammt aus dem Buch *Eiland* von Aldous Huxley. Huxley beschreibt in seinem utopischen Roman eine Insel, auf der Kinder nicht den Neurosen ihrer Eltern ausgesetzt werden, sondern zu perfekten Menschen heranwachsen.«

Die Kamera war am Fuße des Throns angekommen. Sie schwenkte nach oben, sodass Mr Oz nun das ganze Bild einnahm. Iris lief ein Schauer über den Rücken, eine unkontrollierbare Reaktion auf Mr Oz' Anwesenheit.

Iris merkte nicht, dass der Kinosaal inzwischen von geruchlosem Gas erfüllt war, das aus einer Düse unter ihrem Sitz in den Saal gesprüht wurde. Iris verspürte Euphorie, sie fühlte sich mit einem Mal leichter und hoffnungsfroher.

Mr Oz sprach: »DU STEHST AN DER SCHWELLE ZU EINEM NEUEN LEBEN. DU ENTSCHEIDEST DICH FÜR LICHT ODER DUNKELHEIT. DU HAST DIE WAHL. FIGHT OR FLIGHT.«

Daraufhin erklang wieder Alex' Stimme: »Kampf oder Flucht, du hast die Wahl. Die Welt brennt. Überall gibt es Kriege. Generationen um Generationen treffen dieselben Entscheidungen und machen dieselben Fehler. Wieder und wieder. Albert Einstein hat gesagt: ›Wenn du tust, was du immer getan hast, bekommst du auch, was du immer bekommen hast.‹ Wenn wir die Welt verändern wollen, wenn *du* die Welt verändern willst, dann müssen wir bei uns selbst anfangen.«

Die Kamera zeigte eine neue Szene. Iris sah sich nun selbst in dem Raum vor dem Thron stehen. Sie sah, wie sie dort kniete und sagte: »Zu Ihren Diensten, Herr.«

Iris schnappte nach Luft.

»WILLST DU EIN SUPERHELD SEIN? WILLST DU DIE WELT GERADERÜCKEN?«, fragte Mr Oz.

Sie hörte sich selbst antworten: »Ja, Sir.«

Das Bild wurde schwarz. Der junge Alex trat in den Fitnessraum. Hinter ihm trainierten Kinder, Kinder jeden Alters und unterschiedlicher Abstammung. »Auf Pala trainieren wir Geist und Körper. Wir bringen dir bei, schnell und effektiv zu lesen, mehrere Sprachen zu sprechen und konzentriert nachzudenken. Aber auch Kampfsport, Verteidigungstaktik, Meditation und Yoga wirst du bei uns lernen. Wir bringen dir bei, deinen Blick auf die Weltgeschichte zu ändern.«

Hinter Alex poppten verschiedene Bilder von Kindern auf. Einige waren in Bücher vertieft, andere trainierten im Fitnessraum oder hielten Vorträge vor Smartboards. Iris sah Kinder auf Hindernisbahnen rennen, durch den Matsch robben oder in Lotushaltung sitzen – Letztere trugen Kleider, die an Judoanzüge erinnerten.

»Wir bringen dir das Autofahren bei.« Alex' Gesicht erhellte sich bei diesen Worten. Hinter ihm sah man jetzt einen Wald-Parcours, auf dem motorisierte Gokarts, Motorräder und Jeeps vorbeidonnerten. Mit quietschenden Reifen bogen sie um die Kurve, auf dem Weg zu einem für Iris nicht sichtbaren Ziel.

»Und wir bringen dir das Schießen bei.« Eine Reihe von Bildern mit Pfeil und Bogen, mit Pistolen, Gewehren und noch größeren Waffen zog vorbei. All diese Waffen wurden von Kindern zwischen zwölf und achtzehn Jahren bedient.

Dann richtete Alex sich zum letzten Mal an den Zuschauer: »Du bist kein Soldat. Du wirst kein Soldat. Du bist ein Held. Ein Superheld. Und zusammen retten wir die Welt.«

Die Musik schwoll an, und das Logo der Superhelden erschien überlebensgroß im Bild. Iris starrte weiter auf die

Leinwand, auch dann noch, als sie bereits wieder weiß war und das Licht anging. Sie merkte, dass ihr Tränen in den Augen standen.

Hinter ihr betrat Alex den Kinosaal.

»Wann kann ich anfangen?«, fragte Iris.

»Wie wäre es mit jetzt gleich?«

Schießen, Reiten, Kämpfen, scheinbar machte man diese Dinge noch nicht in Level 1. Dafür hieß es Sprachen lernen, Fitness treiben und Computergrundkenntnisse erlangen.

Zunächst einmal erklärte Alex die Regeln: Immer pünktlich sein. Nicht mit Superhelden oder Kandidaten aus höheren Levels reden, außer, wenn du angesprochen wirst. Zwei Stunden am Tag musste sie bei der sogenannten Hintergrundarbeit helfen. Iris' Aufgabenbereich war die Küche, wo sie Essen auffüllen und Geschirr abwaschen musste.

Alex begleitete sie zu ihrer ersten Stunde. Fitnesstraining fiel heute aus, das hatte sie wegen des Einführungsfilms verpasst.

Der indische Junge aus dem Frühstückssaal wartete auf sie. Er stellte sich als Inderpal vor und erklärte dabei gleich, dass der Name »Beschützer Indiens« hieß.

»Und, bringst du mir Indisch bei?«, fragte Iris.

»Wenn du willst. Aber lass uns erst mal mit Englisch anfangen. Was kannst du denn schon?«

»How do you do, I am fine, my name is Iris, that sort of stuff. Ich verstehe mehr, als ich sagen kann.«

»Dann werden wir daran in diesem Monat arbeiten.«

»Du wirst mir tatsächlich innerhalb nur eines Monats Englisch beibringen?«

»Ich kann dir jede beliebige Sprache in nur einer einzigen Stunde beibringen. Nicht sie zu verstehen oder zu sprechen, das dauert ein bisschen länger. Aber die Basis jeder Sprache: in einer Stunde.«

Inderpal war höchstens zwölf Jahre alt und einen Kopf kleiner als Iris. Er trug – genau wie alle hier – die Standarduniform. Auf seiner Brust prangte ein S. Und doch fiel es Iris schwer, ihn ernst zu nehmen, so jung und klein, wie er war.

»Wie viele Sprachen sprichst du?«, fragte sie.

»Im Moment sechzehn.« Er sagte das ganz nüchtern, als würde er über das Wetter reden.

Iris blickte sich im Zimmer um, auf der Suche nach einem Stuhl. Der Raum war oval, die Wände waren aus Milchglas, sodass die Menschen auf dem Gang nur als Schatten zu erkennen waren. In der Mitte befand sich ein viereckiger Schirm. Er sah aus wie eine Tischplatte auf vier Beinen. Inderpal zog eine Fernbedienung aus der Hosentasche und schaltete den Schirm an.

»Gibt es keine Stühle?«, fragte Iris.

Inderpal schüttelte den Kopf. »Im Stehen kann man sich besser konzentrieren. Komm.«

Sie ging zum Tisch. Inderpal tippte mit dem Finger auf den Schirm, daraufhin erschienen sechs Sätze:

Der Apfel ist rot.
Das ist Jans Apfel.
Ich gebe Jan den Apfel.
Wir geben ihm den Apfel.
Er gibt Jan den Apfel.
Sie gibt ihn ihm.

»Das sind aber ganz schön viele Äpfel ...«, bemerkte Iris.

»Please focus«, antwortete Inderpal. Das war deutlich. Seine Stimme war leise und akzentfrei und dabei durchaus bestimmt. Iris hielt den Mund und hörte zu.

Inderpal erklärte, dass man alle Sprachen in ihre Basiselemente aufspalten konnte. Wenn man diese Elemente lernte und dazu noch tausend Worte, dann konnte man sich in fast jeder Sprache verständigen. »Hör nicht auf die Stimme in deinem Kopf, die dir erzählt, dass du es nicht verstehst«, sagte er. »Dann verstehst du mehr, als du dir je erträumt hast.«

Zwei Stunden lang analysierten sie Schritt für Schritt die englische Sprache. Am Ende war Iris richtig schwindelig, aber es gab ihr auch zu denken. Wenn man so schnell eine Sprache lernen konnte – nur, weil man dies auf eine andere Art und Weise tat als bisher –, was machten sie dann eigentlich in der Schule? Dort bestanden die Stunden aus Grammatik, Vokabeln pauken und Texte lesen. Das war sicher sinnvoll, nur irgendwie auch sehr ... altmodisch? Zumindest, wenn das hier wirklich funktionierte.

Alex holte sie ab. Iris bedankte sich bei Inderpal und ging mit Alex in den Speisesaal. Sie lud sich Brot, Eier, einen Becher Milch und zwei Äpfel auf ihr Tablett. Diesmal achtete sie darauf, dass sie auch genug Zeit hatte, alles aufzuessen.

»Bist du so eine Art Anstandswauwau oder so?«, fragte sie, als sie, bis auf die Äpfel, sämtliche Sachen von ihrem Tablett verdrückt hatte.

»Nur heute. Ab morgen bekommst du einen Stundenplan und einen eigenen Pass.«

»Okay.« Sie nahm einen Apfel vom Tablett und reichte ihn Alex. »*I give you the apple*«, sagte sie.

»*Je vous rend la pomme*«, antwortete Alex und gab ihr den Apfel zurück.

»Deshalb sprechen Marthe und du Niederländisch.«

Alex nickte. »Wir mussten es lernen bevor wir ..., bevor wir dich eingesammelt haben. Wir haben einen Monat dafür gebraucht. Niederländisch ist schwieriger als Englisch.«

»Einen Monat? Aber da habe ich doch gerade erst mit dem Spiel angefangen. Woher wusstet ihr zu diesem Zeitpunkt schon, dass ich gewinnen würde?«

Alex zuckte die Achseln.

»Lass mich raten, Mr Oz?«

»Mr Oz«, Alex nickte.

»Wer ist er? Wer ist er wirklich? Weißt du das?«

»Ja. Alle Superhelden wissen es.«

»Die Superhelden haben ein S auf ihrer Uniform?«

»Ja, wenn du Level 5 geschafft hast, wirst du ihm vorgestellt, dem echten Mr Oz, nicht dem sprechenden Kopf.«

»Dann war es also bloß ein Spezialeffekt?«, fragte Iris ein bisschen enttäuscht. »Er schien so echt. Und so wunderschön ... Es war, als würde er direkt in mich hineinsehen können.«

»Glaub mir, in echt ist er noch viel ... schöner ...«

Iris blickte Alex an, um zu sehen, ob er sich über sie lustig machte.

»Komm, ich bringe dich zur nächsten Stunde.«

KÜCHENDIENST

In den darauffolgenden Wochen rannte Iris von einer Unterrichtsstunde zur nächsten und von Lehrer zu Lehrer. Keiner war älter als achtzehn, und alle waren sie in irgendetwas besonders gut. Der eine unterrichtete Iris in Mathematik – und zwar auf eine Weise, dass sie es tatsächlich verstand –, der andere brachte ihr die Grundlagen der Meditation bei und zeigte ihr, wie sie richtig atmete. Ihr Tag begann mit Krafttraining und Fitness. Nach dem Duschen und Frühstücken war Iris dann eine Stunde bei Inderpal. Jede Stunde begann er mit den Worten »Wusstest du, dass ...?«. So hatte Iris gelernt, dass Pala auf Sanskrit »Beschützer« hieß und Louis Braille mit fünfzehn Jahren das Blindenalphabet perfektioniert hatte.

Nachdem Iris körperlich gänzlich wiederhergestellt war, wurde sie in der Küche eingesetzt. Hier herrschte reges Treiben. An langen Arbeitstheken standen Jungs und Mädchen, die Gemüse putzten und hackten. Es gab mehrere Herde, auf denen Reis und Kartoffeln gekocht und Gemüse gedünstet wurden. An extra Tischen wurden Nachspeisen zubereitet.

Iris ging zu dem kleinen, asiatisch aussehenden Mädchen, das ihr neulich im Frühstücksraum aufgefallen war. Das Mädchen reichte Iris gerade mal bis zu den Schultern. Genau wie die anderen trug auch sie über ihrer Uniform eine Kochjacke, und auf ihren kurzen, schwarzen Haaren saß eine weiße Kappe. Vor ihr türmten sich rote, grüne und gelbe Paprika. Geschickt entfernte sie die Samen und Scheidewände aus der Frucht und schnitt sie dann in Stücke.

»Hallo«, sagte Iris. Das Mädchen schaute kurz auf und deutete mit einem Kopfnicken in die Ecke des Raumes. Iris folgte ihrem Blick und sah dort ein paar weiße Jacken hängen. Sie zog sich eine der Jacken an und probierte die dazugehörige Kappe auf.

»Die Größe passt uns allen«, murmelte sie, als sie wieder zu dem Mädchen zurückging. Die kleine Asiatin war die Erste in einer Reihe von Gemüseschnipplern. Sie stand neben einem baumlangen dunkelhäutigen, älteren Jungen, der entschlossen die Knoblauchzehen in Stücke hackte, als würde er auf diese Weise irgendwelche Aggressionen loswerden.

»Hast du schon einmal Paprika geschnitten?«, fragte das Mädchen. Sie sprach Englisch mit einem amerikanischen Akzent.

Iris schüttelte den Kopf. »Nee, aber dafür muss man doch nicht Raketenforscher sein, oder etwa doch?«

»Nein, aber von denen gibt's hier einige!«

»Ja, das kann ich mir gut vorstellen«, kicherte Iris. »Ich bin Iris«, stellte sie sich vor.

»Li Wen Yun.« Sie wischte sich erst die Hand am Ärmel ihrer Jacke ab, bevor sie Iris die Hand reichte.

»Und wie soll ich dich nennen? Li Wen? Wen Yun?«

»Li«, sagte der Kerl neben ihr. »Oder besser noch *Wen Do you See Li*«, ergänzte er.

»Was?«

»Ignorier ihn einfach«, flüsterte das Mädchen.

»Was hat er denn gesagt?«

Das Mädchen schüttelte den Kopf. »Vergiss es.«

Aber da war der Junge anderer Meinung. Mit einem breiten Grinsen auf dem Gesicht sagte er: »Ihr Name ist *Wen Do*

You See Li? Und die Antwort lautet: Du siehst sie nie! Weil sie so klein ist.«

Ein anderer Junge neben ihm fing an zu lachen und gab ihm High Five.

»Und wie heißt du, großer Junge?«, fragte Iris.

Der Kerl, der so riesig war, dass man ihn eigentlich kaum mehr als Jungen bezeichnen konnte, wandte sich an Iris. »*Are you talking to me?*«, fragte er lässig. Dabei zeigte er auf die Zahl Fünf auf seiner Brust.

»Oh weh, du kannst nicht zählen?«, fragte Iris. »Das ist eine Fünf, F-Ü-N-F.«

»Weißt du eigentlich, wen du hier vor dir hast, Kleine?«, knurrte er. »Ich bin Russom. Das ist Afrikanisch und bedeutet Chef. Ich bin Judoweltmeister!«

»Lass mich raten«, schmunzelte Iris. »Sie haben dir den Küchendienst zugewiesen, weil du so gut austeilen kannst?«

»Tu's nicht«, flehte Li Wen Yun sie an. Und zu Russom sagte sie: »Sie ist neu, sie meint es nicht so.« Li Wen Yun griff nach Iris' Arm. »Komm, ich zeige dir, wie du deine Paprika schneiden musst.«

Sie nahm eine große rote Paprika vom Tisch und fing an, sie wie ein professioneller Koch zu bearbeiten.

»Du arbeitest ja wie ein Roboter«, sagte Iris, beeindruckt von ihrer Schnelligkeit.

»Sie ist Chinesin, die werden direkt am Fließband geboren.« Russom versuchte erneut, sie zu provozieren.

Iris machte schon den Mund auf, um ihm noch einen mitzugeben, doch Li hielt sie zurück. »Nicht reagieren. Wir sind in Level 1 und 2, wir dürfen die Höheren nicht ansprechen. Hier.« Sie reichte Iris eine Paprika. »Jetzt bist du dran.«

Iris sah den Jungen stirnrunzelnd an und griff nach der Paprika. »Okay, nur noch einmal, um sicherzugehen, dass ich dich richtig verstanden habe«, sagte sie. »Dies hier ist eine Paprika?«

»Ja.«

»Stell dir vor, es wäre ein Junge. Wir könnten ihn zum Beispiel Russom nennen.«

»Sprich nicht mit ihm!«, zischte Li.

»Ich spreche nicht mit ihm, ich spreche mit dir«, antwortete Iris. Sie legte die Paprika seitlich aufs Schneidebrett und setzte das Messer an. »Wenn dies Russom wäre, würde ich ihm das Messer zuerst an die Kehle setzen, um sicherzugehen, dass er mir auch wirklich zuhört.« Sie drückte das Messer in die Frucht und begann zu schneiden. »Wenn er dann weiter so unverschämt wäre, würde ich etwas kräftiger drücken. Guck, so.« Sie schnitt die Paprika in zwei Hälften. »Danach entferne ich dann seine Hoden.« Sie schnitt die Samen in zwei schnellen Bewegungen aus der Frucht.

Russom drückte Li Wen Yun grob zur Seite und hielt Iris sein Messer vors Gesicht. »*You've got a lot of guts, little girl. Shall I show them to you?*«

»*Guts*« hieß auf Englisch nicht nur »Mut«, sondern auch »Eingeweide«. Li wich einen Schritt zurück, aber Iris blieb stehen.

»Aha, Russom hat einen Wortwitz gemacht, hast du das gehört? Er will mir meine Eingeweide zeigen. Denkst du, dass Mr Oz das gefällt, Li Wen Yun?«

Bei dem Namen »Oz« kniff Russom die Augen zusammen.

»Nach all der Mühe, die Mr Oz auf sich genommen hat, um mich nach Pala zu bringen, meinst du, er würde es gutheißen, wenn ich hier niedergestochen werde, Russom? Und wieso überhaupt ein Messer? Machst du einen auf L. A.-Gangster? Fürchtest du dich vor einem rothaarigen Mädchen aus den Niederlanden? Buh!« Iris versuchte, ihre Angst nicht zu zeigen. Würde er es wirklich wagen, sie zu erstechen? Wo um Himmels willen war sie nur gelandet?

Zwei Superhelden betraten die Küche, ein Junge und Fiber.

»Schluss jetzt, ihr zwei. Sonst kommt ihr beide in die Isolierzelle«, sagte Fiber. An Iris gewandt fügte sie hinzu: »Dir steht es nicht zu, mit höheren Rängen zu sprechen.«

Iris sah ihr direkt in die Augen, aber sie sagte nichts.

Der Junge nahm Russom zur Seite und flüsterte ihm etwas ins Ohr. Russom zuckte mit den Achseln und schnitt weiter seinen Knoblauch.

Als die zwei Superhelden verschwunden waren, sagte das chinesische Mädchen: »Wen-Yun. Das ist mein Vorname. Meine Freunde nennen mich YunYun.«

»Gehöre ich denn dazu?«

»Wenn du willst?«

»Gerne.«

Daraufhin stürzten sie sich gemeinsam auf die Paprika und danach auf Tomaten, Zucchini und Frühlingszwiebeln. Damit bestätigte sich, was Iris bereits vermutet hatte: auf Pala aß man rein vegetarisch.

Iris arbeitete hart. Sie räumte das Geschirr vom Vortag aus den Geschirrspülern (es waren große Maschinen, die in langen Reihen nebeneinander standen), stellte saubere Teller aufs Büfett und befüllte die Besteckkästen.

Iris hätte gedacht, dass sie die Küchenarbeit entsetzlich finden würde, aber nach einer Weile merkte sie, dass es ihr hier richtig gut gefiel. Den ganzen Tag über durfte sie mit niemand anderem reden als mit ihren Lehrern, und die ließen absolut keinen Freiraum für Fragen, Witze oder einfach mal ein bisschen Small Talk. In der Küche blieb eigentlich auch keine Zeit zum gemütlichen Quatschen, doch wenigstens wurde dort bei der Arbeit gelacht.

Trotz des Altersunterschiedes wurde YunYun schnell Iris' beste Freundin. Offiziell durfte YunYun nicht mit ihr reden – sie war ja schon in Level 2 –, aber das chinesische Mädchen schien Iris ebenfalls zu mögen.

»Kann man hier abends irgendwo etwas trinken gehen?«, fragte Iris sie eines Tages. Alle Gerichte waren zubereitet, und sie warteten auf die hungrige Meute.

YunYun schüttelte den Kopf. »Nein, leider nicht. Du bist in Level 1, du darfst noch nicht in die Gesellschaftsräume.«

»Das heißt, es gibt tatsächlich welche?«, fragte Iris erstaunt. Alex hatte ihr einen Pass mit der Nummer 1 gegeben. Jeden Morgen hielt sie ihn vor die Scanner auf dem Gang. Ein Lichtstreifen zeigte ihr dann an, wohin sie gehen musste. An einem Gesellschaftsraum war sie dabei allerdings noch nicht vorbeigekommen.

»Wir haben ein Kino, einen *Game Room* und eine Bar«, sagte YunYun stolz.

»Eine Bar?«

»Ohne Alkohol natürlich«, kicherte YunYun.

Das machte nichts. Das letzte Mal war Iris der Alkohol eh nicht besonders gut bekommen.

Sie versuchte, den Gedanken an ihre Mutter und an Marthe zu verdrängen. In ihrem Kopf gab es einen Platz, den sie extra dafür eingerichtet hatte – und dieser Ort trug ein riesengroßes Vorhängeschloss. Manchmal sah sie Marthe im Saal sitzen. Genau wie alle anderen trug sie Uniform, dazu jedoch Make-up und Piercings. Sie würdigten einander keines Blickes, auch wenn Iris sich sehr zusammenreißen musste, um ihr nicht an die Gurgel zu gehen.

Nach dem Essen, als alles abgewaschen war – die Küchencrew aß ihre Portion während des Kochens –, duschte Iris noch einmal und ging ins Bett. Dort las sie bis neun Uhr, erst den *Zauberer von Oz* und danach die anderen Bücher, die Alex ihr mitgebracht hatte. Sobald sie in Level 2 war, würde sie selber in die Bibliothek gehen können. Um neun Uhr gingen die Lichter aus, und dann schlief Iris, damit sie um fünf Uhr ausgeruht wieder aufstehen konnte.

So verstrichen vier Wochen.

GIRL FIGHT

Alex saß auf seinem Stuhl vor zwölf Fernsehbildschirmen, aber nur für einen von ihnen zeigte er wirkliches Interesse: der Schirm, auf dem Iris sich für die Nacht fertig machte. Als Alex sah, dass sie sich das T-Shirt über den Kopf zog, beugte er sich etwas vor.

»Pa! Ein verfluchter Spanner bist du also!«, erklang hinter ihm eine Mädchenstimme.

Alex sprang auf, als hätte ihm jemand ein Messer in den Rücken gestochen, und kippte mitsamt dem Stuhl um. »Mann, Marthe, du kannst mich doch nicht so erschrecken.«

»Tja, so kann's kommen, du Spanner. Hübsche Brüste übrigens. Ein bisschen klein vielleicht.«

»Fiber, du bist so derb.«

»Danke. Wie macht sie sich denn so?«

»Gut. Zu gut.«

Fiber hob ihre schwarz geschminkten Augenbrauen. »Wie meinst du das, zu gut?«

»Sie kommt mir vor wie ein *bloody* Roboter! Wir haben sie von zu Hause weggebracht und ans andere Ende der Welt verschifft. Und das auch noch, nachdem ihr Vater vor einiger Zeit vor den Zug gesprungen ist. Das Kind müsste doch ein emotionales Wrack sein! Aber das Einzige, was sie tut, ist das, was wir ihr sagen.«

»Ist Mr Oz beunruhigt?«

Alex schüttelte den Kopf. Er stellte seinen Stuhl auf und setzte sich wieder. Fiber trat hinter ihn und begann, seine Schultern zu massieren.

»Steht sie noch unter Drogen?«

»Nein. Wir haben ihr zwei Dosen verabreicht, eine während des Besuchs bei Mr Oz und eine während des Einführungsfilms. Danach nichts mehr. Ihre Teilnahmslosigkeit geht nur von ihr selbst aus.«

»Und du, bist du beunruhigt?«, fragte sie.

Anstatt ihre Frage zu beantworten, stellte Alex eine Gegenfrage: »Wie war sie auf dem Boot, Marthe? Wie hat sie sich dort verhalten?«

Fiber dachte einen Moment nach, dann antwortete sie: »In der ersten Woche war sie ein bisschen nervös, danach schien sie allerdings lockerer zu werden, als hätte sie vergessen, was das Ziel der Reise war. Nur zwischen ihr und ihrer Mutter gab es Spannungen.«

»Du warst ihre Freundin, dass sie ihre Mutter verlieren würde, wusste sie.«

»Wir haben keine Freunde, Alex.«

»Das habe ich ihr auch gesagt, aber weißt du was, Marthe?« Alex sprach mit ihrem Spiegelbild auf dem Bildschirm. »Das war gelogen. Wir lügen doch beide. Wir sind Freunde. Wenn wir keine Freunde wären, wofür würden wir dann leben?«

»Für ihn.« Fiber zeigte auf den einzigen Schirm, auf dem nichts zu sehen war – ein schwarzer Wandschirm, der Mr Oz' Anwesenheit verhüllte.

»Für ihn? *No way*.«

»Ich denke nicht, dass du recht hast.«

»Ach ja? Du würdest mir also ins Gesicht sagen, dass wir keine Freunde sind?«

»Nein, das meine ich nicht. Es ist keine Teilnahmslosigkeit, die du bei Iris siehst.«

»Aber was ist es dann?«

»Wut. Kontrollierte Wut. Sie tut genau das, was wir sagen, weil sie auf ihre Chance wartet. Sie verbirgt ihre Wut, ihre Angst und ihren Kummer an einem speziellen Platz in ihrem Herzen, bis sie all das eines Tages brauchen wird.«

»Bist du dir da sicher?« Das war eine ehrlich gemeinte Frage.

»So würde ich es jedenfalls machen. Und so hat Shade es gemacht.«

»Den Namen will ich nicht hören.«

»*Whatever.* Ich gehe ins Bett.« Fiber ließ Alex' Schultern los. »Morgen bin ich für sie zuständig.«

»Computerkram?«, fragte Alex.

»Nein. Ich werde sie zusammenschlagen.«

* * *

»Hallo?«, rief Iris. Es war das erste Mal, dass niemand auf sie wartete. War sie vielleicht ins falsche Zimmer geschickt worden?

Iris war hier noch nie zuvor gewesen. Sie befand sich in einem Gymnastikraum. Auf dem Boden lagen Matten, und an der Wand hingen Sprossenleitern. Aber es gab keine Geräte, Tore, Basketballkörbe oder Ähnliches und auch keine Bänke, dennoch war es eindeutig ein Gymnastikraum.

Iris erschien das merkwürdig, irgendwas stimmte hier nicht. Zum ersten Mal seit ihrer Ankunft auf Pala wusste sie nicht, was sie tun sollte. Bis jetzt war ihr das Denken immer von anderen abgenommen worden.

Sie sah und hörte nicht, wie Fiber den Raum betrat. Iris

stand bei den Gymnastikmatten, mit dem Rücken zur Tür. Plötzlich wurde ihr mit aller Wucht in die Seite getreten. Iris flog vornüber und knallte mit dem Gesicht auf die Matte, sie bekam direkt Nasenbluten.

Stöhnend drehte sie sich um. Ihr Rücken tat ihr höllisch weh. »Was soll das?«, wimmerte sie.

Vor ihr stand Fiber. Sie trug kein Make-up, keine schwarzen Klamotten und keinerlei Schmuck. Sie war einfach nur Fiber, in Uniform mit einem S auf der linken Brust. Die langen schwarzen Haare hatte sie zu einem Zopf zusammengebunden. *»Fight or Flight?«*

»Marthe, was soll das?!«

»Verteidige dich!« Fiber stürzte auf Iris los und holte mit dem rechten Fuß zum Tritt aus. Das Einzige, was Iris tun konnte, war, die Hände nach vorne zu strecken – ein hilfloser Versuch, sie abzuwehren.

Der zweite Fuß traf Iris ins Gesicht, und sie wurde erneut zu Boden geworfen. »Marthe, stopp!«

»Wann Schluss ist, bestimme ich.«

Und dann stand Fiber auf einmal neben ihr. Sie hob den rechten Fuß, um Iris einen Tritt in den Bauch zu versetzen.

Iris hatte noch nie gekämpft. Das lag wohl zum einen daran, dass sie verbal nicht auf den Mund gefallen war. Aber zum anderen lag es auch daran, dass sie es hasste, wenn man ihr wehtat. Sie hasste den Zahnarzt, sie hasste es, wenn sie eine Schürfwunde hatte oder wenn sie sich den Fuß verknackste. Das war auch der Grund, warum sie keinen Sport trieb: die Verletzungsgefahr war ihr dabei einfach zu groß.

Jetzt lag Iris am Boden, mit blutigem Gesicht und so starken Schmerzen, dass sie nicht einmal mehr sagen konnte, was genau ihr wehtat. Kurz darauf sollte der Schmerz noch größer werden. Der Schmerz kam in Form eines Fußes, es folgte ein Stoß und dann ein dumpfer Knall.

Iris schloss die Augen. Sie biss sich auf die Lippen und machte ihren Körper ganz schlaff. Fiber trat ihr in den Magen, und Iris krümmte sich. Sie spürte, wie ihr das Essen hochkam und wie sie kurz darauf ihren gesamten Mageninhalt in einem Strahl auf die Matte kotzte.

Taumelnd rappelte Iris sich auf. Sie konnte kaum etwas sehen, Blut lief ihr in die Augen, und um sie herum färbte sich alles rot. »Bitte, Marthe, stopp. Ich kann nicht mehr. Stopp. Bitte.«

Der letzte Tritt brach ihr das Nasenbein. Noch bevor Iris wieder auf der Matte aufschlug, war sie bewusstlos.

* * *

Als Iris aufwachte, lag sie auf der Krankenstation. Es war dasselbe Bett wie beim ersten Mal. Sie erkannte die Ärztin wieder, eine der wenigen Erwachsenen an diesem Ort.

»Guten Tag, Iris. Willkommen zurück. Wie fühlst du dich?«

(Geht dich nichts an geht dich nichts an geht dich nichts an.)

»Mir tut alles weh.« Iris' Lippen waren geschwollen, und sie brachte die Worte nur mühsam hervor.

»Du hast ein blaues Auge, einige Blutergüsse, und dein Nasenbein ist gebrochen. Ich habe die Nase wieder gerichtet, es sollte eigentlich keine Komplikationen geben. Du musst dich auf jeden Fall sechs Wochen lang schonen.«

Den Rest des Tages durfte Iris in ihrem Krankenhausbett

bleiben. Nach dem Essen (Orangensaft und ein in Milch aufgeweichtes Brot) wurde sie durch die Flure von Level 2 zu ihrem Zimmer gebracht. Sie bekam eine Packung Schmerztabletten, von denen sie eine vor dem Zubettgehen schlucken sollte. Und die ganze Zeit über dachte sie nur: Warum? Warum, Marthe? Wir waren doch Freundinnen? Womit hatte sie das hier verdient? Weshalb so brutal?

Niemand kam sie besuchen. Alex nicht, Marthe nicht und selbst YunYun ließ sich nicht blicken. Keiner fragte, was passiert war. Keiner schaute vorbei, um sich zu erkundigen, wo sie eigentlich steckte. Es schaute überhaupt niemand vorbei.

Sie hatte hier keine Freunde.

Das war es also, was Alex meinte.

Am nächsten Tag hatte Iris so großen Hunger, dass sie direkt in den Speisesaal ging. Sie war früh dran, die ersten Kandidaten schlurften gerade herein. Iris nahm sich Essen, das entweder flüssig oder zumindest leicht kaubar war, und setzte sich an Tisch 1.

Keiner kam auf sie zu, keiner stellte ihr irgendwelche Fragen.

Nach dem Essen humpelte sie wieder zurück auf ihr Zimmer. Sie schluckte ein paar Schmerztabletten und schlief auf ihrem Bett ein.

Nach ein paar Tagen fühlte Iris sich so fit, dass sie wenigstens ihre Arbeit wieder aufnehmen wollte. Sie schnappte sich ihren Pass und ließ sich zu Inderpal leiten, um mit ihm an ihrem Spanisch zu arbeiten.

»Wusstest du, dass fast fünfhundert Millionen Menschen auf der Welt Spanisch als erste oder zweite Sprache sprechen?«

Nachmittags ging sie in die Küche, um dort schweigsam ihre Arbeit zu erledigen.

Niemand sagte etwas. Nur YunYun legte ihr für den Bruchteil einer Sekunde die Hand auf den Arm, dann zog sie sie jedoch schnell wieder weg, bevor jemand etwas sehen oder kommentieren konnte.

Zum ersten Mal, seit sie auf Pala war, schlief sie schlecht. Iris träumte von ihrer Mutter und von der Kreuzfahrt. Sie weinte lautlos in ihr Kissen und stellte sich vor, wie es wäre, wenn sie nicht mehr da wäre. Sie erschrak vor den kleinsten Geräuschen oder unerwarteten Stimmen. Von längerer Stille wurde sie regelrecht verrückt. Und immer wieder fragte sie sich, warum Marthe ihr das angetan hatte, womit sie so eine Strafe verdient hatte.

Iris versuchte zu lesen, aber sie merkte, dass es ihr vollkommen einerlei war, was irgendwelche Papierfiguren erlebten.

Einmal probierte sie, Alex anzusprechen. Er ging im Speisesaal vor ihr her. Alex war gerade in ein lebhaftes Gespräch mit einem Mädchen verwickelt, als Iris ihm auf die Schulter tippte. Als er nicht reagierte, zog sie ihn am Ärmel. Alex sah sie kurz an, dann lief er wortlos weiter.

Nach eine paar Wochen schickte der Pass sie zur Ärztin, die sie als genesen erklärte.

»Kann ich bitte kurz mit Ihnen reden?«, fragte Iris. Die Ärztin schüttelte den Kopf. Nein, ihre Aufgabe hier wäre einzig und allein, sich um körperliche Leiden zu kümmern.

Eine Woche später brachte ihr Pass sie in den Gymnastikraum.

Das Blut und die Kotze waren von der Matte gewischt worden.

In diesem Augenblick wurde Iris klar: was auch immer sie tat, wie sehr sie sich auch anstrengte, es würde nicht aufhören. Sie würde niemals gewinnen und nicht von hier wegkommen. Sie war dreizehn Jahre alt, und das hier war das Ende.

Dieses Mal hörte sie Marthe kommen.

Vom allerersten Moment an war es kein ehrlicher Kampf. Fiber war zu durchtrainiert und Iris zu unerfahren. Dennoch war es kein Vergleich zum letzten Mal. Damals war Iris noch davon ausgegangen, dass Marthe ihr nicht wehtun würde und dass sie aufhörte, wenn sie sie darum bat. Damals hatte sie der Schmerz vollkommen überrascht.

Jetzt betrat Fiber einen leeren Gymnastikraum. Iris hatte sich neben dem Eingang versteckt, hinter einer Matte, die sie vom Boden hochgestemmt hatte. Das Ding war bleischwer und fast doppelt so groß wie Iris. Es kostete sie einige Mühe, die Matte hochzuhalten. Sie wankte hin und her, und als Iris gerade dachte, sie könnte das Gewicht nicht mehr halten, hörte sie, wie sich die Tür öffnete. Iris erhaschte einen Blick auf Marthe, die im Raum stand und sich suchend nach ihrer Gegnerin umsah. Da landete die zehn Kilo schwere Matte auf ihr. Es war gar nicht so sehr das Gewicht, wodurch Marthe das Gleichgewicht verlor, sondern vielmehr der unerwartete Angriff. Iris zögerte keine Sekunde und sprang auf die Matte. In einer einzigen Bewegung streckte sie ihre Gegnerin zu Boden.

Iris trat auf die Matte ein, was weniger Effekt hatte als erhofft. Daraufhin sprang sie wieder herunter und rannte auf die andere Seite des Raumes, wo sie eine Sprossenwand emporkletterte. Als sie ganz oben war, blieb sie erst einmal sitzen. Wie eine Spinne in ihrem Netz klammerte sie sich mit beiden Armen und Beinen um das Rundholz.

Fiber kam unter der Matte hervorgekrochen. Man sah ihr an, dass ihr Ego einen Schlag abbekommen hatte.

»Impressive. Most impressive«, sagte Fiber laut. *»You have controlled your fear. Now, release your anger. Only your hatred can destroy me.«*[6]

Iris fing an zu lachen. »*Krieg der Sterne*? Du kannst mir nicht mehr wehtun, und deshalb fängst du jetzt an, *Krieg der Sterne* zu zitieren?«

»Oh, I can hurt you, little girl ...«

Fiber kam näher. Iris' eben noch scheinbar sichere Position wurde auf einmal zur Falle, denn es gab keine Richtung, in die sie hätte fliehen können.

Fiber stand vor dem Klettergerüst und begann, in einem irren Tempo hinaufzuklettern. Iris' Blick wanderte gehetzt von einer Seite des Raumes zur anderen. Wenn sie weiterkletterte, war das lediglich ein Hinauszögern, und ganz offensichtlich konnte Fiber wesentlich besser klettern als sie. Springen? Bis zum Boden waren es bestimmt vier Meter, von dieser Höhe aus würde sie sich garantiert etwas brechen.

»Schade«, sagte Fiber. »Der Anfang war nicht schlecht. Aber jetzt sitzt du fest. Schön dumm.«

»Dumm war ich, als ich dachte, dass ich dir vertrauen könnte«, höhnte Iris.

»Oh doch, du kannst mir vertrauen«, antwortete Fiber. »Du kannst darauf vertrauen, dass ich dich zusammenschlage.«

»Mit dir kann man ja nur Mitleid haben«, sagte Iris. »Du mit deinem Alex-*Crush*. Als würde so ein Typ auf schwarze Gespenster wie dich stehen.«

Fiber knurrte wie ein Raubtier und kam näher.

Iris hielt sich lediglich mit den Händen fest, sodass sie ihr volles Gewicht halten mussten. Dann wartete sie, bis Fiber fast direkt unter ihr war – und ließ los. Iris stürzte wie ein Wackerstein in die Tiefe und landete mit beiden Beinen auf Fibers Kopf. Fiber musste wohl oder übel die Stange loslassen. Sie kam als Erste unten auf dem Boden auf, und Iris fiel auf sie drauf.

Bevor Iris sich jedoch ihre günstige Position zunutze machen konnte, hatte Fiber sie schon abgeworfen. Sie sprang auf und trat zu. Als sie Iris am Knöchel traf, ging diese direkt zu Boden. Fiber zögerte keine Sekunde und hechtete auf ihre Rivalin zu. Dieses Mal war Iris allerdings vorbereitet. Im letzten Moment zog sie die Knie an, bevor Fiber sich direkt auf sie werfen konnte. Iris holte tief Luft, dann stieß sie das polnische Mädchen so weit wie möglich von sich.

Von diesem Moment an ging der Kampf erst richtig los. Iris rappelte sich auf, genau wie Fiber. Keuchend standen sich die zwei gegenüber. Fiber hielt die Fäuste erhoben. Immer wieder versetzte sie Iris einen Stoß gegen den Kopf oder zwischen die Rippen. Iris konnte machen, was sie wollte, sie schaffte es nicht, Fibers Verteidigung zu durchbrechen. Ihre Überraschungstaktik konnte Iris nun nicht mehr anwenden, jetzt ging es um reine Technik, und die hatte sie nicht.

Fiber dagegen hatte technisch einiges auf Lager. Nachdem sie Iris zum dritten Mal zu Boden geworfen hatte, verbeugte sich Fiber und sagte: »Es ist vorbei. Du hast aus deinen Fehlern eine Lehre gezogen. Morgen beginnen wir mit dem echten Training.« Sie streckte die Hand aus und half Iris hoch. *»You did good, little girl.«*

»Es ist erst vorbei, wenn ich das sage!«, brüllte Iris und versetzte Fiber so einen kräftigen Schlag in den Magen, dass sie sich nur noch krümmte. *»You bitch!«*

Dann sagte Fiber nichts mehr. Sie lag keuchend am Boden. Iris drehte sich um und stolperte aus dem Raum. Sie ging auf direktem Wege in ihr Zimmer.

MORSEZEICHEN VON MARTHE

Danach weigerte sich Iris, ihr Zimmer zu verlassen. Sie duschte lange, spülte anschließend ihren Pass im Klo herunter und legte sich aufs Bett, um das letzte Buch zu lesen, das sie noch von Alex hatte. Das Buch hieß *Krabat* und handelte von einer Gruppe von Jungen, die in schwarzer Kunst unterrichtet wurde. Das hier war eine andere Art von Schule als bei *Harry Potter*. Jedes Jahr musste einer der Lehrlinge der schwarzen Mühle sterben, damit für den nächsten ein Platz frei wurde. Das Buch war ganz schön unheimlich, und Iris fragte sich, warum sie das wohl so empfand. Alex hatte es ihr gegeben. War Mr Oz der Meister der schwarzen Mühle? Starben auf Pala auch Superhelden?

Am ersten Tag passierte nichts, außer dass Iris anfing, Hunger zu kriegen. Zum Glück konnte sie trinken, da sie am Waschbecken in ihrem Zimmer frisches Wasser hatte. Immer wenn das Grummeln in ihrem Magen zu schlimm wurde, trank sie einen halben Becher Wasser.

Auch am zweiten Tag ließ man sie in Ruhe. Im Gegensatz zu ihrem Magen, denn der begann nun wirklich zu protestieren. In den dreizehn Jahren ihres Lebens hatte er noch nie einen Tag ohne Essen durchstehen müssen.

Am dritten Tag bekam Iris Besuch. Das war auch gut so, allmählich war sie nämlich so hungrig, dass sie sich gar nicht mehr richtig auf ihr Buch konzentrieren konnte.

»Was hast du eigentlich vor?« Alex stand in der Tür, aber er kam nicht herein. Er hielt ein Tablett in den Händen, auf dem Teller mit dampfendem Essen standen. Falls ihr der anklagende Ton in seiner Stimme entgangen sein sollte, so sprach sein Gesicht Bände.

Iris ignorierte ihn und widmete sich wieder ihrem Buch.

Heute Morgen hatte sie angefangen, es zum zweiten Mal zu lesen, irgendwie musste sie sich ja beschäftigen (und vom Grummeln ihres Magens ablenken). Sie las laut ein Stück vor:

»›Dann lauf weg!‹, rief der Junge. ›Lauf weg hier – und such dir woanders was, wo du's besser hast!‹

›Weglaufen?‹. Juro wirkte für einen Augenblick gar nicht so dumm, nur enttäuscht und müde. ›Versuch das mal, Krabat, hier wegzulaufen.‹«[7]

»Du kannst hier nicht weg«, lautete Alex Antwort darauf.

»Nein«, sagte Iris und blätterte um. »Ich sitze auf einer Insel – das ist zumindest das, was du mir erzählst. Wir könnten genauso gut unter irgendeinem Kaufhaus in Dubai hocken.«

»Wir können dich zwingen, mitzumachen«, sagte Alex. Er versuchte, lässig zu klingen, aber seine Stimme hörte sich eher entschuldigend an.

»Du kannst mich nicht zum Essen zwingen ...«, antwortete Iris leise.

»Ich kann dich auf die Krankenstation bringen.«

Iris klappte das Buch mit einem Knall zu. »Vielleicht solltest du dann einfach mal deine Freundin Fiber bitten, ob sie mich noch einmal zusammenschlagen kann?«

»Ist das der Grund? Marthe?«

Nun trat Alex schließlich doch ins Zimmer und stellte das Tablett mit dem Essen auf den Schreibtisch.

»Nein!« Iris schüttelte energisch den Kopf. »Ich mache das,

weil jemand mich gegen meinen Willen auf diese Scheißinsel gebracht hat. Wo ich von einem ausgeflippten Spinner, der zu viele Filme gesehen hat, zu einem weiblichen James Bond ausgebildet werde.«

»Es geht um Marthe, stimmt's?«

»Sie hat mir die Nase gebrochen, Alex! Weißt du, wie weh das tut?« Iris wollte wütend sein. Sie wollte schimpfen, fluchen und mit irgendetwas um sich schmeißen, aber stattdessen fing sie an zu weinen. »Sie hat mir die Nase gebrochen.«

Alex setzte sich neben sie aufs Bett. Er legte ihr den Arm um die Schulter. Iris gab den Widerstand auf und schmiegte ihren Kopf an seine Brust. Tränen der Wut strömten über ihr Gesicht – Tränen, die sie solange zurückgehalten hatte.

»Sie hat mir die Nase gebrochen, Alex. Wer macht denn bitte so was?«, schluchzte sie.

»Wir. Wir machen so was, Iris.«

Iris sah auf. »Das ist es also, was Superhelden tun? Menschen zu etwas zwingen? Menschen brechen? Habe ich vielleicht die Dokumentation verpasst, in der Superhelden als Faschisten gezeigt werden?«

»Du musst etwas essen.«

»Nein. Ich esse nichts. Entweder ihr lasst mich gehen, oder ich sorge selbst dafür, dass ich gehe. Ich werde nichts essen.«

Iris richtete sich wieder gänzlich auf und schubste Alex von ihrem Bett runter. »Mensch, nimm das Brett vom Kopf, das ist doch nicht zu fassen. Siehst du denn wirklich nicht, was los ist? Warum bleibt ihr auf Pala? Ist irgendjemand auf dieser Insel glücklich? Gibt es irgendjemanden, der wirklich hier sein will? Ihr seid zu Hunderten, Mr Oz ist allein! Wo bleibt die Revolution?«

»Wir sind die Revolution, Iris! Aber es geht nicht um diese Insel. Wenn wir genug Leute sind, überträgt Mr Oz die Macht an uns. Wir werden die Welt verändern.«

»Und das glaubst du?« Iris lachte verächtlich. »Mann, du bist wirklich noch dümmer, als ich dachte.«

Alex sah sie ausdruckslos an, als wäre er eine Puppe oder eine Marionette, die nicht weiß, was sie machen soll, wenn keiner an ihren Strippen zieht. »Du musst etwas essen«, sagte er schließlich.

»Vergiss es.«

Einen kurzen Moment lang zögerte Alex, dann ging er entschlossenen Schrittes aus dem Zimmer. Mit einem kräftigen Rums donnerte er die Tür hinter sich zu.

Iris versuchte, das Essen zu ignorieren. Wenn sie nachgab, hätten sie gewonnen, diese sogenannten Superhelden.

Sie kletterte aus dem Bett und starrte regungslos auf das Essen. Eine Tasse Suppe, ein Teller mit Nudeln und Gemüse und ein Brötchen. Iris zählte bis zehn, ehe sie einen Schritt nach vorn trat. Nun blieb sie wieder stehen. Noch fünf Schritte, dann musste sie eine Entscheidung treffen. Zehn Sekunden warten. Noch drei Schritte.

Die Stimmen in ihrem Kopf fingen an, miteinander zu streiten: Wenn du nichts isst, stirbst du, und damit hättest du verloren. Nimm doch wenigstens ein Stück Brot und schütte den Rest ins Klo. Nur die Suppe. Nur die Nudeln. Wenn du lediglich die Suppe isst, kannst du genauso gut alles essen.

Noch zwei Schritte. Noch einer.

Iris ging vor ihrem Schreibtisch in die Knie, anschließend nahm sie das Tablett und kippte den gesamten Tellerinhalt in die Kloschüssel. Danach legte sie sich zitternd aufs Bett.

An diesem Abend bekam sie unerwartet Besuch von Marthe. Es war das erste Mal, dass sie Marthe sah, nachdem sie sie im Kampf geschlagen hatte. War Marthe hier, um sich zu rächen? Wenn das so war, gab es für Iris heute keinen Fluchtweg. Keine Kletterstangen und keine Gegenstände, mit denen sie zuschlagen könnte. Iris' Herz klopfte schneller, und sie spannte unwillkürlich ihre Muskeln an.

»Ja, was ist?!«, fragte sie aggressiv. Sie hoffte, Marthe würde die Angst in ihrer Stimme nicht hören. »Willst du mich jetzt noch mal zusammenschlagen?«

»Ich habe eine Nachricht für dich, von Mr Oz.«

»Mr Oz kann sich gehackt legen.«

»Fluchen passt gar nicht zu dir«, antwortete Fiber.

»Ach nein? Muss ich dafür erst meine Haare schwarz färben und lernen, wie ich einen Neuling zusammentrete?«

»Du bist wütend auf mich.«

»Ach, wirklich, Sherlock Holmes? Jetzt verstehe ich auch, warum sie dich als Botschafterin auserkoren haben. Du bist ja eindeutig die Schlauste von uns allen hier«, spottete Iris.

»Glaub mir, du wirst mir noch dankbar dafür sein, dass ich dir diese Lektion erteilt habe.«

»Das denkst du wirklich, oder?«

Fiber trat an ihr Bett heran. Iris wich zurück.

»Hab keine Angst, ich schlage dich nicht.«

»Ich habe keine Angst!« Ärgerlicherweise konnte Iris ihr Zittern nicht unterdrücken, sie hatte Todesängste, dass Fiber sie erneut schlagen würde.

Fiber blieb vor ihr stehen und streckte die Hand aus. »Hier ist dein neuer Pass. Du bist jetzt in Level 2. Das bedeutet, du hast Zugang zur Bibliothek und zur Bar.« Fiber hielt einen

Pass in der Hand. War das wirklich Klopapier, in das er eingewickelt war?

»Ich dachte, du wärst meine Freundin«, sagte Iris, wobei sich ihre Stimme überschlug.

»Das bin ich auch«, antwortete Fiber. Sie legte den Pass auf den Nachttisch und beugte sich vor, als wollte sie Iris einen Kuss geben. »Glaub mir.« Und dann flüsterte sie Iris ins Ohr: »Nicht auspacken, bevor es dunkel ist!«

»Was?«

Doch anstelle einer Antwort verließ Fiber das Zimmer.

Iris starrte auf den Pass. Nicht auspacken, bevor es dunkel ist. Warum nur? Gab es hier in ihrer Zelle doch Kameras? Oh nein, dann hätten sie sie ja auch nackt gesehen. Aber das war jetzt gerade nicht wichtig. Sehr wohl wichtig war hingegen, dass Fiber – Iris weigerte sich, sie weiter Marthe zu nennen – etwas zu verbergen hatte. Vor Mr Oz? Entweder das, oder Fiber wollte sie einfach veräppeln.

Was sollte sie machen?

Nichts, zunächst einmal. Iris nahm ihr Buch wieder in die Hand und las weiter. Dabei versuchte sie, das Knurren ihres Magens und den Geruch, der aus der Toilettenschüssel aufstieg, zu ignorieren. Vergebens. Mit einem Auge schielte sie immer wieder zu dem Pass. Wenn es doch nur endlich dunkel wäre.

Iris fiel in einen unruhigen Schlaf. Sie träumte von ihrer Mutter und von Justin, die draußen waren und nach ihr riefen. Iris stand oben auf der Mühle, umringt von sieben schwarzen Raben. *»›Denk dran, wer hier der Meister ist‹, krächzten die Raben. ›Der Meister der schwarzen Mühle.‹«*[8]

Schweißgebadet wachte sie auf.

Das Zimmer war dunkel. Sie schätzte, dass es später Abend war.

Langsam beruhigte sich ihre Atmung wieder. Iris fühlte sich schlapp und überlegte, wie lange man es wohl ohne Essen aushalten würde, wie lange *sie* es aushalten würde.

Da fiel ihr der Pass wieder ein. Sie streckte die Hand aus und tastete nach dem Pass. Er war tatsächlich in Toilettenpapier eingewickelt, die Struktur des Papiers war unverkennbar. Hatte Marthe etwas daraufgeschrieben? Das würde sie im Dunkeln nicht herausfinden können.

Iris wickelte den Pass aus dem Papier und betastete es.

Punkte, auf dem Papier waren Punkte. Jemand hatte Löcher hineingepikt.

Sie strich mit den Fingern über das Papier und zählte die Punkte. Es waren zweiundzwanzig kleine Quadrate mit jeweils sechs Punkten. Einige Punkte waren tiefer eingedrückt als die anderen, es schien wie ...

Braille! Das Blindenalphabet von Louis Braille! Inderpal hatte ihr das Braille-Alphabet gezeigt – oder genauer gesagt hatte er es sie fühlen lassen. Das war Teil des Sprachunterrichts gewesen. Er wollte ihr nicht nur erklären, wie es funktionierte, sondern gleichzeitig herausfinden, ob sie sich an die Punkte erinnerte, nachdem sie diese mit den Fingern gefühlt hatte – ob ihr fotografisches Gedächtnis auch beim Tastsinn funktionierte.

Hieß das, dass Inderpal ebenfalls Teil des Komplotts war? Und gab es überhaupt einen Komplott, oder war das einfach ein neuer Versuch, sie mit ins Boot zu kriegen?

Iris betastete die Pünktchen, diesmal mit einem klaren Ziel

vor Augen. Sie fühlte, ob sie die Buchstaben erkennen konnte. Sie versuchte, sich bildlich vorzustellen, was sie fühlte.

Einundzwanzig Buchstaben, drei Wörter. Der erste Buchstabe war ein M, der zweite wahrscheinlich ein I. Mit den Fingerkuppen ertastete sie einen Punkt nach dem anderen und versuchte, sich an den dazugehörigen Buchstaben zu erinnern. Es ging einfacher als gedacht.

»Mitternacht. Halt dich bereit.« Das war leicht zu verstehen. Mitternacht. Aber was war um Mitternacht? Und wo sollte sie um Mitternacht sein?

War das eine Falle, so wie neulich im Gymnastikraum? Dann sollte sie vielleicht lieber im Bett liegen bleiben und ihren Hungerstreik fortsetzen.

Die Frage war nur: Wie lange würde sie ihn noch durchhalten?

Nicht lange, sagte ihr die Stimme in ihrem Kopf.

Iris kroch unter der Decke hervor und stieg aus dem Bett. Sie brach direkt zusammen. Ihre Beine, ihre stets so treuen Beine, trugen sie nicht mehr. Drei Tage ohne Essen, und nun rächte sich ihr Körper auf diese Weise? Wer war denn hier wohl der Chef?!

Iris zwang sich dazu, sich aufzusetzen. Sie hatte vergessen, was sie eigentlich gerade vorgehabt hatte. Warum hatte sie aufstehen wollen? Sie war erstaunt, wie schwach sie war. Das ging nicht mehr lange gut, entweder sie musste etwas essen, oder sie würde sterben.

Sie zog kurz in Erwägung, das Essen aus der Kloschüssel herauszufischen, aber beim Gedanken an die durchweichten Nudeln und das Brot wurde ihr speiübel.

Iris musste auf einmal an die Yogastunden bei Margit denken. Yoga war eine der angenehmen Überraschungen der Insel gewesen. Sie hatte eine abgehoben esoterische Stunde mit einer ebenso abgehobenen Lehrerin erwartet, doch das war gar nicht der Fall gewesen. Margit war ein graziöses, junges Mädchen. Sie war neunzehn Jahre alt und hatte Ähnlichkeit mit Angelina Jolie. Margit erklärte Iris, dass es zwei Arten von Yoga gab. Die ursprüngliche, hinduistische Philosophie behandelte in erster Linie die Suche nach der Vereinigung mit Gott. Man sollte lernen, Gefühl, Körper und Geist zu beherrschen. Im Hatha Yoga tat man das zwar auch, aber man konzentrierte sich mehr auf die Übungen. Ob man dabei Gott erreichen wollte, war demjenigen, der die Übungen machte, selbst überlassen.

Margit war ein nüchternes Mädchen, Iris war mit ihr direkt auf einer Wellenlänge. Sie kam aus Deutschland und war sehr groß. Sie war in Level 4, und sie war die erste Kandidatin auf Pala, die etwas über sich erzählte.

»Ich bin jetzt seit über einem Jahr hier«, sagte sie. »Ich habe an der Kunstakademie studiert und abends Yoga gemacht. Mit sechzehn habe ich bei einem Yogameister eine Ausbildung zur Yogalehrerin absolviert. Ich war seine jüngste Schülerin.«

»Haben sie dich deshalb ausgewählt?«, fragte Iris.

Margit schüttelte den Kopf. Sie legte sich bäuchlings auf die Matte, ging nach hinten in den Fersensitz, dann schob sie den Po hoch, Arme und Beine waren gestreckt. »Dieses Asana heißt Herabschauender Hund«, erklärte sie.

»Buuhuu«, winselte Iris. Sie war froh, dass Margit darüber lachen musste. Die meisten ihrer Lehrer nahmen ihre Sache vollkommen ernst, weshalb man sich manchmal schwer vorstellen konnte, dass sie teilweise nur zwei Jahre älter waren als Iris.

»Jetzt versuch es selbst«, hatte Margit gesagt. Iris legte sich platt auf den Bauch auf die Matte, stützte sich mit den Fersen ab und drückte sich dann hoch.

»Nicht schlecht, halte die Spannung im Becken.«

Iris versuchte es und spürte, wie ihre Bauchmuskeln sich anspannten.

»Solange du in der Haltung bleibst, darfst du mich alles fragen«, sagte Margit. »Wenn du einsinkst, ist die Fragestunde zu Ende.«

Iris wiederholte ihre Frage: »Haben sie dich deshalb ausgewählt, wegen des Yogas?«

»Nein. Ich bin Fälscherin. Unterschriften und so was. Das kann ich ziemlich gut.«

»Testet dich das Spiel auch auf solche Dinge?«

»Ich habe es nie gespielt, ich mag keine Games.«

»Hä? Aber …?« Für einen kurzen Moment ließ die Spannung in Iris' Armen nach. »Wie haben sie dich denn dann gefunden?«

»Sorry, zu spät, die Zeit ist um.« Margit zeigte auf Iris' Arme und sagte: »Spannung verloren. Nächstes Mal wieder.«

Aber beim nächsten Mal beschränkte sich ihr Gespräch auf alltägliche Dinge und Yoga. Alle weiteren Versuche, Antworten auf irgendwelche Fragen zu erhalten, wurden direkt im Keim erstickt. Anscheinend war Margit zurechtgewiesen worden. Die Kameras.

Iris hatte sich auf Yoga fokussiert. Sie übte nicht nur die verschiedenen Positionen, sondern arbeitete zugleich daran, wie man seinen Kopf freibekam. Yoga hatte ihr geholfen, die

Wut, die Angst, aber insbesondere auch ihr Heimweh in den Griff zu bekommen und sich nicht davon unterkriegen zu lassen. Von den Übungen wurde ihr Körper gelenkiger, und Kopf und Geist wurden leerer.

Vor allem Letzteres konnte sie heute Abend gut gebrauchen, ihr Körper war vom Hunger schon leer genug.

Iris setzte sich mit verschränkten Beinen hin und nahm die Lotushaltung ein. Das ging schon ein ganzes Stück besser als noch vor zwei Monaten. Sie ließ ihre Gedanken schweifen, ohne länger bei einem einzelnen zu verharren oder über ihre eigenen Gedanken zu urteilen. Ihre Ängste und Zweifel, ebenso wie die Wut auf Marthe, Alex und Mr Oz, aber auch der schreckliche Hunger – all diese Gedanken durften zwar existieren, doch sie musste nicht versuchen, Lösungen zu finden. Nicht heute Abend, nicht bis Mitternacht.

MITTERNACHT

Iris hörte ihn ankommen. Sie öffnete die Augen und wartete, bis sie sich an die Dunkelheit gewöhnt hatten.

Mitternacht.

Die Tür ging einen Spalt weit auf, und ein schmaler Lichtkegel fiel ins Zimmer.

»Iris?«, flüsterte Alex. Er starrte auf das leere Bett im leeren Zimmer. »Iris?«

Alex trat ins Zimmer und wurde rückartig zu Boden geworfen. Iris drehte ihm die Arme auf den Rücken und drückte ihn grob nach unten. »Du hast wohl gedacht, ich hätte hier nichts gelernt, was?«

»Ist ja gut. Du wirst es noch brauchen.«

»Wie meinst du das?«

»Nicht hier!«, zischte Alex. »Draußen.«

»Auf dem Flur? Sind denn da keine Kameras?«

»Nein, draußen. Oben. Auf der Insel.«

Iris' Griff lockerte sich für den Bruchteil einer Sekunde. Alex reagierte blitzschnell, um die Situation unter Kontrolle zu bekommen. Er stemmte sich hoch und warf Iris von sich runter. Mit einem gekonnten Griff drehte er Iris auf den Rücken. Der Aufprall auf den Boden raubte ihr für einen Moment den Atem. Alex setzte sich grob auf sie drauf und sagte: »Bist du jetzt wohl still?!«

»Gehen wir wirklich nach o…oben?«, stammelte Iris.

Alex beugte den Kopf hinunter, bis sein Gesicht direkt über ihrem war. »Würdest du das gerne?«

Ob sie nach draußen wollte? Frische Luft spüren, nach-

dem sie zwei Monate lang unter der Erde gehockt hatte?
»Mehr als alles auf der Welt«, flüsterte Iris.

Alex neigte sich noch weiter zu ihr herab. Einen Augenblick lang dachte Iris, er wollte sie küssen, aber er flüstere ihr ins Ohr: »Dann musst du jetzt ganz leise sein.« Er ließ sie los und stand auf.

Iris folgte ihm. »Und was ist mit den Kameras?«

»Marthe sitzt im Beobachtungsraum«, antwortete Alex, »sie hat ein Programm geschrieben, das unsere Bilder löscht.«

Iris wusste nicht so recht, was sie davon halten sollte. Nachdem sie von dem polnischen Mädchen über Bord geworfen und ihm Gymnastikraum zusammengeschlagen worden war, hatte sie ihre Probleme damit, Marthe als rettenden Engel zu sehen.

Auf dem Weg grüßte Alex einen pickligen Jungen, einen Superhelden, den Iris noch nie zuvor gesehen hatte. Kandidaten waren nicht mehr unterwegs, die lagen wahrscheinlich längst im Bett.

»Aber verraten die uns denn nicht?«

Alex zuckte mit den Achseln. »Nur, wenn sie wissen, dass du hier offiziell nicht sein darfst. Es könnte ja auch sein, dass ich dich jetzt zu Mr Oz bringe.«

»Tust du das denn?«

Alex schwieg. Vor der Aufzugtür blieb er stehen. »Wart's mal ab.« Er zog einen Ausweis aus der Tasche, den er vor die Aufzugtür hielt. Die Tür öffnete sich mit einem leisen Surren.

Iris zögerte einen Moment, aber nach einem ermutigenden Kopfnicken trat sie in den Lift. Alex folgte ihr.

Die Tür ging zu. Iris setzte an, um etwas zu sagen, doch Alex schüttelte den Kopf. Also schwieg sie.

Der Lift sauste los, Iris konnte nicht sagen, ob er nach oben oder unten fuhr. Es war genauso gut möglich, dass Alex sie in den Kerker brachte und sie auf Nimmerwiedersehen von der Bildfläche verschwand.

Der Lift stoppte, und die Tür ging auf. Frische Luft, zum ersten Mal nach zwei Monaten. Iris schloss die Augen und atmete tief ein. Dann machte sie sie wieder auf und trat hinter Alex nach draußen.

Nach draußen.

Iris ließ sich auf den Boden fallen, diesmal tat sie es mit Absicht. Sie ließ den Sand durch die Hände rieseln, wie ein junger Hund, der zum ersten Mal rausdarf.

Der Lift endete in einem kleinen Häuschen, und durch eine Tür kam man direkt im Wald heraus. Auch wenn »Wald« vielleicht etwas übertrieben war, wenn man damit die Begrünung entlang des Strandes bezeichnete.

Der Strand!

Iris stand auf. Sie zog sich die Schuhe aus und rannte durch den Sand direkt zum Meer. Es war fast Vollmond, sein Schein spiegelte sich im Wasser.

»*Yakamoz*«, sagte Alex, der lässig hinter ihr hergeschlendert kam.

»Was?«, schrie Iris.

»*Yakamoz!* So nennt man den Schimmer des Mondes auf dem Wasser! Das ist Türkisch!«

»Lass mich raten, hat dir das zufälligerweise Inderpal beigebracht?«

»Haha! Ja!«

Iris zögerte nur eine Sekunde, dann streifte sie ihre Uniform ab und stürzte sich in Slip und BH ins Wasser. Wenn in ihrem Zimmer Kameras waren, dann hatte Alex ohnehin schon alles gesehen.

»Du kannst nicht nach Hause schwimmen, das weiß du, ja?« Alex' Stimme klang erschrocken.

»Komm ins Wasser!«, schrie Iris.

Iris hasste die Natur. Sonntags mit der ganzen Familie einen Waldspaziergang machen – wie sie das gehasst hatte. Justin, der Kastanien suchte, um sie Iris an den Kopf zu werfen, wenn ihre Eltern gerade nicht guckten. Überall Insekten und – noch schlimmer – frei laufende Hunde mit gestörten Herrchen. Grässlich.

Strandurlaube waren ihr da lieber, solange sie nicht ins Wasser musste. Am liebsten lag sie mit einem Buch vor der Nase auf dem Badetuch, wo sie mit Kopfhörern auf den Ohren vor sich hin brutzelte, während ihre Familie im Wasser Beachball spielten. Wenn ihre Mutter sie jetzt sehen könnte. Sie winkte Alex zu, der sie etwas unbeholfen anschaute.

»Komm, wir müssen reden«, gab er ihr durch ein Zeichen zu verstehen.

Widerwillig kam Iris aus dem Wasser. Sie lief durch die Brandung zurück zum Strand. Obwohl es Nacht war, war die Temperatur angenehm warm.

Alex starrte sie mit großen Augen an, und auf einmal war Iris sich ihrer Nacktheit bewusst.

Fight oder Flight, dachte sie. *Fight oder Flight?*

Fight.

Sie ging auf Alex zu und setzte sich neben ihn – als würde ihr das gar nichts ausmachen. Ihr Herz klopfte wie wild.

Er konnte alles sehen!

Alex stand auf, um eilig ihre Uniform und ihre Schuhe zu holen. »Zieh dich bitte an«, sagte er. Dabei sah er betont in die andere Richtung.

Iris hatte natürlich kein Handtuch. Sie zog sich einfach so die Uniform über. Ihre Schuhe ließ sie stehen, damit sie mit ihren nassen Füßen im Sand wühlen konnte. Der Sand war noch warm von der Sonne des Tages.

»Warum dürfen wir hier nicht hin?«, fragte sie. »Wenn wir ab und zu mal hochdürften, zum Sonnen und Sport machen, dann würde garantiert keiner mehr protestieren. Oder in Hungerstreik treten.«

»Das liegt an den Satelliten«, antwortete Alex. Jetzt, wo Iris ihre Uniform wieder trug, hatte er sich neben sie gesetzt.

»Den was?«

»Satelliten, künstliche Planeten, die um die Erde kreisen und für Telekommunikation oder eben auch zur Beobachtung genutzt werden.«

»Ja, Mann, ich weiß auch, was ein Satellit ist. Aber was hat das damit zu tun, ob man nach draußen kommen darf? B...Beobachtungssatelliten ...«

»*Yep*«, sagte Alex. »Man benutzt sie, um Landkarten und Ähnliches zu erstellen. Genau wie Spionagesatelliten.«

»Und wenn die eine Insel voller Kinder sehen ...«

»... Kinder, von denen viele als vermisst gelten«, fügte Alex hinzu. »*Not good.*«

Für dich vielleicht nicht, dachte Iris und fragte sich dabei zum wiederholten Male, ob man wohl noch immer nach ihr suchte. Ob Justin wusste, dass sie verschwunden war? Ob er versuchte, sie zu finden?

»Warum sind wir hier?«, fragte Iris, nachdem beide geraume Zeit auf den Mond über dem Meer gestarrt hatten. »Warum bin ich hier?«

»Ich muss dir etwas sagen«, murmelte Alex. Er sah sie dabei nicht an. »Genauer gesagt, zwei Dinge.«

Iris antwortete nicht, sie drehte mit ihrem Fuß Kreise im Sand.

»Wusstest du, dass es im Englischen kein Wort für *Yakamoz* gibt?«

»Das wolltest du mir also erzählen?«

Alex schüttelte kaum merklich den Kopf. »Nein, okay. Also, zwei Dinge.«

Iris wartete eine Weile geduldig ab, aber als es ihr dann doch zu lange dauerte, fragte sie: »Erstens?«

»Du bist jetzt in Level 2. Level 3 beginnt mit einem Test. Wenn du nichts gegessen hast ...«

»Ich mache nicht mit bei dem Test.«

»Wenn du bei dem Test nicht mitmachst, bist du tot. Wenn du bei dem Test mitmachst, aber nicht fit bist, weil du nichts gegessen hast, bist du tot. Wenn du bei dem Test mitmachst und durchfällst ...«

»... bin ich tot.«

»Ja.«

Iris wollte ganz cool reagieren, wie die Hauptperson in einem Spionagefilm. Doch am Strand zu sitzen, die Füße im Sand zu spüren und zu hören, dass man sterben wird ...

»Und wann ist der Test?«

»Diese Woche.«

»Diese Woche? Aber ich habe seit drei Tagen nichts mehr gegessen!«

»Genau deshalb bist du ja hier.«

»Um zu essen?«

Alex stand auf und ging zu einer Palme. Kurz darauf kam er mit einem kleinen Rucksack zurück. Er reichte ihn Iris und sagte: »Kleine Bissen nehmen.«

Iris öffnete den Rucksack und begann, sich über die Brötchen herzumachen. Alex hatte auch eine Flasche Wasser in den Rucksack gepackt. Iris aß und trank. Sie hätte gedacht, nach drei Tagen hungern würde sie alles auf einmal aufessen, doch sie war schon schnell satt.

Mit vollem Mund fragte sie: »Warum so viele Tests? Erst das Spiel, dann die Schnitzeljagd durch Utrecht und jetzt wieder einer. Was will Mr Oz denn von mir?«

»Letzteres weiß ich nicht«, sagte Alex, »aber um deine Frage mit den Tests zu beantworten: Mithilfe des Spiels werden Leute mit besonderen Fähigkeiten ausgewählt. Nur die Allerbesten gewinnen und werden nach Pala gebracht.«

»Ausgewählt? Was ist das hier bitte, eine Sekte? Bei uns zu Hause nennt man das schlichtweg entführt.«

Alex wurde rot und fing an zu stottern: »Dieser Test auf der Insel ist ein physischer Test. Ein virtueller Held zu sein, ist das eine, in der Realität Dinge auszuknobeln und wirklich zu kämpfen, ist hingegen etwas ganz anderes.«

»Ich muss kämpfen?«

»Ich habe schon zu viel erzählt. Morgen wirst du einfach normal frühstücken. Ich kann dir nicht sagen, was passiert und wann es passiert. Wenn Mr Oz herausfindet, dass du vorgewarnt wurdest …«

»Okay, essen«, sagte Iris. »Und erstaunt reagieren. *Check*. Was war die zweite Sache?«

Alex sah sie direkt an. »Wir wollen, dass du den Test überlebst und Level 3 erreichst. Nach Level 3 darfst du mit uns auf die erste Mission. Während der Mission hauen wir ab, du, Marthe und ich.« Er sah Iris an. »Du kannst dann allerdings nicht zu deiner Mutter, zuerst müssen wir dafür sorgen, dass Mr Oz uns nichts mehr anhaben kann. Ich habe da ..., ich habe dafür bestimmte Mittel. Das Ganze wird ein bisschen Zeit kosten, und einige Dinge müssen geregelt werden, aber danach sind wir frei.«

Frei. Frei, nach draußen zu gehen, wann sie wollte. Frei zu leben, wie sie wollte. Frei.

Iris spürte, wie ihr die Tränen in die Augen schossen.

Alex fing an zu stottern. »Sorry, ich wollte dir keine Angst machen.« Er legte den Arm um sie.

»Ich habe keine Angst«, sagte Iris. Sie gab ihren Gefühlen nach und schmiegte sich an ihn. »Danke, Alex«, flüsterte sie.

»Nichts zu danken, ich ...«

Sie hob den Kopf und küsste ihn. Erst gab sie ihm einen kleinen Kuss auf die Lippen, dann einen echten Kuss.

Zu ihrer Freude wurde ihr Kuss von Alex leidenschaftlich erwidert. Das ist es wohl, was sie meinen, wenn sie sagen: »Sie ertrinken ineinander«, dachte Iris. Ihre Nase stieß gegen sein Ohr. »Oh, sorry!«, kicherte sie.

Gegen ihren eigenen Willen ließ sie von ihm ab. Alex sah sie mit glasigem Blick an. »Komm, ich bringe dich nach unten, bevor Marthe sich Sorgen macht.«

Damit hatte Iris jetzt nicht gerechnet. Hatte sie etwas falsch gemacht? Etwas Falsches gesagt? Oder lag es an Fiber? »Ist Fiber ..., seid ihr?«

»Marthe und ich? Nee, mach dir da mal keine Sorgen.«

Iris lief barfuß, mit den Schuhen in der Hand zum Waldrand, wo sie die Füße endsandete und dann die Schuhe anzog.

Alex überreichte ihr noch die letzten Brötchen. »Iss sie in deinem Zimmer auf. Sieh zu, dass du ausgeruht zum Frühstück erscheinst.«

»*Yes*, Sir«, kicherte Iris.

Arm in Arm liefen sie zum Lift. Bevor sie den Lift betraten, zog Alex sie ein letztes Mal an sich und küsste sie leidenschaftlich. »*One for the road*«, sagte er mit einem Grinsen.

Alex wedelte mit seinem Pass und wollte gerade einsteigen, als Iris ihn zurückhielt. »Alex ..., warum ich? Warum hat Mr Oz mich ausgewählt? Nur weil ich ein fotografisches Gedächtnis habe? Wieso der ganze Aufwand, ich bin doch völlig normal.«

Alex zuckte mit den Achseln. »Ich weiß es nicht, Mr Oz sagt, dass du besonders bist.«

Er brachte Iris nach unten zu ihrem Zimmer. Als sie dort ankamen, war Alex wieder distanziert wie eh und je. »Gute Nacht, Iris. Wir sehen uns morgen beim Frühstück.«

Alex ging direkt weiter zu Mr Oz' Zimmer. Mr Oz schlief nie.

Er klopfte und wartete, dass die metallische Stimme ihn hereinbat.

»*YES?*«, erklang die Stimme vom anderen Ende des Raumes.

»Sie isst wieder«, antwortete Alex. »Sie ist bereit.«

»GUT. VERTRAUT SIE DIR?«

»Ja, Sir.«

»GUT. DU KANNST GEHEN.«

Alex nickte und drehte sich um.

»ALEX?«

»Ja, Sir?«

»WISSEN WIR SCHON, WO SHADE IST?«

»Nein, Sir. Er ist wie vom Erdboden verschluckt.«

»UNMÖGLICH. IRGENDWO MUSS ER SEIN!«

»Wir suchen weiter, Sir«, stotterte Alex.

Mr Oz gab keine Antwort.

Alex ging nachdenklich zu seinem eigenen Zimmer. Er konnte lange nicht einschlafen. Morgen fing Iris mit Level 2 an. Er hoffte, dass sie später den Test zu Beginn von Level 3 überleben würde, sonst wäre alle Mühe umsonst gewesen.

LEVEL 2

Iris wollte sich im Frühstücksraum mit ihrem – extra vollen – Tablett gerade an Tisch 1 setzen, da winkte YunYun ihr zu.

»Level 2! Level 2! Level 2!«, rief sie und klopfte mit ihrem Besteck den Takt dazu. Die anderen am Tisch stimmten mit ein. Alle übrigen Kandidaten und Superhelden im Frühstücksraum fingen an zu lachen.

Die zwei Jugendlichen neben YunYun stellten sich als Dilek und Terry vor. Dilek kam aus der Türkei und sprach in abgehackten, kurzen Sätzen. Terry war ein Kanadier und redete Französisch. Er sah aus wie achtzehn, war jedoch gerade erst fünfzehn.

Sie sprachen miteinander Englisch, und Iris war auf einmal dankbar für die Stunden bei Inderpal. Iris hätte gedacht, sie würden sich über die Superhelden unterhalten oder darüber, warum sie hier waren und wer was gut konnte, aber nichts dergleichen. Die Tischgespräche drehten sich um dieselben Themen wie in der Schule: über den heutigen Unterricht, ob sie später zusammen etwas trinken gehen wollten und darüber, dass sie wieder so viele Hausaufgaben aufhatten.

Iris verkniff sich ihre Fragen, obwohl sie ihr auf den Lippen brannten. Sie lauschte einer Geschichte über moderne Landkarten, die angeblich nichts taugten. Danach ging es darum, wer am schnellsten eine neue Sprache lernte und wer sich beim Training die Rippen geprellt hatte. Unwillkürlich strich Iris sich über ihre gebrochene Nase. Sie verspürte noch immer einen leichten, stechenden Schmerz, doch das Schlimmste war wohl überstanden.

Terry schien ein lustiger Kerl zu sein. Etwas derbe, aber lustig. Er erzählte Witze, von denen einer flacher war als der andere. Wenn man allerdings genug davon hörte, musste man irgendwann einfach mitlachen.

»Okay, also einen noch: Es ist schwarz, und wenn es vom Baum fällt, ist der Ofen kaputt.«

Dilek sah Terry mit gerunzelter Stirn an. »Oh nein, bitte nicht wieder einen von deinen rassistischen Witzen, Terry …«

»Das würde ich nicht wagen!«, antwortete Terry lachend. Terry hatte ein ansteckendes Lachen.

»Ist es eine Kuh?«, fragte YunYun.

»Nein, ein Ofen!«

Und dann kam direkt der nächste Witz.

Iris ließ sich von der ausgelassenen Fröhlichkeit anstecken. Dabei stopfte sie ihr Essen in sich hinein. Genau das hatte sie vermisst: zusammen Blödsinn machen und über unnötiges Zeugs quatschen. Über Themen und Dinge, die so uninteressant waren, dass sich selbst jemand mit einem fotografischen Gedächtnis zehn Minuten später nicht mehr daran erinnern konnte.

Als einmal eine kurze Gesprächspause entstand, stellte Iris direkt ihre Frage: »Wie seid ihr eigentlich in Level 2 gekommen? Ich habe nämlich keine Ahnung, warum ich es geschafft habe …«

Alle starrten sie an.

»Was ist? Dürfen wir darüber nicht sprechen oder so?« Sie sah sich erschrocken um, ob die anderen im Saal ebenfalls zuhörten.

»Doch, schon«, sagte YunYun. »Nur, äh … um ehrlich zu sein, wir wissen es nicht …«

»Aber wir haben eine Theorie«, sagte Terry.

»*Du* hast eine Theorie«, fuhr Dilek ihn an.

»Tja, das ist doch wohl besser als nix, oder etwa nicht?«, antwortete Terry.

»Und wie lautet deine Theorie?«, fragte Iris, die dieses Gezanke etwas nervös machte.

Dilek erklärte: »Terry meint, dass man Level 2 erreicht, sobald man akzeptiert hat, dass man hier nie mehr wegkommt. Was absoluter *Bullshit* ist, denn alle wollen hier weg.«

»Ach ja?«, fragte Terry. »Dann guck dich doch mal um. Siehst du hier irgendjemanden, der einen Aufstand anzettelt? Je höher der Rang, desto geringer der Widerstand.«

»Damit widersprichst du dir doch selbst!«, sagte Dilek giftig. »Ich will weg, Iris will weg, oder?«

Iris nickte.

»YunYun will weg.« Dilek sah das chinesische Mädchen an. »Nur du willst bleiben. Wieso sollten wir unseren Widerstand aufgegeben haben?«

»Vielleicht hat Terry recht«, sagte Iris.

»Oha, die Neue weiß Bescheid! Natürlich, du bist ja schließlich schon in Level 2!«

YunYun legte Dilek die Hand auf den Arm und nickte Iris ermutigend zu. »Wie meinst du das?«, fragte sie.

»Na ja, zum Thema Aufgeben: Ich bin in Hungerstreik getreten, habe ihn allerdings wieder aufgegeben. Lieber lebe ich in Gefangenschaft, als dass ich sterbe. Dilek, du bist Türkin, stimmt's? Bist du gläubig?«

Dilek nickte. »Aber ich bin in Belgien geboren und aufgewachsen.«

»Hast du dort ein Kopftuch getragen?«

Das türkische Mädchen runzelte die Stirn. »Ja, nur was hat das damit zu tun?«

»Und wo ist es jetzt, dein Kopftuch?«

Dilek sah Iris böse an. »Ich habe mich geweigert, beim Training mitzumachen, wenn ich kein Kopftuch tragen darf. Doch als das keinen Erfolg hatte ...«

»... hast du es aufgegeben!«, sagte YunYun. »Das weiß ich noch!«

»Und danach war ich in Level 2 ...«, sagte Dilek.

»Mysterium gelöst«, sagte Terry. In seiner Stimme klang Bewunderung mit.

»Also, und wie kommen wir nun hier weg?«, fragte Iris. »Abhauen, meine ich?«

YunYun fing laut an zu lachen. Sie klopfte ihr auf die Schulter. »Hör bloß auf damit, ich lach mich tot, ich kann nicht mehr!« Dann beugte sie sich vor und zischte Iris ins Ohr: »Darüber reden wir hier nicht! Heute Abend.«

»Wo, heute Abend?«

»Im Club.«

Iris zog die Augenbrauen hoch.

»Die Diskothek natürlich!«

»Hier gibt's eine Disco?«

»Darf ich dich unserem DJ vorstellen?« YunYun sah grinsend zu Terry hinüber, aber ihre Augen blieben ernst.

»Du bist ein DJ?«, fragte Iris. Irgendwie konnte sie sich Terry eher auf einem Skatebord als hinter dem DJ-Pult vorstellen.

»*DJ Terry the Terrible, at your service.*«

»Er ist überhaupt nicht schrecklich, so ein Quatsch«, sagte YunYun. »Er ist cool.« Dabei blinzelte sie übertrieben mit den Augen. »Dort führen wir das Gespräch fort«, fügte sie leise hinzu.

Ein Signal verkündete das Ende der Frühstückszeit. Die Level-2-Kandidaten räumten ihre Tische ab und hielten ihre Pässe vor die Scanner. Sie wurden alle in den Gymnastiksaal geleitet, in dem Iris vor ein paar Wochen so heftig eins auf die Nase bekommen hatte.

Diesmal wurden sie hier nicht von Marthe erwartet, sondern von Russom, dem Junge, mit dem Iris am ersten Küchentag aneinandergeraten war. Die anderen begrüßten ihn mit einer Verbeugung, bevor sie auf der Matte ihre Plätze einnahmen.

Iris trat auf ihn zu und sagte: »Hi.« Sie war ein bisschen nervös, in der Küche hatte er sich als ziemlich brutal erwiesen. Und sie selbst hatte ihm mehr oder weniger gedroht, ihm ein Messer zwischen die Rippen zu rammen.

Der baumlange Kerl sah auf sie herab. »Was ist denn mit deiner Nase passiert?«, blaffte er.

»Die ist Fiber begegnet.«

»Hat es ihr wenigstens hinterher leidgetan?«

Iris dachte an den letzten Tritt, den sie Marthe mitgegeben hatte. »Ja«, antwortete sie.

»Gut so. Du erinnerst dich noch an meinen Namen?«

Iris nickte.

»In meinem vorherigen Leben war ich Weltmeister im Judo, Juniorenklasse. Aber erst hier habe ich gelernt, was Top-Sport ist. Ich werde dir ein paar Angriffs- und Verteidigungstechniken beibringen. Die anderen sind alle schon ein bisschen weiter als du, du wirst dich ziemlich ranhalten müssen. Und jetzt geh mal zu Terry rüber.«

»Ist der nicht etwas zu groß für mich?«, fragte Iris.

»Ich dachte, du fürchtest dich nicht vor großen Jungs?«

Iris ging zu Terry, der sie mit seinem Großer-böser-Wolf-Lachen angrinste. »Ich werde vorsichtig mit dir sein«, sagte er.

Das war er nicht. Zwei Stunden später begutachtete Iris unter der Dusche ihre blauen Flecken. Aber sie hatte etwas gelernt.

Fight oder Flight, Kampf oder Flucht, die magischen Worte von Pala. Russom hatte ihnen erzählt, woher der Ausdruck ursprünglich kam. »Menschen und Tiere haben eine natürliche Kampf- oder Fluchtreaktion. Diese wird von dem Teil unseres Gehirns gesteuert, den man auch das ›Reptiliengehirn‹ nennt. Ob wir nun kämpfen oder flüchten, entscheiden wir unbewusst, und zwar in dem Moment, indem wir akut bedroht werden – also zum Beispiel, wenn ich in der Küche mit einem Messer auf dich zukomme.«

Daran erinnerte sich Iris noch zu gut. Ihr Körper wollte wegrennen, aber sie entschied sich in dem Moment dafür, stehen zu bleiben.

»Wir üben hier, diese Entscheidung bewusst zu treffen«, erklärte Russom weiter. »Das erfordert einiges Training, denn Kämpfen oder Flüchten ist ein Reflex. Ein Reflex, der uns sehr von Nutzen sein kann, wenn etwas Unerwartetes passiert. Terry?«

Terry holte mit der Faust aus und versuchte, Iris ins Gesicht zu schlagen. Sie reagierte sofort, indem sie sich wegduckte, sodass die Faust ihr Gesicht nur leicht streifte. Ohne darüber nachzudenken, versetzte sie Terry einen Tritt zwischen die Beine, der ihn direkt in die Knie zwang.

»Das meine ich damit«, grinste Russom. »Reflexe. Praktisch, wenn auf einmal ein Auto auf dich zukommt – oder eben Terrys Faust.«

Iris streckte die Hand aus, um Terry hochzuhelfen. »Und weiter?«, fragte Iris. »Wenn Reflexe gut sind, warum sollte ich dann darüber nachdenken?«

»Weil Menschen aus dem Reflex heraus nicht immer die richtige Entscheidung treffen. Für den Bruchteil einer Sekunde nachzudenken, kann dein Leben retten.«

YunYun stand neben Iris unter der Dusche. Es war das erste Mal seit ihrer Ankunft auf der Insel, dass Iris beim Duschen nicht allein war. Sie vermisste ihre Privatsphäre. Unter der Dusche versuchte sie sonst immer, ihre Gedanken zu ordnen. Aber vielleicht konnte man hier ja wenigstens ungestört reden.

»Können wir nicht hier reden?«, flüsterte Iris. »In Spionagefilmen drehen sie immer den Wasserhahn oder die Dusche auf, um nicht abgehört zu werden.«

YunYun schüttelte den Kopf. »Wasser kann man aus einer Tonaufnahme herausfiltern.«

Dilek kam ins Badezimmer und rutschte fast auf dem nassen Boden aus. Iris bewunderte ihren dicken Haarschopf.

»Wirklich jammerschade, die zu verstecken«, sagte Iris und errötete, als Dilek erstaunt an sich herunter, auf ihre Brüste, starrte. »Ich meine deine Haare … unter dem Kopftuch.« Sie spürte, wie sie knallrot wurde.

»Oh, okay …«

Iris wusch sich die Haare und verschwand, so schnell sie nur konnte. Manchmal war es besser, nichts mehr zu sagen.

DISCO TALK

Die nächste Unterrichtsstunde fand bei ihrem großen Freund »Wusstest du, dass«-Inderpal statt. Sie mussten sich miteinander unterhalten. Die Schwierigkeit dabei war, dass sie alle vier eine andere Sprache sprechen sollten. Iris versuchte, sich auf Französisch verständlich zu machen, während YunYun ihr auf Spanisch antwortete.

Der Tag verging wie im Flug, und Iris hatte kaum Zeit gehabt, an

(DEN KUSS)

das Gespräch mit Alex am Strand zu denken. Nach ihrer Küchenschicht, und nachdem sie selbst zu Abend gegessen hatten, wollte Iris nur noch eines: schlafen. Doch YunYun überredete sie, in den Club zu kommen.

»Ich weiß nicht, was ich anziehen soll«, sagte Iris.

»Alle gehen einfach in Uniform«, sagte YunYun.

»Pff, das war doch auch ein Witz. Natürlich gehen hier alle in Uniform«, sagte Iris.

Sie blieben vor einer Tür stehen, die aussah wie alle anderen Türen im Gebäude. Als sie jedoch ihren Pass vor den Scanner hielten und sich die Tür öffnete, verwandelte sich die nüchterne, öde Welt des unterirdischen Pala in den Nachtclub einer Metropole.

Beim Betreten des Raumes schlug ihnen als Erstes die ohrenbetäubende Lautstärke entgegen. Fette Technobeats wummerten im Raum, dessen Wände mit blau leuchtenden Neonsymbolen verziert waren. Obwohl alle Jugendlichen

Uniform trugen, wirkten sie durch das Neonlicht wie aus einem anderen Zeitalter.

DJ Terry stand hinter einem futuristischen Plattenspieler, der entfernte Ähnlichkeit mit einem Altar hatte, auf dem Platten geopfert wurden. Es waren tatsächlich altmodische LPs, die aufgereiht hinter ihm in einem Metallschrank standen – die ersten *Oldschool*-Objekte, die Iris auf dieser Insel sah.

Sie mied die Tanzfläche, auf der Kandidaten aus allen Levels tanzten, einige zusammen, andere für sich allein. YunYun war nirgends zu entdecken, daher ging Iris zu Terry. Sie wartete, bis er eine neue Platte aufgelegt hatte, dann schrie sie gegen die Beats an: »Und, was hast du zurückgelassen?«

»Normaler Small Talk liegt dir nicht so, was?«, schrie Terry zurück. Er hatte den Reißverschluss seiner Uniform aufgemacht und zeigte seine bloße, stählerne Brust.

»Was?«, schrie Iris. Sie hatte keine Ahnung, warum YunYun ausrechnet an diesem Ort reden wollte, hier konnte man ja sein eigenes Wort nicht verstehen, geschweige denn das eines anderen.

»Egal. Ich habe nichts zurückgelassen. Ich will hier nicht weg«, sagte Terry.

»Das hat Dilek schon erzählt. Und warum nicht?«

»Hier ist es besser als zu Hause!«

»Hast du in einem Getto gewohnt?«, fragte Iris. Sie begutachtete ihn von oben bis unten, auf der Suche nach irgendwelchen Tattoos.

»Warum? Weil ich schwarz bin und mein Elternhaus scheiße war?«

»Nein! Ich … Na ja, eigentlich schon …«

»Ha! Wenigstens bist du ehrlich. Nein, ich war auf der Highschool, hatte gute Noten, habe viel Sport getrieben und war todunglücklich.«

»Warum das denn?«

»Ich wollte was mit Musik machen, aber das Thema brauchte ich zu Hause gar nicht anzusprechen.«

»Warum, kannst du denn nicht selbst entscheiden, was du nach der Schule machst?«

»Hast du keine Eltern?«, fragte er zurück.

»Eine Mutter. Sie wollte, dass ich Richterin oder Rechtsanwältin werde.«

»Und was willst du?«

Iris zuckte die Achseln. »Keine Ahnung, ich bin dreizehn. Ich will vor allem einfach meine Ruhe haben.«

»Ich musste mich für eine Karriere mit Zukunft entscheiden.«

Dann bist du hier also glücklich?, wollte Iris gerade fragen, als YunYun zu ihnen trat. Sie hatte sich die Lippen rot geschminkt und sah aus wie eine Barbie. In der Hand hielt sie zwei Gläser und einen Becher. »Hi! Du hast ihn gefunden! Ich habe was zu trinken mitgebracht, ist Cola okay?«

Iris nickte. »Terry will hier nicht weg«, schrie sie.

»Du kannst hier auch nicht weg«, antwortete er.

»Aber es ist doch schon mal einer abgehauen?«, fragte YunYun. »Shade oder so ähnlich?«

»Das erzählt man sich«, sagte Terry, »ich glaube allerdings kein Wort davon. Wir hocken auf einer Insel, da kannst du nicht so einfach verschwinden.«

»Vielleicht hocken wir ja gar nicht auf einer Insel«, sagte YunYun. Sie drückte Iris eine Cola in die Hand und reichte

Terry die andere. Sie selbst hatte ein Getränk, das wie Tee aussah. »Vielleicht sitzen wir auch in einem unterirdischen Bunker oder so.«

»Wer ist Shade?«, fragte Iris.

»Ein Superheld«, antwortete YunYun bestimmt.

»Das ist doch nur eine Geschichte«, sagte Terry. »Jede Kultur hat ihre Mythen.«

Iris trank einen Schluck. »Igitt! Was ist das denn?« Sie spuckte die Cola in hohem Bogen ins Glas zurück.

»Organische Cola, man gewöhnt sich dran«, murmelte YunYun.

»Und darum trinkst du lieber Tee?«

»Ja, stimmt, die Cola ist echt fies. Aber zurück zu Shade: den gab es echt.«

»Woher willst du das wissen?«, fragte Terry grimmig. Es war das erste Mal, dass Iris ihn wütend erlebte. »Er ist verschwunden, als wir beide noch gar nicht hier waren. Womöglich ist er auch tot.«

YunYun zuckte mit den Achseln. Anscheinend hatten sie diese Diskussion schon öfter geführt und waren dabei immer zum gleichen Ergebnis gekommen.

»Wo sind denn die Superhelden? Tanzen die nicht?« Iris sah sich um, ob sie irgendwo Alex entdeckte.

YunYun zeigte auf ein paar Tische und Sofas auf der anderen Seite der Tanzfläche. Dort saßen die Superhelden zusammen und redeten und tranken. Ab und zu warfen sie einen Blick in die Runde, doch keiner von ihnen machte Anstalten, auf die Tanzfläche zu kommen.

»Wir nennen sie die Zombies«, sagte Terry.

»Du meinst, sie laufen mit entstellten Gesichtern und

ausgestreckten Armen umher und rufen: ›*brains, brains*‹??«, fragte Iris.

»Ähm, na ja, das nicht gerade, aber sie machen kaum was anderes als apathisch auf der Bank zu sitzen und den Kindern zuzugucken.«

»Sie sind unsere Erwachsenen«, sagte YunYun, »auch wenn einige jünger sind als wir.«

»Nicht jünger als du.«

»Nee, Schlauberger, nicht jünger als ich.« Sie knuffte Terry in die Seite.

»Ich denke übrigens nicht, dass du recht hast«, bemerkte Terry. »Wir alle sind hier die Erwachsenen. Sieh dich doch mal um, wo sind denn die Kinder?«

Iris schaute sich die Kandidaten und Superhelden genauer an. Es waren alles Kinder zwischen zwölf und zwanzig, aber Terry hatte recht, sie benahmen sich nicht wie Kinder. Niemand prügelte sich und niemand schimpfte. Und man ärgerte einander eigentlich auch selten. Es wurde gelacht, doch nur dezent, selbst wenn manchmal genauso flache Witze gerissen wurden wie in ihrer alten Schule.

»So, und was ist jetzt deine Stärke?«, fragte Iris Terry. Von YunYun wusste sie bereits, dass sie ein Mathematikgenie war.

»Ich bin ein Monteur, ich kann alles bauen.«

»Wir nennen ihn Bob den Baumeister!«, sagte YunYun.

»Haha, wirklich sehr witzig.« Terry sah ein bisschen genervt aus. »Und du?«

»Fotografisches Gedächtnis«, antwortete Iris, obwohl sie selbst gar nicht genau wusste, ob das wirklich der Grund war, weshalb sie hier war. »Kann ich jetzt mit dir reden, ohne abgehört zu werden?«, fragte Iris YunYun.

Das Mädchen nickte und zog Iris auf die Tanzfläche. »Erzähl«, sagte sie und fing an zu tanzen.

»Diese Woche wird etwas passieren«, sagte Iris. »Ich weiß nicht genau, was, aber es wird einen Test geben.« Sie redete gerade so laut, dass sie gegen die Musik ankam.

»Was für einen Test?« YunYun guckte erschrocken.

Iris fing an zu lachen und umkreiste YunYun tanzend. »Keine Ahnung, nur, damit du vorbereitet bist. Und danach hauen wir ab!«

»Wie?«

»Das erzähle ich dir, wenn wir Level 3 erreicht haben.«

Alex und Fiber saßen zusammen in der Ecke auf einem Sofa und sahen zu, wie Iris über die Tanzfläche hüpfte.

»Du hast recht, Alex«, sagte Fiber. »Vollkommen apathisch, genau wie ein Roboter. Die zeigt ja wirklich keinerlei Regung.«

»Es ist, als würden zwei verschiedene Persönlichkeiten in ihr stecken«, sagte Alex aufgebracht.

»Na ja, du weißt ja, was man sagt: Ein Schizophrener kommt selten allein.«

»Vielleicht ist sie manisch, genau wie ihr Vater«, überlegte Alex, »in einem Moment euphorisch und wütend und dann wieder apathisch und antriebslos.«

Fiber schüttelte den Kopf. »Nee, das ist einfach die Pubertät.«

»Du sagst das so, als ob es eine Krankheit wäre«, antwortete Alex.

»Ist es das denn nicht auch?«

»Und jetzt klingst du wie meine Mutter.«

»Also, als Erstes müssen wir herausfinden, wo wir eigentlich sind«, sagte YunYun.

»Wir sind auf einer Insel, ich bin oben gewesen.« Iris setzte sich erschöpft neben YunYun an einen der kleinen Tische.

YunYun hob die Augenbrauen.

»Mehr kann ich dir nicht sagen.« Iris schielte mit einem Auge zu Marthe und Alex hinüber, die in sicherer Entfernung saßen. »Du musst mir vertrauen, ich hole dich hier raus und bringe dich zurück zu deinen Eltern.«

YunYun nickte.

»Morgen«, hörte Iris sich selbst sagen, »morgen erkläre ich dir den Plan.«

Aber da wusste Iris noch nicht, dass morgen einer von ihnen sterben würde.

Der Morgen fing an wie jeder andere. Iris frühstückte mit ihren Freunden aus Level 2. In der ersten Woche war sie noch etwas zurückhaltend gewesen, doch jetzt beteiligte sie sich rege an den Gesprächen, auch wenn es nicht um Pala, die Superhelden oder ihre Zukunft ging.

Allmählich verstand sie besser, was Terry meinte. Zu Hause war sie ständig dazu gezwungen gewesen, Entscheidungen zu treffen. Was sie einmal werden und was sie studieren wollte, ob sie nun in der Theater-AG mitspielte oder nicht und ob sie zu dieser oder jener Geburtstagsparty gehen sollte. Hier dagegen wurden einem alle Entscheidungen abgenommen: andere bestimmten, was man aß, welchen Sport man machte und welche Sprache man lernte. Anstatt sich jedoch dagegen zu wehren, schienen die Jugendlichen sich damit abzufinden. Ob das wohl daran lag, dass sie entführt worden waren und nicht wegkonnten? Oder war es, wenn man ehrlich war, eigentlich auch ganz bequem so? Nicht über Dinge nachzudenken, hatte ja durchaus seine angenehmen Seiten.

Terry war der Einzige, der offiziell zugab, dass er mit diesem Leben zufrieden war. Die anderen aus Level 2 beschwerten sich der Form halber über das Essen (»Ich vermisse Fleisch!«), über den Sport (»Ich kann nicht mehr!«) und natürlich über den Unterricht in Sprachen, Mathematik, Biologie und Mechanik (wo Terry Iris zeigte, wie man einen Motorblock auseinandernahm und wieder zusammensetzte).

Nach dem Frühstück hielt Iris ihren Pass vor den Scanner, und ihr wurde eine andere Farbe angezeigt, als sie erwartet hatte.

»Orange?«, fragte sie. »Was ist denn jetzt los?« Auf dem Boden leuchtete ein orangener Strich auf, der ihr den Weg wies.

YunYun hielt nun auch ihren Pass vor den Scanner, und ihr wurde Giftgrün angezeigt. Dilek und Terry hatten jeweils eine dunkelrote und eine rosafarbene Route. Es war das erste Mal in Level 2, dass sie nicht an denselben Ort geschickt wurden.

Es ist so weit, dachte Iris. Das ist es, wovor Alex mich gewarnt hat. Heute wird es passieren. Was auch immer »es« war.

Iris verabschiedete sich, als wäre alles genau wie immer und als würden sie einander beim Mittagessen wiedersehen. Aber sie merkte, dass auch die anderen angespannt waren. Wenn etwas von der normalen Routine abwich, bedeutete das auf Pala automatisch Gefahr. Iris warf YunYun einen bedeutungsvollen Blick zu.

»Vielleicht kommen wir heute in Level 3?«, überlegte Dilek.

Genau davor hatte Iris Angst.

* * *

Nach und nach erhoben sich auch alle anderen Kandidaten von ihren Plätzen. Sie stellten ihre Teller auf das Fließband und begaben sich zum Ausgang. Alex und Fiber standen an der Tür und sagten jedem, der an ihnen vorbeiging: »Zum Kino, bitte.«

Einige hielten ihre Pässe vor den Scanner, doch der zeigte

immer das Gleiche an: einen leuchtenden, grünen Strich, der zum Kino wies.

Im Kinosaal herrschte ziemliche Unruhe. Die Kandidaten versuchten, ruhig zu bleiben, aber alle wussten, was passieren würde. Schließlich hatten sie das hier ja selbst einmal mitgemacht. Wer heute nicht dabei war, hatte den Test für Level 3 nicht überlebt.

Nachdem alle Platz genommen hatten, gingen die Lichter aus, und auf der Leinwand erschienen Bilder. Der Bildschirm war in vier Felder unterteilt, und in jedem war einer der vier Kandidaten zu sehen. Terry, Dilek, YunYun und Iris befanden sich jeweils in einem leeren Zimmer, in dem außer einem Tisch, einem Stuhl und den Zahlen von eins bis vier an der Wand nichts zu sehen war. Das Bild von Iris wurde immer größer, bis es die anderen drei Bilder überlappte und schließlich die ganze Leinwand einnahm. Das Publikum sah, wie Iris die Wand betrachtete und totenblass wurde.

Iris starrte auf die riesengroße Zahl Drei auf der Wand. In der Mitte des Zimmers stand ein Tisch mit zwei Stühlen. Auch ohne fotografisches Gedächtnis hätte sie den Raum unter Tausenden wiedererkannt: Justins Zelle!

Iris spürte, wie ihr alles Blut aus dem Gesicht wich. Justin war nie in Frankreich im Gefängnis gewesen. Mr Oz hatte sie reingelegt. Ihr Bruder war hier auf der Insel!

Aber ... das hieß ja, dass er wahrscheinlich auch nie eine Bombe gelegt hatte! Ihr Bruder war unschuldig. War das der Grund, warum er sich nicht mehr gemeldet hatte? Doch wenn er auf Pala war, warum hatte sie ihn dann noch nie im Speisesaal oder in einer der Unterrichtsstunden gesehen?

Weil er gefangen war. Das war die einzige Möglichkeit. Gefangen auf Pala.

Iris untersuchte die Zelle nach einem Hinweis, was mit ihrem Bruder geschehen war. Das Einzige, was sie fand, war ein Rucksack. Sie machte ihn auf und begutachtete den Inhalt. Zwei Brötchen, eine Flasche Wasser und ein Schlafsack.

Ob sie rausgehen würden? War Justin draußen? Würde sie heute endlich ihren Bruder wiedersehen? Iris' Herz machte vor Freude einen Sprung. Als würde ihr jemand frische Luft zum Atmen geben, nachdem sie zuvor eingesperrt gewesen war.

Plötzlich schloss sich hinter ihr die Tür. Gleichzeitig ging auf der anderen Seite des Raumes eine andere auf. Iris konnte nicht sehen, wohin sie führte.

Vorsichtig näherte sie sich der Türöffnung. Hinter ihr wurden im Raum die Lichter gelöscht. Sie sah nichts mehr. Vorsichtig schob Iris sich ein paar Zentimeter weiter nach vorne. Neben sich konnte sie die Wand fühlen. Schritt für Schritt tastete sie sich zum Gang vor, sie war auf alles gefasst.

Außer auf einen Gang, der sich plötzlich in eine Eisbahn verwandelte.

Iris spürte, wie ihr die Füße wegrutschten und sie hinfiel. Sie schlug auf dem harten Eis auf. Ihr Schmerzensschrei wurde zu einem Angstschrei, als sie spürte, wie sie in die Tiefe glitt. Iris versuchte, sich an der Wand festzuhalten, aber diese war ebenfalls spiegelglatt. Dann machte sie, was sie als Kind immer getan hatte, wenn es ihr auf der Rutsche zu schnell wurde: sie grätschte die Beine, um so am Rutschenrand zu bremsen. Leider hatte der Erfinder dieses äußerst glitschigen Bodens *(Mr Oz?)* genau das vorhergesehen und daher die Bahn so breit gemacht, dass nicht einmal ein Riese seinen Fall in die Tiefe abbremsen könnte.

In diesem Moment machte die Rutsche eine Kurve und ging dann fast senkrecht nach unten.

Unter anderen Umständen hätte Iris die Fahrt auf der Rutsche vielleicht sogar genießen können. Auf dem Jahrmarkt oder im Disneyland, wo man voller Vorfreude in seinem Achterbahnwagen saß und darauf wartete, was wohl als Nächstes kommen würde. Man war zwar ängstlich, aber es war eine Art positive Angst.

Doch jetzt hatte Iris Todesangst. Sie raste in so einem Tempo nach unten, dass sie fürchtete, gleich von der Bahn abzuheben und in die Luft katapultiert zu werden. Am schlimmsten war, dass sie nichts sah. Sie sah nicht, wann eine Kurve kam. Und sie sah auch nicht, ob sie gleich mit dem Kopf irgendwo gegendonnern würde. Sie duckte sich die ganze Zeit über vor nicht existenten Gegenständen (oder vielleicht waren auch welche da, woher sollte sie das wissen). Dabei versuchte sie, so gut es ging, sich dem Schwung der Rutsche anzupassen.

Sie schrie sich die Seele aus dem Leib: »Justin!!!«

Eigentlich bestand die Eisbahn aus vier verschiedenen Rutschen, die unter- und übereinander verliefen. Das Kinopublikum konnte sehen, wo sich die jeweiligen Kandidaten befanden, da überall Nachtkameras installiert waren. Die vier Kandidaten wurden dadurch in grünliches Licht getaucht, was ziemlich gespenstisch aussah.

YunYun hatte sich wie ein Fötus im Mutterleib zusammengerollt und sauste in einem Höllentempo hinab, die Füße voran, die Augen geschlossen. Dabei murmelte sie ein Gebet, als würde sie in der Kirche knien.

Dilek betete nicht, jedenfalls nicht sichtbar. Nachdem sie zunächst mit viel Geschrei in die Tiefe gerutscht war, hatte sie das Schreien inzwischen aufgegeben und konzentrierte sich stattdessen ganz auf die Veränderungen der Bahn. Wenn sie gut aufpasste, konnte sie fühlen, wann eine Kurve kam oder wann es unerwartet ein Stück in der Falllinie abwärts ging. Ihre »Superkraft« nützte ihr hier rein gar nichts – es sei denn, sie würde am Ende der Fahrt in einem Zoogehege landen.

Nur Terry hatte den Spaß seines Lebens. Er schloss die Augen und schlitterte mit einem glückseligen Grinsen auf dem Gesicht übers Eis. Mr Oz hätte ihn doch bereits viel früher töten können, wenn er es wirklich gewollt hätte. Was sollte jetzt schon schiefgehen.

Iris hörte das Wasser als Erste. Eigentlich war es durch das Geräusch, das sie beim Rutschen verursachte, kaum auszumachen. Aber für Iris war es gerade laut genug. Wasser! Genau wie in dem Spiel! Kurzzeitig verspürte sie Erleichterung: Sie würde nicht einfach auf dem harten Boden zerschellen, sondern das Wasser war wohl der bevorstehende Test. Erst dann kam ihr in den Sinn, dass sie dabei durchaus ertrinken könnte.

YunYun war vorbereitet und schoss wie eine erfahrene Taucherin ins Wasser, die Lungen voll Luft. Dilek klammerte sich an ihrem Rucksack fest. Sie atmete tief ein und tauchte dann wie ein Felsblock in die Tiefe. Terry, der schon die ganze Zeit über nicht mehr an das Spiel gedacht hatte, wurde von dem eiskalten Wasser komplett überrascht. Atemlos verschwand er in den Tiefen des Wassers.

Iris zog ihre Trinkflasche aus dem Rucksack. Sie goss das Wasser aus und schraubte den Deckel danach wieder lose auf die Flasche. Solange sie noch lebte, würde sie sich nicht geschlagen geben. Erst recht nicht jetzt, da sie wusste, dass Justin in der Nähe war und ihre Hilfe brauchte.

Sie holte tief Luft, nicht zu lange, denn sie wollte kein Risiko eingehen. Dann schloss sie Mund und Augen. Keine Sekunde zu früh. Im nächsten Moment schoss sie in einem atemberaubenden Tempo in die Tiefe.

Das Wasser war kalt, eiskalt. Auch wenn ihre Uniform die Kälte ein wenig abhielt, kühlte ihr Körper in Windeseile aus.

Iris öffnete die Augen und versuchte, ruhig zu bleiben, doch sie stand kurz vor einer Panikattacke. Um sie herum war nichts als Wasser, und es war stockdunkel. Sie hatte noch immer ein ziemliches Tempo drauf. Sie vermutete, dass sie weiterhin in Richtung Grund schoss. Sie wartete, bis sie endlich langsamer wurde. Dann schwamm sie nach oben, die Lippen fest aufeinandergepresst, um nicht versehentlich Wasser zu schlucken. Die Flasche hatte sie fest umklammert.

Das Publikum im Saal hielt die Luft an. Ein Einzelner feuerte die Kandidaten auf der Leinwand an, aber für die meisten war die Erinnerung an die Grotten zu traumatisch. Ein Zuschauer erlitt sogar einen klaustrophobischen Anfall und musste auf die Krankenstation gebracht werden.

Auf der Leinwand kämpften zwei Kinder um ihr Leben. Terry hatte fast keinen Sauerstoff mehr. Die Wasseroberfläche war jedoch noch nicht in Sicht. Dilek fand in ihrem Rucksack eine Schwimmweste, die sie sich provisorisch anlegte, aber blieb ihr überhaupt genug Zeit? Die Weste drückte ihren Körper nach oben. Auf der Leinwand konnte man nicht sehen, ob sie nach wie vor atmete. Von Iris und YunYun keine Spur.

SPRICH, FREUND

In einem Wahnsinnstempo schoss YunYun ins Wasser. Sie schwamm mit kräftigen Zügen nach oben. Bevor ihr Sauerstoffvorrat aufgebraucht war, durchstieß sie die Wasseroberfläche und schnappte nach Luft.

Als YunYun sich einigermaßen erholt hatte, fing sie an, ihre Umgebung abzusuchen. Langsam gewöhnten sich ihre Augen an die Dunkelheit, und sie konnte Formen ausmachen.

Sie befand sich in einer großen Grotte. Die Steine reflektierten das fahle Licht, die Rutschen über ihrem Kopf waren vom Dunst verschleiert.

Vier Rutschen. Also war sie hier nicht allein. Aber wo waren die andern drei nur?

YunYun fing an, Runden zu schwimmen, immer größere Runden, auf der Suche nach ihren Mitstreitern. In Maine war sie jeden Sommer bei ihrer Oma am Ripley Pond gewesen. Während der Ferien hatte sie mehr Zeit im See als auf dem Land verbracht. Wenn es sein musste, konnte sie stundenlang durchhalten.

Terry gab auf. Das war das Ende. Er hatte noch genug Energie zum Schwimmen, aber er hatte keinen Sauerstoff mehr. Er schnappte nach Luft, um ihn herum war jedoch nichts als Wasser. Terry öffnete den Mund und ließ das Wasser hineinströmen, als wenn es Luft wäre. Er füllte seine Lungen – und schloss die Augen.

Er starb.

Dilek verdankte YunYun ihr Leben. Irgendwann war sie bewusstlos zur Wasseroberfläche gelangt, doch sie lebte. Zuerst hatte YunYun sie gar nicht gesehen. Müde vom Brustschwimmen war sie irgendwann dazu übergegangen, auf dem Rücken zu schwimmen. Sie orientierte sich an den Rutschen über sich, damit sie wusste, wann sie eine Kurve schwimmen musste – und dabei stieß sie gegen Dilek. Das chinesische Mädchen drehte sich sofort um und fing an, Dilek zu rütteln.

Dilek zappelte heftig, und hätte sie keine Schwimmweste angehabt, so wäre sie jetzt ertrunken. *»Bırak beni!«*

YunYun beruhigte sie, so gut sie konnte. Als das jedoch keinen Erfolg zeigte, schlug sie ihr mit der flachen Hand ins Gesicht. Das wirkte. Dilek hörte auf zu zappeln und begann zu weinen. YunYun packte sie an den Schultern und schüttelte sie hin und her, wobei sie selbst heftig mit den Füßen strampeln musste, um nicht unterzugehen. Wenigstens hatte Dilek die Schwimmweste an, die sie beide ein wenig über Wasser hielt.

»Reiß dich bitte zusammen!«, schrie YunYun. »Iris und Terry sind wahrscheinlich auch hier! Wir müssen sie finden!«

»Was heißt denn hier?«, schluchzte Dilek.

»Das weiß ich nicht«, schluchzte YunYun. »Bitte hilf mir!«

YunYun wurde ziemlich schnell klar, dass mit Dilek nicht viel anzufangen war. Sie war nur am Heulen. YunYun nahm ihren Rucksack ab und drückte ihn Dilek in den Arm. Dileks eigener Rucksack hing über der Schwimmweste.

»Pass bitte darauf auf!«, bat sie Dilek eindringlich. Dann schwamm YunYun, so schnell sie konnte, davon.

Es gab vier Rutschen. YunYun wusste, wo Dilek und sie ungefähr im Wasser gelandet waren. Mit energischen Zügen schwamm sie zum anderen Ende des Sees. Er war nicht groß, und jetzt, da sie wusste, wo sie suchen musste, standen die Chancen gut, dass sie ihre Mitkandidaten finden würde.

Terry war der Zweite, den sie entdeckte.

Fiber stand neben Alex, ihre Augen fixierten die Leinwand. Sie sahen mit an, wie Terry starb und wie Dilek gerettet wurde. Von Iris noch immer keine Spur.

»Lässt Mr Oz sie einfach so sterben, Alex? Nach allem, was wir getan haben, nach all der Mühe? Wie kann er Iris sterben lassen, wenn sie so wichtig ist?«

»Wenn sie stirbt, dann war sie ganz offensichtlich doch nicht so wichtig«, bemerkte Alex.

»Glaubst du das wirklich? Nein, er muss ein …«

»Schau!«, unterbrach Alex sie. »Da ist Iris. Sieh nur, was sie macht!«

Iris bewegte die Flasche zu ihrem Mund. Sie drehte den Deckel fast ganz ab und schob dann die Flaschenöffnung an ihren Mund. Sie drückte leicht mit der Zunge gegen den Deckel, sodass dieser abflog. Sie wagte es nicht, ihn auszuspucken, vor lauter Angst, dass sie die Luft wieder verlieren oder Wasser in den Mund bekommen könnte. Oder schlimmer noch, gleich beides.

Es war nicht viel Sauerstoff in der Flasche, aber er reichte aus. Mit kräftigen Zügen schwamm Iris zur Wasseroberfläche.

Als sie oben angekommen war, warf sie die Flasche und den Deckel von sich und atmete die frische Luft der Grotte ein. Ich beginne zu lernen, dachte sie. Zum zweiten Mal im Wasser, und ich kann mich ohne Alex retten.

»Iris?«

»YunYun?!«

Die zwei umarmten sich fest.

»Terry? Dilek?«, fragte Iris hustend.

»Terry ..., er ...« YunYun schüttelte den Kopf. »Dilek lebt.«

Es hätte lieber andersherum sein sollen, dachte Iris kalt. Wir müssen hier einen Test bestehen, dafür könnten wir Terry besser gebrauchen als Dilek.

Sie korrigierte sich sofort selbst. Nein, der Test war schließlich für sie alle vier bestimmt, und es würde in jedem Fall schwieriger werden, egal, wer von ihnen ausfiel.

»Bring mich zu Dilek«, befahl Iris. YunYun gehorchte ihr sofort. Sie schwamm ihr voraus.

»Ein Wunder, dass du eine Ahnung hast, wo wir sind«, stöhnte Iris. »Für mich sieht hier alles gleich aus.«

»Dafür muss ich nichts sehen können, ich weiß das einfach«, antwortete YunYun, während sie mit gleichmäßigen Zügen weiterschwamm.

»Praktisch«, sagte Iris. Dann hörte sie auf zu reden, weil sie einen Schluck Wasser in den Mund bekommen hatte. Süßwasser, zum Glück, Trinkwasser. Sie durfte nicht vergessen, ihre Flasche ...

... die hatte sie einfach losgelassen, genau wie ihren Rucksack. Das würde ein harter Tag werden. »Wo ist dein Rucksack?«, fragte sie.

»Bei Dilek, aber jetzt ist Schluss mit reden.«

»Ja, Mama.«

Dilek starrte apathisch vor sich hin, sie hielt YunYuns Rucksack im Arm. Ihre Beine strampelten wie mechanisch auf und ab. Sie tat das nicht wirklich, um sich über Wasser zu halten – das erledigte die Schwimmweste schon. Es war einfach eine Art Automatismus, um sich irgendwie zu beschäftigen.

Dilek war davon überzeugt, dass YunYun sie im Stich gelassen hatte. Hätte sie gewusst, wohin sie musste, dann wäre sie dorthin geschwommen – *wenn* sie schwimmen könnte. Aber sie konnte nicht schwimmen, daher war das keine Option, und so tat sie einfach nichts. Nichts außer strampeln und strampeln und strampeln und …

»Dilek!«, schrie YunYun zu ihr hinüber.

Dilek sah mit leerem Blick auf.

»Dilek! Hier! Ich habe Iris gefunden!«

Dileks Blick erhellte sich. Sie versuchte, Schwimmbewegungen zu machen. Da sie allerdings noch nie zuvor geschwommen war, gestaltete sich das als schwierig, erst recht mit einem Rucksack im Arm und mit einem weiteren auf dem Rücken.

»Warte, wir kommen zu dir!«

Aber Dilek wollte nicht länger warten. Sie ließ den Rucksack los und begann, wie wild um sich zu schlagen. YunYun schrie »Nein!« und kraulte drauflos. Sie ignorierte Dilek und tauchte dem sinkenden Rucksack hinterher. Doch dieser war bereits in den Tiefen des düsteren Sees verschwunden.

Prustend kam YunYun wieder an die Oberfläche. Nachdem sie ein paarmal nach Luft geschnappt hatte, fing sie an zu weinen. »Warum hast du das getan? Ich hatte was zu essen! Und zu trinken! Alles ist weg, warum hast du das getan?«

Klitschnass saßen die drei am Strand. Der Inhalt von Dileks Rucksack lag ausgebreitet zwischen ihnen. Drei Mädchen, keine vierzehn Jahre alt. Sie hätten in der Schule sein sollen, anstatt in einer Grotte unter einer Insel im großen unbekannten Ozean, dachte Iris. Sie hätten wegen eines Jungen aus der Klasse Liebeskummer haben sollen, anstatt um einen ertrunkenen Teamkameraden zu trauern. Sie hätten eigentlich rechtzeitig zum Abendessen zu Hause sein sollen, anstatt auf einem verlassenen Strand zu sitzen und um ihr Leben zu kämpfen, mit nichts als einem Müsliriegel, einer Taschenlampe und einem Apfel.

Iris hätte eigentlich mit ihrem Bruder auf Weltreise sein sollen.

Sie stand auf. YunYun sah zu ihr hoch, Dilek starrte weiter auf das Essen. Iris schaute sich die Grotte genauer an. Über dem Wasser hing Nebel, in dem die Rutschen wie nächtliche Gespenster oder Schlangen in der Dunkelheit aufragten. Der Strand war nichts weiter als ein schmaler Sandstreifen entlang der Felswand. Iris hoffte, dass der Sand bis zum anderen Ende des Sees führen würde, aber schon nach ein paar Metern hörte er auf beiden Seiten abrupt auf.

Mehr war nicht zu sehen.

YunYun fürchtete, dass sie auf der falschen Seite des unterirdischen Sees gelandet waren. Sie schlug vor, loszuschwimmen und die Umgebung auszukundschaften, sobald sie sich wieder etwas erholt hatte.

»Hier ist es anders als im Spiel«, bemerkte YunYun.

»Ach, was du nicht sagst! Im Spiel konnten wir auch nicht sterben!«, antwortete Dilek aggressiv.

»Das meine ich nicht ...«, sagte YunYun.

»Die Rätsel sind anders«, sagte Iris, während sie die Grotte nach Kameras absuchte. Sie wusste, dass Mr Oz sie beobachtete und sie die ganze Zeit über sehen konnte. Wenn er gewollt hätte, hätte er Terry retten können. Aber nein, dies hier war ein Test. Und wer den Test nicht überlebte, konnte kein Superheld werden. »Im Spiel gab es auch Rutschen, doch da konnte man einfach aus dem Wasser herausgehen. Und dann waren da die Fangarme, wisst ihr noch?«

Dilek nahm die Taschenlampe und knipste sie an.

»Mach sie aus!«, schnauzte Iris sie an, »wir müssen Batterie sparen.«

Protestierend knipste Dilek die Lampe aus. Für einen kurzen Moment leuchtete dabei etwas an der Felswand auf.

»Warte, gib mal her«, sagte Iris, jetzt etwas milder gestimmt.

Dilek reichte ihr mit fragendem Blick die Taschenlampe. Iris knipste sie ein paarmal an und aus. »Das ist keine normale Lampe.«

»Aladins Wunderlampe? Ein bisschen reiben, und dann können wir nach Hause?«, fragte Dilek.

Iris schüttelte den Kopf. »Ultraviolett. Schwarzlicht. Guckt mal.« Sie richtete die Lampe auf die Felsen hinter ihnen und knipste sie an. An der Stelle, an der das ultraviolette Licht die Steine beleuchtete, wurde es zwar nicht heller, aber auf den Felsen zeichnete sich ein Muster ab.

YunYun sprang auf und stürmte zur Wand. Sie betastete die Oberfläche. »Hier ist eine Kante!«, rief sie.

Iris trat näher und fuhr die Linie mit dem Taschenlampenschein nach. Selbst Dilek schien aus ihrer Lethargie zu erwachen und kam zu ihnen.

Es war, als würde jemand mit einem silbernen Stift auf die Wand zeichnen. Nach und nach erschien ein Muster.

»Ein Tor. Es ist ein Tor«, stammelte Dilek.

Das Tor war fast doppelt so groß wie Iris, die die Größte der drei war. Wenn sie ihre Hand ausstreckte, konnte sie gerade eben das Superheldenlogo berühren, das über der Tür aufleuchtete.

Das Tor bestand aus einer Doppeltür, aber wie würde diese wohl aufgehen?

Die drei Mädchen stemmten sich gegen die Wand und betasteten einzelne Steinbrocken. Dabei leuchtete Iris die Tür immer wieder neu an, sobald das Silber anfing zu verblassen.

»Wir bräuchten einen Hebel oder so, etwas, das wir dazwischenstecken können«, schlug Dilek vor.

»Vielleicht war ja noch etwas anderes außer Essen in meinem Rucksack«, sagte YunYun.

»Mr Oz wird uns doch hier nicht verhungern lassen, ohne die geringste Überlebenschance. Das hier ist ein Test, und ein Test ist kein Test, wenn man ihn gar nicht bestehen kann.«

»Und was machen wir jetzt?«

»Guys?« Iris sah zu Dilek, die auf eine Stelle über dem Tor zeigte. »Da steht was.«

Iris schaltete die Lampe wieder ein und leuchtete auf die Stelle über dem Tor. »Verdammt, du hast recht«, sagte sie. Ein silberner Satz erschien, der parallel zum Torbogen verlief. Er war auf Englisch und lautete: »Dies ist das Tor zu Pala. Sprich, Freund und tritt ein.«

»Was heißt das wohl, ›Sprich, Freund und tritt ein‹?«, fragte YunYun.

»Das ist doch ziemlich simpel«, sagte Dilek, »wenn du ein Freund bist, dann sagst du das Kennwort, die Türen öffnen sich, und du kannst eintreten.«

Iris begann mit monotoner Stimme zu sprechen: *»›Ja‹, sagte Gandalf. ›Diese Tür wird wahrscheinlich durch Worte gesteuert. Manche Zwergentore öffnen sich nur zu bestimmten Zeiten und nur für bestimmte Personen, und manche haben Schlösser und Schlüssel, die auch dann noch erforderlich sind, wenn alle notwendigen Zeiten und Wörter bekannt sind.‹«*[9]

»Was?«, fragte YunYun. »Wer ist Gandalf?«

»Der Herr der Ringe!«, schrie Dilek. »Das ist aus dem Film!«

»Es war ursprünglich ein Roman, aber ist ja egal. Jedenfalls sagt das Gandalf, als die Gemeinschaft der neun Gefährten die Minen von Moria betritt.« Offensichtlich hat Mr Oz also mehrere Bücher, die er liebt, dachte Iris.

»Und du leierst mal eben so den Text aus dem Buch herunter?«, fragte YunYun voller Bewunderung.

»Weißt du denn noch, wie sie reingekommen sind?«, fragte Dilek.

Iris nickte. »Ja, das war dann irgendwie ganz einfach. Gandalf, das ist der Zauberer, musste nur das Wort ›Freund‹ in der Elbensprache sagen und die Türen öffneten sich.«

»Und was heißt ›Freund‹ in der Elbensprache?«, fragte Dilek.

»Mellon«, sagte Iris nach kurzem Nachdenken. Sie war zehn gewesen, als sie die Bücher im Regal ihres Vaters gefunden hatte. Obwohl sie sich noch an jedes einzelne Wort erinnerte, hatte sie damals nicht alles verstanden.

Nichts passierte. Iris wiederholte das Wort: »Mellon!«

Das Wasser hinter ihnen fing an zu brodeln. Iris fluchte.

»Gibt es Probleme?«

»Und ob! Wir müssen die Tür aufbekommen, und zwar sofort!«

Das Wasser kochte inzwischen. Es wurde schwarzgrün, als hätte jemand einen Topf mit Tinte aufgesetzt.

»Alle an die Wand, schnell!«, schrie Iris. Die anderen beiden folgten ihrem Beispiel und drückten sich ebenfalls mit dem Rücken gegen die Felswand. Gebannt starrten sie auf das sprudelnde Wasser, das den kleinen Strand überflutete.

»Was geht hier vor sich?«, flüsterte YunYun. Sie rückte näher an Iris heran, um Platz für Dilek zu machen.

»Guckt mal!« Dilek zeigte auf den See.

Aus dem Wasser kroch ein Fangarm. In Tolkiens Buch war das Ding *»blassgrün, leuchtend und nass«*[10], dieser aber war aus Metall, leuchtend grün und nass. Wie eine blinde Schlange kroch der Arm über den Sand auf die Mädchen zu.

»Ob das Ding uns sehen kann?«, fragte YunYun. Ihre Stimme zitterte.

»Das Ding nicht, aber Mr Oz garantiert.« Iris nickte und wies auf die Kameras. »Wenn wir drei in unterschiedliche Richtungen davonlaufen, hat das Viech ein Problem«, sagte sie. »Es kann uns nicht allen gleichzeitig folgen.«

Dilek schüttelte den Kopf. »Es kommen aber noch mehr. Im Film war es mehr als ein Arm.«

»Zwanzig andere Arme kamen aus den Wellenringen hervor. Das dunkle Wasser brodelte, und es stank abscheulich«[11], las Iris aus dem Buch, das sie im Kopf hatte, vor.

YunYun fing an zu zittern.

»Irgendwie müssen wir durchs Tor gelangen«, sagte Iris, ohne die Augen von der kriechenden Schlange auf dem Strand abzuwenden. »Denkt nach, Vorschläge, bitte.«

»Vielleicht einfach ›Freund‹ rufen«, sagte Dilek und fing direkt an: »Freund!« Nichts passierte.

»Vielleicht in einer anderen Sprache? Nicht Elbisch, sondern Italienisch? *Amigo! Amiga!*«

»*Arkadaş! Dost! Tanıdık! Ahbap! Yardımcı! Destek!*«, schrie Dilek.

Iris konnte nicht anders, sie fing an zu kichern. »Was heißt das?«

»Freund auf Türkisch.«

»Alles?«

»Ja.«

»Okay, jetzt komme ich: »*Vriend! Vriendin! Maatje, kameraad, kompaan* ... Mehr haben wir, glaube ich, gar nicht im Niederländischen ...«

»Inderpal!«, sagte YunYun auf einmal. »Wie viele Sprachen hat er uns denn beigebracht? Wenn wir alles, was er ... *Oh my God*, was ist das denn Scheußliches?«

»Das ist der besagte Gestank ...«, antwortete Iris trocken.

»Und dort sind die zwanzig Fangarme!«

Sie tauchten nicht gleichzeitig auf, wahrscheinlich, um einen besonders dramatischen Effekt zu erzielen. Im Buch war nicht ganz klar, ob es sich um Fangarme oder Schlangen handelte, und im Spiel waren es viel weniger. Hier krochen jedoch nacheinander zwanzig glitschige Arme aus dem Wasser.

Iris hatte nicht vor, zu warten, bis die Arme zu ihnen vorgedrungen waren und sie erwischten. Sie ging alle Sprachen durch, die Inderpal ihnen beigebracht hatte, und suchte dann immer das jeweilige Wort für »Freund«. Ihr Gehirn arbeitete wie ein Computer, sie ließ sich einfach leiten. »*Tomodachi, Rakan, Ystävä*«, leierte sie herunter.

Die Fangarme kamen näher und näher, und die Mädchen fingen an zu schreien.

»Lauft!« Dilek machte den Anfang, indem sie von der Tür wegrannte. Iris folgte ihrem Beispiel und sprintete in die andere Richtung. Dabei rief sie weiter: *»Rafiki, Freund, Freundin, Kamerad, apyry, adnamu, friend!«*

YunYun blieb wie festgenagelt stehen. Einer der Fangarme packte sie am Knöchel und warf sie zu Boden. Kreischend wurde sie in Richtung des kochenden Wassers gezogen.

»YunYun!«, schrie Iris und rannte zu ihrer Freundin zurück. »Lass sie in Ruhe!« Verzweifelt suchte Iris nach etwas, womit sie den Fangarm attackieren konnte. Im Buch war es Frodo gewesen, der mitgezogen wurde. Er wurde von seinem Begleiter Sam gerettet, der den Fangarm mit einem Schwert angriff. Iris hatte kein Schwert, und selbst wenn sie eines gehabt hätte: Sie war nicht so mutig wie Sam. *»Ami!«*, schrie sie, *»Fílo, Péngyǒu!«*

So funktionierte das nicht, sie musste versuchen, sich in Mr Oz' Kopf hineinzuversetzen. Er kannte nur ein Ziel, und das war, sie zu testen. Die Kandidaten zu testen und zu verunsichern. Freund? Wessen Freund? Wer war ihr Freund? Wer war ihr Feind?

Fiber! Wenn es jemanden gab, den sie auf dieser Insel hasste ... Und Fiber war auch ihre Freundin gewesen.

»Znajomych!«, schrie sie, mit einem bemüht polnischen Akzent. Das Superheldenlogo leuchtete auf, und die Linien des Tors wurden wieder sichtbar. Quälend langsam schoben sich Zentimeter für Zentimeter die Türen auf. Iris warf einen schnellen Blick in den dahinterliegenden Raum.

»Pack unsere Sachen zusammen!«, befahl sie Dilek, die auf dem Sand herumsprang, um den Fangarmen auszuweichen, die nach ihren Armen und Beinen griffen. Dilek trat zu, sie duckte sich unter einem Fangarm weg und sammelte Rucksack, Apfel, Müsliriegel und Taschenlampe zusammen.

Iris hielt YunYun mit aller Kraft fest. Dabei zog sie an ihren Armen.

»Stopp! Stopp!«, kreischte YunYun. »Du reißt mir die Arme aus!«

»Willst du vielleicht lieber sterben?!«, schrie Iris zurück. Sie zog noch stärker. Der Fangarm glitschte um YunYuns Beine und schleifte sie unablässig weiter zum Wasser.

»Hilfe!«, schrie YunYun jetzt, sowohl vor Schmerz als auch vor Angst. »Neeeein!«

Da kam Dilek ihnen unerwartet zu Hilfe. Sie warf sich auf den Fangarm. Das Geschöpf wand sich, um Dilek von sich abzuwerfen. Iris ließ YunYun los und stürzte sich ebenfalls auf das Ungeheuer. Zusammen versuchten die Mädchen, es unter Kontrolle zu kriegen.

Der Fangarm war aus Metall und fühlte sich kalt und glitschig an. Kalt, dachte Iris. Das bedeutete, dass das Wasser überhaupt nicht kochte, sondern einfach nur brodelte. Konnte das vielleicht ein Hinweis sein? Sie ließ den Arm los, rannte zum Wasser und sprang hinein. Ihr Körper war auf Hitze vorbereitet, aber tatsächlich war das Wasser eiskalt.

Iris holte tief Luft und tauchte unter. Hier unten war es stockdunkel. Sie umklammerte den Fangarm mit beiden Händen und kletterte daran, so schnell sie konnte, herab. Je tiefer sie kam, desto weniger beweglicher wurde der Arm. Iris wurde zwar immer wieder von den anderen Fangarmen gestreift, doch sie hatte den Eindruck, es geschah eher zufällig. Unwahrscheinlich, dass es unter Wasser Kameras gab, die diese Dunkelheit ergründen konnten. Unwahrscheinlich, aber nicht unmöglich.

Iris erreichte den Grund, noch bevor ihr die Luft ausging. Sie glitt mit den Fingern über den metallischen Gegenstand, aus dem verschiedene Greifarme kamen.

Einer der Arme knallte Iris an den Kopf und warf sie zur Seite. Sie schnappte nach Luft und schluckte direkt Wasser. Hustend klammerte sie sich an dem Arm fest, um nicht weggeschleudert zu werden. Sie zwang sich dazu, noch einmal nach unten zu klettern.

Da sah Iris etwas Rotes blinken. Mit letzter Kraft trat sie danach, dann ließ sie den Arm los.

Der Fangarm erschlaffte, genau wie alle anderen Arme auch. Iris fing wie wild an zu strampeln, um zurück an die Luft zu gelangen. Einen Moment lang dachte sie, sie würde es nicht schaffen, aber dann durchbrach sie die Wasseroberfläche.

Auf dem Strand stieß YunYun den leblosen Fangarm von sich. Dilek half ihr auf, und zusammen zogen sie Iris an Land. Iris war vollkommen erschöpft. Sie wurde von den beiden auf den Rücken gelegt, wo eine besorgte YunYun ihren Puls fühlte.

»Ich bin noch nicht tot«, piepste Iris.

»Nein, ich auch nicht, das habe ich dir zu verdanken.« YunYun sah Dilek von der Seite an. »Und dir, Dilek.«

»Es war wirklich keine Absicht, dass ich deinen Rucksack verloren habe«, schluchzte Dilek, und dann fing sie heftig an zu weinen. »Es tut mir so leid, YunYun!«

»Dafür ist jetzt keine Zeit«, bemerkte Iris unwirsch und stolperte zum Tor, das schon fast wieder geschlossen war.

Im Kinosaal gab es eine Pause. Die Kandidaten wurden aufgefordert, den Saal zu verlassen. Alle redeten durcheinander.

»Hast du gesehen, was sie gemacht hat? Das Mädel ist irre gut!«

»Mr Oz ist geisteskrank! Die Fangarme gab es bei uns nicht, will er sie töten?«

»Mann, bin ich froh, dass ich nicht da unten bin.«

Fiber wartete, bis alle den Saal verlassen hatten, dann sagte sie zu Alex: »Was macht er bloß? Was geht hier vor sich?«

»Er testet sie. Die anderen sind nicht wichtig, er testet nur sie.«

»Warum? Was kann sie denn?«

»Auf jeden Fall ist sie sehr erfinderisch.«

»Und mutig«, fügte Fiber hinzu.

Alex schüttelte den Kopf: »Das ist kein Mut«, sagte er, »das ist Sturheit. Erinnert dich das nicht an jemanden?«

Fibers Augen weiteten sich.

»Shade?! Aber dann ...«

»Schhh!« Alex hielt Fiber den Mund zu. »Halt bloß die Klappe! Ich weiß es nicht genau, doch wenn das bekannt wird ...«

Fiber schob seine Hand weg, allerdings nicht aus Wut. Sie zitterte und musste sich an der Stuhllehne festhalten. »Aber Shade ist gefährlich! Viel gefährlicher als Iris.«

»Das sagst du«, antwortete Alex. »Doch sie hatte sogar dich am Wickel – im Gymnastikraum. Ich versichere dir: Sie ist genauso gefährlich wie er.«

INDIANA JONES

Die drei Mädchen waren mucksmäuschenstill. Sie standen in der Halle, als sich hinter ihnen langsam das Tor schloss. Vor ihnen erhob sich eine Treppe, die steil hinaufführte. Genau wie in Tolkiens Buch.

Iris überlegte, dass Dilek und YunYun ohne sie wohl nicht überleben würden. Die Frage war jedoch, ob sie das hier überhaupt zu dritt überleben würden. Ohne Terry.

Sie befanden sich in der Mine, die sehr an Moria aus *Der Herr der Ringe* erinnerte. Allerdings war es nicht wirklich der Ort aus dem Buch, und ihre Gemeinschaft bestand auch nicht aus übernatürlichen Wesen, sondern aus zwei Mädchen mit Todesängsten (genau genommen aus drei, wenn sie sich mitrechnete). Iris wusste, dass sie in Moria waren und jeden Moment eine Armee von Orks einfallen konnte oder – schlimmer noch – ein Dämon aus der Unterwelt, ein Balrog auftauchen konnte.

Die Türen fielen ins Schloss, es war stockdunkel. Gandalf hatte einen Stab mit einem Edelstein als Lichtquelle dabeigehabt, sie dagegen hatten nur eine Taschenlampe, deren ultraviolettes Licht nicht für das menschliche Auge sichtbar war. Tastend bewegten sie sich auf die unterste Treppenstufe zu. Ohne dass sie ein Wort darüber verloren hatten, war Iris zur Anführerin der Gruppe geworden.

»Langsam sehe ich ein bisschen besser, ihr auch?«, flüsterte Dilek. Seit ihrem Heulanfall hatte sie außer ja und nein nicht mehr viel gesagt, aber wenigstens hatte sie sich mittlerweile beruhigt.

Iris schüttelte den Kopf. »Nein, ich sehe nichts«, sagte sie.

YunYun konnte ebenfalls nichts als Dunkelheit ausmachen.

»Ich sehe die Wände und die Treppenstufen. Viel ist es nicht, es sind nur Schatten im Dunkeln, aber immerhin etwas.«

»Dann geh du vor, Dilek«, sagte Iris. Sie hatte eigentlich Protest erwartet, doch Dilek stand direkt auf, nahm sie bei der Hand und sagte: »Mir nach.«

Iris erhob sich. Sie fasste YunYun an der Schulter und wartete, bis sie aufrecht stand. Danach griff sie nach ihrer Hand, und zu dritt stiegen sie die Treppe hinauf.

Zweihundert Stufen zählte YunYun laut mit. Genau wie im Buch, wusste Iris. Sie hatte keine Ahnung, ob die Treppe dort auch so breit war.

»Ich glaube, wir sind schon wieder fast oben, an der Erdoberfläche«, überlegte YunYun. »Erst die Rutsche nach unten, jetzt die Treppe nach oben.«

»Dann geht es danach wahrscheinlich wieder hinunter«, murmelte Iris. Um ein Haar wäre sie danebengetreten. »Okay, das sollten wir im Hinterkopf behalten.«

Die Treppe endete in einem gewölbten Gang. Er war nur sparsam beleuchtet und mündete in einem mit Fackeln erleuchteten Saal.

Dilek wollte einen Fuß auf den Boden des Saales setzen, doch Iris hielt sie zurück. »Hier stimmt etwas nicht«, sagte sie.

»Im Spiel ist der Fußboden eingestürzt«, sagte Dilek. »Allerdings nur, wenn man auf die falschen Bodenplatten getreten ist. Ich weiß, welches die richtigen sind.«

»Ja, aber das hier ist anders. Irgendwie kommt mir das bekannt vor.«

»Was? Wieder etwas aus einem Buch?«, fragte YunYun.

»Nein, diesmal aus einem Film, wenn ich mich richtig erinnere …«

»Ich dachte, du hast ein perfektes Gedächtnis?«

Kam Iris das nur so vor, oder lag tatsächlich eine gehörige Portion Spott in Dileks Stimme? »Mehr oder weniger. Ich erinnere mich an den Film, aber mit den Augen des Kindes, das ich damals war. Ich habe ihn gesehen, als ich drei war.«

»Indiana Jones!«, schrie YunYun. »Äh, also der erste Teil, *Jäger des verlorenen Schatzes!*«

Jetzt fiel es auch Iris wieder ein, die Eröffnungsszene. Sie hatte den Film nicht ganz gesehen, doch sie war abends heruntergekommen, weil sie schlecht geträumt hatte. Durch das Fenster der Wohnzimmertür hatte sie zehn Minuten lang den Film im Fernsehen mitgeguckt. »Pfeile«, sagte sie. »Es kamen Pfeile aus der Wand.«

»Aber erst, nachdem Indiana Jones die goldene Figur geklaut hatte«, ergänzte YunYun.

»Nein«, korrigierte Dilek sie, »nachdem er auf die falschen Steinplatten getreten war.«

»Ich sehe keine goldene Figur, und du?«, fragte Iris.

»Äh, nein«, antwortete YunYun.

»Ich schon, ganz hinten im Saal.« Dilek nickte in die Richtung, in der sie offensichtlich eine goldene Statue entdeckt hatte.

»Ist das deine Superkraft? Im Dunkeln sehen können?«

»Nein, ich kenne mich gut mit Tieren aus.«

»I hate snakes[12]*«*, sagte YunYun, und Dilek fing an zu lachen.

Iris sah die zwei fragend an.

»Das ist aus dem Film.«

»Okay, wenn Mr Oz sich an das Drehbuch hält – und davon gehen wir mal aus –, dann passiert uns nichts, solange wir auf die richtigen Steine treten?«

»Ja, zumindest, bis wir bei der Statue sind.«

»Danach kommt die Kugel«, fügte Dilek hinzu.

»Die große Steinkugel, die Indiana fast überrollt.«

»Alles klar, also, was machen wir?«, fragte Iris.

»Die Figur stehen lassen?«, schlug Dilek vor.

»Ich fürchte, wir werden irgendetwas tun müssen, wenn wir weiterwollen.«

»Und was ist, wenn wir nichts tun?« Dilek sah Iris hoffnungsvoll an.

»Dann verhungern wir alle«, antwortete Iris. »Wenn wir gewinnen wollen, müssen wir weitermachen.« Sie erinnerte sich an die Rätsel im virtuellen Pala und in Utrecht, wo sie von A nach B geschickt worden war. Aufgeben war da keine Option gewesen, und auch jetzt konnten sie nicht nach Hause. Das Spiel weiterspielen war die einzige Möglichkeit.

Iris nahm die Schwarzlichttaschenlampe aus dem Rucksack und rollte sie mit Schwung über den Fußboden. Nichts passierte. Die Lampe blieb ein paar Meter entfernt liegen. Iris setzte zögerlich einen ersten Schritt auf den Boden. Sie war bereit, direkt wegzurennen, wenn sie mit giftigen Pfeilen beschossen werden würde.

Nichts passierte.

Ihr klopfte das Herz bis zum Hals, und sie hatte das Gefühl, als hörte sie es im ganzen Raum widerhallen. Der Ort hier erinnerte sie an die Grotte, in der Mr Oz seiner Phantasie ebenfalls freien Lauf gelassen hatte. Er schien auf diese dramatischen Orte aus Buch- und Filmklassikern zu stehen. Ein gestörter Idiot mit Größenwahn, der Kinder entführte, um sie zu Superhelden zu machen. Würde sie hier nicht leibhaftig stehen, sie würde es selbst nicht glauben. Verrückter ging es eigentlich gar nicht.

Das war der Moment, in dem die Musik einsetzte. Der Ton schallte aus Lautsprechern, die irgendwo in der Zimmerdecke versteckten waren. Iris erschrak zu Tode. Sie machte einen Riesensatz zurück auf den sicheren Gang, von wo aus die anderen ihr gespannt zusahen.

»Was ist das?«, fragte Dilek.

»Das ist die Filmmusik aus *Jäger des verlorenen Schatzes*«, antwortete YunYun.

»Er versucht, uns zu ärgern«, sagte Iris, noch immer zitternd. Sie wussten alle drei, von wem sie sprach. Iris hatte allmählich das Gefühl, sie würde selbst in einem Film mitspielen. Allerdings in einem Film, in dem die Hauptpersonen tatsächlich sterben konnten.

Sie zögerte nicht lange und betrat mutig den Raum. Mit großen Schritten lief sie über die sandfarbenen Bodenplatten nach vorne. Nichts passierte.

Auf dem Altar stand tatsächlich eine goldene Figur. Der Altar selbst war ein steinerner Tisch mit einem Hohlraum darunter. Iris hoffte, dass dort keine Spinnen wohnten. »Jungs!«, rief sie, »beeilt euch!«

Ihre zwei Freundinnen kamen zu ihr, indem sie die gleichen Platten auf dem Boden betraten. Die Musik schwoll nun immer mehr an und wurde immer dramatischer, als würde jeden Moment etwas passieren.

»Und jetzt?«, fragte Iris.

»Indiana Jones hatte einen Beutel mit Sand dabei, den hat er anstelle der Figur hingestellt«, sagte YunYun.

»*I know*, aber ich habe keinen Sack und keinen Sand.«

»Es hat ihm allerdings nicht wirklich geholfen, die rollende Kugel hat sich auch so in Bewegung gesetzt.«

Iris sah sich im Raum um. »Habt ihr vielleicht einen Vorschlag, was wir jetzt machen sollen?«

YunYun zog die Taschenlampe hervor, die sie auf dem Weg zum Altar vom Boden aufgehoben hatte. Sie leuchtete damit die Wände ab. »Dorthin?«

Wieder erschien eine silbern schimmernde Tür auf der Wand.

»Dann müssen wir also nur warten, aus welcher Richtung die Kugel kommt.« Iris spähte am Altar vorbei, das war der einzige Teil des Saales, der im Dunklen lag. »Ich denke, von dort.«

Nach kurzer Diskussion entfernten YunYun und Dilek sich vom Altar und stellten sich zu beiden Seiten der Tür auf, die inzwischen wieder unsichtbar geworden war. Iris lehnte sich über den Altar und legte beide Hände um die Figur, ohne dabei das Gold zu berühren.

Nun brauche ich nur noch einen Hut und eine Peitsche, dachte sie und hob die Figur vom Sockel.

Im Zimmer fing es an zu grollen, als hätte ein Erdbeben begonnen. Steinbrocken flogen durch die Luft, sie fielen von den Wänden und der Decke herab. Iris versuchte, sich so gut es ging vor ihnen wegzuducken. Sie fixierte den Raum, der vor ihr lag.

»Die Tür ist offen!«, schrie Dilek.

Iris wagte einen schnellen Blick zur Seite. Dort, wo die silbernen Linien verliefen, schob sich nun eine Tür auf. Dahinter öffnete sich ein weiterer Raum.

»Los!«, rief Iris.

»Und was ist mit dir?«

»Ich komme gleich nach. Seid vorsichtig!«

Iris sah die zwei durch die Türöffnung rennen und dahinter auf sie warten.

Kurz darauf taten sich überall dort im Boden Löcher auf, wo sie selbst langgelaufen wäre, wenn sie geradewegs zur Tür gestürmt wäre. Das erinnerte Iris wieder an das Spiel.

Eine Kugel kam nicht.

Iris wartete, bis sich das Grollen gelegt hatte und die letzten Steinbrocken auf dem Boden aufgeschlagen oder in einem der Löcher verschwunden waren. Zum Glück gab es unter dem Altar den Hohlraum, in dem sie sich in Sicherheit bringen konnte, sonst wäre sie wohl von einem Felsblock erschlagen worden.

Iris scannte den Boden mit den Augen ab, auf der Suche nach einem Weg, wie sie zur Tür gelangen könnte. Es gab zwar einen, aber dafür musste sie erst zurück zum Eingang, also über die Platten, kommen.

»Wird schon schiefgehen«, murmelte Iris. Dann rannte sie, so schnell sie konnte, auf die andere Seite hinüber. Pfeile sausten an ihr vorbei, doch keiner kam nah genug heran, um sie zu streifen.

Direkt vor der Wand hielt Iris an. »*Indiana Jones eat your heart out.*« Jetzt musste sie nur noch irgendwie die Tür erreichen.

An der Seitenwand des Raumes war ein Rand des Fußbodens übrig geblieben. Unter ihr befand sich der gähnende

Abgrund. Wenn dort in der Tiefe der See lag, dann war sie tot, noch bevor sie das Wasser erreichte.

Iris drückte sich mit dem Rücken an der Wand entlang und schob sich langsam voran. Der Rand war so schmal, dass ihre Zehen über dem Abgrund hingen. Eine verkehrte Bewegung bedeutete Exit Iris.

Noch vor ein paar Tagen war sie in Hungerstreik getreten und hatte sich damit abgefunden, zu sterben. Jetzt kämpfte sie um ihr Leben. Hochbegabt hin oder her, aber das hieß noch lange nicht, dass sie sich selbst immer verstand.

Iris überlegte, welche Überraschungen Mr Oz noch für sie bereithielt. Oder vielleicht sollte sie die Frage lieber umdrehen: Was würde sie machen, wenn sie an seiner Stelle wäre? (Wer auch immer dieser jemand war, bisher hatte sie ja nur seinen Kopf gesehen, und der war nicht echt gewesen.)

Sie konzentrierte sich und setzte wieder einen Fuß nach vorne. So näherte sie sich Zentimeter für Zentimeter der Tür.

ALLEIN

»Iris!«, zischte eine Stimme. Sie wandte den Blick zur Seite. Dilek hatte den Kopf durch die Türöffnung gesteckt und sah um die Ecke. Sie streckte die Hand aus.

»Warum flüsterst du?«, flüsterte Iris zurück. Hatten sie etwas Gefährliches entdeckt?

»Ich weiß nicht ...«, flüsterte Dilek. »Brauchst du Hilfe?«

Iris schätzte die Entfernung ein, die zwischen ihr und den Freundinnen lag. Es waren noch locker vier Meter bis zur Türöffnung. »Warte, erst muss ich ein Stück weitergehen.«

Unter ihren Füßen bröckelten immer wieder Steine weg, doch bis jetzt waren es glücklicherweise nicht genug gewesen, um sie in die Tiefe zu reißen.

»Iris!«, zischte Dilek.

Iris hielt inne und sah ängstlich zur Seite. »Ja?«

»Sei vorsichtig!«

»Halt die Klappe! Du lenkst mich ab!«

»Sorry ...«

Sie ging weiter, Zentimeter für Zentimeter, bis die Tür nur noch einen knappen Meter entfernt war und sie Dileks Hand hätte greifen können.

»Gib mir deine Hand!«

Iris schüttelte energisch den Kopf. Sie wusste, dass Dilek ihr helfen wollte, aber sie wollte es jetzt auf ihre Weise zu Ende bringen. »Ist schon gut, geh zur Seite!«

Schmollend trat Dilek in den Raum zurück, wohin Iris ihr kurz darauf folgte.

»Ich wollte ja nur helfen«, sagte Dilek.

»Ich brauche keine Hilfe«, antwortete Iris. »Komm. Wo ist YunYun?«

»Es ist etwas passiert ...«

Iris hastete an Dilek vorbei, durch einen Gang, der zu einer kleinen Grotte führte. Vor dem Eingang lag YunYun mit schmerzverzerrtem Gesicht am Boden. Iris kniete sich neben sie. »Was ist los?«

»Mein Knöchel.« YunYun hatte ihr Hosenbein hochgezogen und rieb sich das Bein, das ziemlich geschwollen war.

»Kannst du laufen?«

»Ich hoffe. Tut mir leid, dass ich dir eben nicht helfen konnte.«

»Ist schon in Ordnung. Wir sind zu viert hergekommen, und ich möchte nicht als Einzige herauskommen.«

»Du gehst automatisch davon aus, dass du die Einzige bist, die das hier überleben wird«, höhnte Dilek.

»Weiß du was, Dilek, das denke ich wirklich«, antwortete Iris wütender, als sie beabsichtigt hatte. »Das denke ich tatsächlich. Ich denke, wenn jemand eine Chance hat, aus der Sache rauszukommen, dann bin ich es.«

»Du bist nicht besser als wir.«

»Doch, das ist sie ...«, sagte YunYun leise.

»Du bist ja völlig verliebt. Iris hier und Iris da, das geht doch schon von Anfang an so.« Dilek, die neben Iris auf dem Boden kniete, sah Iris direkt in die Augen. »Ich vertraue dir nicht. Du weißt immer schon vorher, was passieren wird. Vielleicht steckst du ja mit Mr Oz unter einer Decke!«

»Dilek!« Jetzt war YunYun diejenige, die wütend wurde. »Sie ist als Letzte in Pala angekommen. Sie wusste nichts, als sie herkam.«

»Lass doch!«, setzte Iris an, aber sie wurde direkt von YunYun unterbrochen: »Nein, Iris, das muss mal gesagt werden, wenn Dilek …«

»Pssst! Ich höre was!«

Alle hielten die Luft an. Aus den Lautsprechern schallte nach wie vor Musik, doch es war jetzt eher elektronische Musik, die an einen Science Fiction Film und nicht mehr an *Indiana Jones* erinnerte. Durch die Musik hindurch hörten sie jedoch etwas: ein Dröhnen, als käme etwas Großes anmarschiert.

»Komm!«, schrie Iris. Sie fasste YunYun am Handgelenk und half ihr hoch. »Dilek, du gehst auf die andere Seite!«, befahl sie. Ohne zu protestieren, fasste Dilek das chinesische Mädchen an der Schulter. Zu dritt wankten sie zum Eingang der Grotte. Iris ging das alles viel zu langsam.

Hinter ihnen wurde das Stampfen lauter.

»Ist das ein Elefant?«, fragte YunYun ängstlich.

Dilek schüttelte den Kopf. »Nein, es ist nicht so groß. Und die Gewichtsverteilung ist anders.«

»Tiere sind dein Fachgebiet, stimmt's?«, fragte Iris.

»Könnte man so sagen. Ich habe in der Türkei in einem Zoo gearbeitet, Tiere scheinen meine Sprache zu verstehen. Man hat mich dort Miss Doolittle genannt.«

»Willst du mit diesem Tier sprechen?«

»Nein, ich will so schnell wie möglich weg.«

»*Let's go.*«

Die Tür war geschlossen. Sie war aus Metall und sah etwas futuristischer aus als die übrige Grotte. Auf der Tür stand eine Formel mit Zahlen und Klammern, eindeutig Mathematik. Neben der Tür befand sich eine Zahlentastatur.

»Die ist wohl für dich bestimmt, YunYun«, sagte Iris und schob das chinesische Mädchen vor die Formel.

»Beeil dich«, ermahnte Dilek sie. »Uns bleibt weniger als eine Minute, dann …«

Iris vermutete, dass sie recht hatte. Das Stampfen war nun so laut, als würde das Tier direkt hinter ihnen stehen. Eigentlich wollte sie gar nicht wissen, was es wirklich war.

Die Musik in der Grotte schwoll an, als würde nebenan jemand an den Reglern sitzen und die unterirdischen Ereignisse mit der dazu passenden Musik untermalen. Wahrscheinlich war genau das auch der Fall.

»YunYun?«

»Pssst, ich rechne!«

Das Stampfen stoppte. Irgendwie war das noch unheimlicher, als wenn sie das Tier weiterhin hören würden. Der unsichtbare Musikant fing an, auf die Pauken zu schlagen. »TATATAM! TATATAM!«

»Ich habe ein schlechtes Gefühl bei der Sache«, murmelte Iris.

»Ach, wirklich?« fragte Dilek. Anscheinend hielt sie es nun nicht mehr für nötig, ihren Sarkasmus zu unterdrücken.

»YunYun? Ich lass dich auf den Boden runter, okay? Dann haben Dilek und ich unsere Hände frei.« Iris wartete nicht auf YunYuns Zustimmung, sondern ließ sie langsam zu Boden sinken.

»Dilek?«

»Ich bin hier.«

Zusammen wandten sie sich zu der Tür, durch die sie vorhin gekommen waren.

»Das Tier kann nicht sehr groß sein«, versuchte Dilek Iris

zu beruhigen. »Wenn es durch den eingestürzten Saal gekommen ist, kann es nicht sehr groß sein, es war ja kaum Platz zum Gehen zwischen all den Löchern – das weißt du ja selbst am besten.«

Iris erwiderte nichts. Sie wartete ab. Sie hatte eine Vermutung, was Mr Oz auf sie losgelassen hatte und wie es durchs Zimmer gekommen war.

»Es ist nicht über den Boden gekommen, Dilek, sondern über die Zimmerdecke ...«

»Wie meinst du das? ... *Oh shit*!«

Durch die Türöffnung schob sich ein haariges, schwarzes Bein, dann ein weiteres, und noch eines ...

»Die Spinne aus dem Spiel? Aber das ist unmöglich! Spinnen können nicht so riesig werden!«

Die Spinne zeigte sich nun in voller Größe.

»YunYun!«

»Ich hab es! Ich hab es! Helft mir hoch!«

Iris packte YunYun unter den Armen und zog sie unsanft hoch. Sie stellte sie vor der Tastatur ab, woraufhin YunYun direkt anfing zu tippen. Sie gab vier Zahlen ein, und die Tür schob sich auf.

»Lauft!«, schrie Dilek.

Plötzlich passierte scheinbar alles gleichzeitig. Dilek raste zur Tür, dabei schubste sie Iris und die wankende YunYun zur Seite. Iris verlor das Gleichgewicht und stürzte zu Boden, YunYun landete auf ihr. Dilek stürmte aus der Grotte.

YunYun schrie.

»Pssst!«, zischte Iris. »Nicht, dass Mr Oz uns hört!«

Mucksmäuschenstill lagen sie da, keine der beiden bewegte sich. YunYun wagte nicht hinzugucken. Iris starrte dem Tier direkt in seine acht matten Augen. Der Kopf kam näher. Iris zog ihren Pullover aus und warf ihn über die Spinne. »Lauf!«, brüllte sie.

YunYun fing nun auch an zu brüllen und sprang auf.

»Lauf!«, wiederholte Iris. Sie riss die Tür auf und wartete, bis YunYun die Grotte verlassen hatte. Die Spinne kämpfte noch immer mit ihrem Pullover. Iris folgte ihrer Freundin und schloss die Tür hinter sich.

»Wir können nicht zurück«, sagte Iris.

»Dann müssen wir weiter.«

Iris nickte. YunYun stützte sich auf die Freundin, sie hinkte auf einem Bein. Zusammen machten sie sich auf zur Mitte des Labyrinths.

* * *

»*What the fuck* war das?« Fiber starrte genauso erstaunt wie alle anderen Kinder und Jugendlichen im Saal auf die Leinwand.

»Das war eine Spinne«, sagte Alex.

»Ja, das habe ich auch gesehen, Herr Superschlau.«

»Wahrscheinlich einer von Mr Oz' Robotern, was weiß ich denn.«

»Wir hatten bisher keine Spinne, zumindest nicht in echt, sondern nur im Spiel ...«

»Wir hatten bisher auch keine Fangarme, Marthe. Mr Oz hat die Latte höher gehängt.«

»Aber warum?«

»Aus demselben Grund, weshalb wir uns das alle angucken sollen. Wenn sie verliert, weiß jeder, dass man stirbt, wenn man sich widersetzt. Meinst du, das mit dem Hungerstreik hat niemand mitbekommen? Nach Shades Ausbruch und der Schlappe mit Olina kann Mr Oz nicht noch eine Niederlage verkraften. Er muss zeigen, wer hier der Boss ist.«

»Doch wenn sie es überlebt, Alex, was ist dann? Hat sie Mr Oz dann nicht ordentlich vorgeführt?«

Alex schüttelte den Kopf. »Das glaube ich nicht. Schließlich sind es nach wie vor seine Rätsel, und es ist sein Test. Sollte sie den hier allerdings überleben, wird sie sicher bei allen im Ansehen steigen.«

»Und warum sollte Mr Oz das wollen?«

»Das weiß ich nicht. Ich weiß nur, dass es genau so läuft, wie er es will. Du kennst Mr Oz, er hat immer einen Plan in einem Plan in einem Plan.«

Von Dilek keine Spur. YunYun hinkte weiterhin. Sie kamen nur langsam voran. Einen kurzen Moment lang überlegte Iris, ob sie vorgehen sollte, aber bei der Vorstellung, alleine durch die Gänge zu wandern, lief ihr ein kalter Schauer über den Rücken. YunYun war der Grund, warum sie weitermachte, ohne YunYun wäre sie schon längst zusammengebrochen.

Die Mädchen gingen um eine Kurve und landeten dahinter in einem anderen Gang, der zu einer dreiarmigen Weggabelung führte. Iris überlegte. »Da lang«, sagte sie dann.

»Bist du dir sicher?«

»Es ist das gleiche Labyrinth wie in dem Spiel«, antwortete Iris. »Und das kenne ich in- und auswendig.«

»Vergisst du nie etwas?«, fragte YunYun. Iris sah, dass sie versuchte, sich den Schmerz zu verbeißen.

Sie schüttelte den Kopf. »Nein, niemals.«

»Ich vergesse manchmal, wie meine Mutter aussieht«, sagte YunYun. »Ich habe versucht, sie zu zeichnen, aber es gelingt mir nicht.«

»Vermisst du sie?«, fragte Iris.

YunYuns Gesicht verzog sich, und diesmal rührte der Schmerz nicht von ihrem Fuß her.

Wie konnte sie nur so blöd sein, natürlich vermisste YunYun ihre Mutter, das Kind war acht! Wie dumm sie doch mitunter war.

»Manchmal. Ich habe eine Tigermutter, das kann ganz schön anstrengend sein.«

»Eine was?«

»Eine Tigermutter!«

»Ich weiß nicht, was das ist, Liebes.« Jetzt klang Iris selbst wie eine Mutter.

»Oh. Das sind chinesische Mütter, die wollen, dass ihre Kinder immer und überall die Besten sind.«

»Und was musstest du machen?«

»Alles! Nach der Schule hatte ich Klavierunterricht, Mathematik und Englisch.«

»*Wow!* Ist das in China normal?«

»Keine Ahnung, ich war noch nie in China.«

»Hä?« Iris blieb stehen. Sie war ganz schön aus der Puste vom vielen Rennen. Sie sah ihre Freundin erstaunt an. »Ich dachte, du bist Chinesin?«

»Halb. Mein Vater ist Amerikaner. Meine Mutter ist Chinesin, aber ich bin in Maine geboren. Laut Pass bin ich Amerikanerin.«

»Hast du Brüder oder Schwestern?«

YunYun schüttelte den Kopf. »Du?«

»Ich habe einen Bruder, Justin. Er ist ...«

»Später«, keuchte YunYun. »Komm, wir müssen weiter.«

Sie bogen nach links ab und kamen schon wieder an eine Kreuzung.

»Warte, Iris ... Aaaargh!«

Scheinbar aus dem Nichts tauchten acht haarige Beine auf. Sie packten YunYun blitzschnell und zogen sie in einen Gang. Bevor Iris reagieren konnte, war YunYun im Dunkeln verschwunden. Das Einzige, was Iris noch hörte, war ein schreckliches Geschrei.

»Meinst du, sie schafft es?«, fragte Alex besorgt.

»Ich weiß es nicht, sie wirkt wie ein Zombie.«

Gemeinsam starrten sie auf die Leinwand, wo Iris ziellos durch das Labyrinth stolperte. Marthe hatte recht, sie sah wirklich aus wie ein Zombie. Iris' Wangen waren eingefallen, und sie war totenblass – das kalte Licht der LED-Lampen im Labyrinth verstärkte das noch.

Hinter Alex und Marthe saßen die Kandidaten auf ihren Kinositzen. Sie durften nicht reden, aber schlafen war erlaubt. Und das taten einige auch. Die übrigen saßen apathisch da und guckten zu, was Iris auf der Leinwand machte.

»Können wir ihr helfen?«, fragte Fiber.

Alex schüttelte den Kopf. »Selbst wenn ich wüsste, wie, Mr Oz würde uns umbringen.«

Fiber zuckte mit den Achseln. »Und wennschon? Das muss nicht das Schlechteste sein.«

Iris war in der Zwischenzeit zur gleichen Erkenntnis gekommen. Was auch immer sie tat, es war ganz egal, denn der Albtraum ging einfach weiter. Und wenn sie ganz ehrlich war, dann hatte der Albtraum nicht erst mit Mr Oz begonnen, sondern schon mit dem Tod ihres Vaters. Davor war sie ein gewöhnliches Mädchen gewesen – nur mit der ungewöhnlichen Eigenschaft, dass sie sich an alles erinnerte. Sie ging zur Schule, stritt sich mit ihrem Bruder, fuhr mit ihren Eltern in die Ferien und verbrachte die meiste Zeit des Tages hinter dem Computer.

Von dem Tag an, als sie hörte, dass ihr Vater vor den Zug gesprungen war, schien sie in einem nicht enden wollenden Albtraum zu leben.

Und jetzt saß sie da, eingeschlossen in einem Labyrinth, und hatte zwei Möglichkeiten: Kampf oder Flucht.

Es gab noch eine dritte Möglichkeit: sich totstellen. Russom hatte ihnen davon erzählt. Es gab Tiere, wie zum Beispiel Kaninchen, die bei Gefahr nicht flüchteten, sondern sich totstellten. Wenn ein Raubtier oder ein Auto auf sie zukam, blieben sie stocksteif liegen.

Iris entschied sich für diese dritte Möglichkeit. Sie konnte nicht mehr. Ihr Körper sagte ihr, dass sie essen musste, aber es gab kein Essen. Der Durst war unerträglich, aber es gab kein Wasser mehr. Sie wählte den nächstbesten Raum als letzten Ruheplatz aus. Dort brach sie vor der Wand einfach zusammen. Sie schloss die Augen und kehrte der großen, bösen Außenwelt den Rücken zu.

Iris schlief.

BEBEN

Als Iris erwachte, hatte sie keine Ahnung, wie lange sie geschlafen hatte. Sie lag noch in derselben Position da, in der sie eingeschlafen war. Stöhnend rappelte sie sich auf. Ihr tat alles weh. Das lag nicht nur an den Anstrengungen der letzten Tage, sondern auch am fehlenden Essen.

Der Raum sah noch genauso aus wie vorher – bis auf die riesengroße Spinne in der Ecke. Die Bestie starrte sie mit acht runden Augen an.

»Bin ich jetzt an der Reihe?«, fragte Iris. Sie war selbst erstaunt, wie ruhig sie war. Vielleicht lag das daran, dass sie gegen dieses Tier ohnehin keine Chance hatte.

Die Spinne zeigte keine Regung.

»Wenn du es auf mich abgesehen hast, musst du schon herkommen. Ich wehre mich nicht mehr, damit bin ich durch. Komm schon. Komm schon! KOMM SCHON!«

Und die Spinne kam. Sie spannte die Glieder an und sprang mit einem Satz auf Iris zu. Iris duckte sich und machte eine Rolle unter der Spinne hindurch. Sie war erstaunt über ihre eigenen Reflexe. Vielleicht war das Training doch nicht umsonst gewesen.

Blitzschnell sah Iris sich im Zimmer um, auf der Suche nach einer Waffe. Nichts, das Zimmer war leer. Ohne nachzudenken, griff sie sich ein Spinnenbein und zog daran. Die Spinne schüttelte sie von sich ab, als wäre sie eine lästige Fliege. Iris wurde gegen die Wand geworfen. Mit einem dumpfen Schlag landete sie auf dem Boden und blieb wie betäubt liegen.

Metall! Das Bein war aus Metall, genau wie zuvor die Fangarme! Das hier war also keine echte Spinne, sondern ein Roboter! Half ihr das irgendwie weiter? Bevor sie den Gedanken zu Ende bringen konnte, wurde sie von einem der Beine gepackt und erneut gegen die Wand geschleudert. Diesmal war der Schlag so heftig, dass sie für einen Moment einen Blackout hatte.

Iris rappelte sich mühsam auf. »Lass mich in Ruhe!«, schrie sie. Das war noch schlimmer als der Schlag, den Marthe ihr mitgegeben hatte.

Die Spinne trat ihr mit ihrem Metallbein direkt ins Gesicht. Iris fiel zum dritten Mal zu Boden. Sie wischte sich das Blut aus den Augen. Woher kam das Blut?

»Das war nur zu deinem Besten«, hörte sie Marthes Stimme in ihrem Kopf. »Ich habe dich zusammengeschlagen, weil du eine Lektion lernen musstest. Du gibst zu schnell auf.«

War es das hier, worauf Marthe sie vorbereiten wollte? Der letzte Test? Sie hörte noch immer Marthes Stimme: »Ich versuche, dein Leben zu retten.«

Iris erhob sich und kniff die Augen zusammen.

»Willst du ein Stück von mir, Mr Oz?«, fragte sie die Spinne. »Willst du zeigen, wer hier der Boss ist? Na, komm schon, du Freak!«

Jetzt kam die Spinne angerannt. Sie war noch schneller, als Iris erwartet hatte.

Iris täuschte nach links an und duckte sich dann nach rechts weg. Die Spinne knallte mit einem ohrenbetäubenden Dröhnen gegen die Wand. Iris sah, wie dabei eines ihrer Augen zerschmettert wurde. Drähte hingen lose heraus. Iris griff sich einen davon und zog, so stark sie nur konnte, bis die Spinne sie schließlich von sich schleuderte.

Diesmal war Iris darauf vorbereitet gewesen, und sie wandte eine von Russoms Judotechniken an, um den Fall zu dämpfen. »Ist das alles?«, schrie sie. »Komm schon!« Sie warf der Roboterspinne die losen Drähte über die Augen. Danach blieb sie mit dem Rücken zur Wand stehen, sodass sie nicht von hinten angesprungen werden konnte. Sie hoffte, die Bestie würde erneut auf sie zurennen, aber ganz so dumm war Mr Oz auch wieder nicht.

»Ich habe alle Zeit der Welt«, sagte Iris. »Auf mich wartet doch keiner.« Das war reine Schaumschlägerei. Iris stand dort mit vor Hunger und Schmerzen zitternden Beinen, und irgendwo auf dem Kopf hatte sie eine Wunde, aus der ihr das Blut stetig in die Augen tropfte. Es war nur eine Frage der Zeit, bis sie aufgeben musste.

Iris versuchte eine neue Taktik anzuschlagen. Sie machte ein paar Schritte nach vorne und rief: »Komm doch, kleines Spinnchen, komm doch! Komm zu deinem Herrchen.«

Die Spinne sprang. Iris betrachtete sie nicht mehr als ein Tier, sondern als Mr Oz selbst. Als das Tier landete, war Iris bereits wieder ganz woanders. Die Spinne war riesig, allerdings auch ungelenk und lange nicht so schnell wie Iris. Sie war zu groß für diesen kleinen Raum.

Doch die Spinne war unermüdlich.

Iris trat einen Schritt vor. Sie wankte. Die Spinne zögerte keine Sekunde und sprang erneut. Verzweifelt machte Iris sich so klein wie möglich, sie rollte sich zusammen, die Beine angezogen. Die Spinne landete auf ihr drauf. Iris trat direkt nach oben, gegen den Spinnenbauch. Man hörte einen dumpfen Schlag, ansonsten zeigte das keinerlei Wirkung. Die Spinne sackte in sich zusammen, und fing an, Iris mit ihrem riesengroßen Körper zu zermalmen.

»Komm schon« flehte Fiber Iris an. »Gib nicht auf. Denk daran, was ich dir beigebracht habe, gib nicht auf!« Sie fasste nach Alex' Hand. Zusammen sahen sie auf die Leinwand, auf der Iris um ihr Leben kämpfte.

Iris bekam keine Luft mehr. Einige Dutzend Kilo Metall drückten sie zu Boden. Es war, als wäre sie wieder unter Wasser, sie schnappte nach Luft. Sie würde es nicht allein schaffen, und hier war niemand, der sie retten konnte.

Die Spinne bewegte sich jetzt nicht mehr. Alle Zuschauer im Kinosaal starrten totenstill auf die Leinwand. Alle hatten den Test machen müssen, aber für keinen von ihnen war es so schlimm gewesen. Ja, es war hart gewesen, und einige hatten es nicht überlebt, doch das hier war brutale Gewalt. Iris hatte keine Chance.

Die Lichter im Saal gingen an.

»Es ist vorbei«, sagte Alex. »Sie ist tot.«

»Das werde ich ihm nie verzeihen«, flüsterte Fiber. »*Never*, hörst du?«

Die Kandidaten standen langsam von ihren Plätzen auf, sie waren wie im Rausch. Es wurde kaum ein Wort gesprochen. Ein Junge blieb sitzen und starrte ungläubig auf die Leinwand, als hoffte er auf ein Wunder.

»Hey, Leute, seht euch das an!«, sagte ein zwölfjähriger Junge, der Walter hieß. Er zeigte auf die Leinwand.

Ein Wogen ging durch den Saal, als würden alle Kandidaten unbewusst eine Welle der Begeisterung machen. Auf der Leinwand kroch eine blutüberströmte Iris unter der Metallspinne hervor. Sie hielt ein Teil des Motors in der Hand. Iris richtete sich auf und streckte das Stück Metall triumphierend in die Höhe. »Ist es das, Oz?«, schrie sie hysterisch. »Ist das alles, was du zu bieten hast? Weißt du was, Oz? Du bist der Nächste! *You're next!* Hahahaha! HAHAHAHA!«

»Sie ist wahnsinnig«, stammelte Alex.

»Sie ist gestört«, antwortete Fiber. »Genau wie ihr Bruder.«

Eine Tür öffnete sich. Iris humpelte aus dem Raum. Ihr tat alles weh. Es gab keine Stelle an ihrem Körper, die nicht schmerzte. Sie blutete aus unzähligen Wunden, aber sie lebte noch. Sie lebte.

Der Ausgang des Labyrinths war schnell gefunden. Der Grundriss war identisch mit dem aus dem Spiel, und es gab keine Fallen oder Rätsel mehr, sondern nur Gänge.

Von YunYun und Dilek keine Spur. Iris hoffte, dass sie den Test (und die Spinne) überlebt hatten.

Die Grotte war in Wirklichkeit noch beeindruckender als im Spiel. An der Decke hingen Stalaktiten, die undefinierbare Schatten warfen, und die Mauerstrukturen wirkten fast wie von einem anderen Planeten. Es schwebten leuchtende, verschiedenfarbige Kugeln durch die Luft, die dem Ganzen eine gespenstische Atmosphäre verliehen. Wahrscheinlich hatte es die Grotte hier schon immer gegeben, und Mr Oz hatte sie nur für seine Zwecke genutzt, überlegte Iris.

Vor ihr erhob sich ein Berg, auf dessen Gipfel eine Burg stand. Die letzte Herausforderung.

Alex spürte die Erschütterung als Erster. Die Lichter im Saal waren wieder ausgegangen. Alle saßen still auf ihren Sitzen, um Iris auf der Leinwand zuzusehen. Jetzt war niemand mehr müde, alle waren tief beeindruckt von Iris' Durchsetzungsvermögen. Die Stimmung war gut. Es wurde gelacht, und gelegentlich rief ihr jemand etwas Ermutigendes zu.

Der Fußboden fing an zu beben, erst leicht, als würde jemand den Kinosaal ein wenig hin und her schütteln, dann wurde es stärker. Die Sitze waren im Boden verankert, anders als die Kandidaten. Sie wurden heftig hin und her geworfen, als wären sie Playmobilfiguren eines Riesenbabys. Dann ging ein Riss durch den Boden, Stühle zerbrachen, Essen flog durch die Luft.

Alle fingen an zu schreien.

Unter der Erde waren die Ausmaße um ein Vielfaches gewaltiger. Iris stand auf halber Höhe des Berges, als dieser anfing zu vibrieren. Sie konnte sich in letzter Sekunde an einer Felswand festhalten.

»Das ist doch wohl ein Witz«, murmelte sie. »Ist es wirklich noch nicht genug? Bin ich immer noch nicht fertig?!«

Als wollte Mr Oz darauf eine Antwort geben, brachen die Stalaktiten ab und kamen wie Wurfgeschosse auf sie herabgeflogen.

»Hiiilfe!«, brüllte Iris.

»Was ist hier los?«, schrie Fiber.

»Keine Ahnung, komm mit!«, befahl Alex. Er rief ein paar Superhelden zu sich, unter ihnen Russom und Inderpal. »Der Speisesaal! Bringt alle in den Speisesaal!«

Russom nickte und nahm die Sache direkt in die Hand. Alex zog Fiber mit sich aus dem Kinosaal.

»Steckt Mr Oz dahinter?«, brüllte Fiber. In dem Lärm war ihre Stimme kaum zu hören, alles bebte und vibrierte.

Alex schüttelte den Kopf. »Ich denke, es ist ein Erdbeben. Komm!«

Er lief voraus zum Kontrollraum. Die Bildschirme, auf denen normalerweise die ruhige Küste von Pala zu sehen war, zeigten Bilder der Verwüstung. Palmen knickten um wie Streichhölzer, und Steine flogen durch die Luft. Über allem türmten sich die Wellen.

Alex griff nach der Fernbedienung und zappte durch die wichtigsten Nachrichtensender. In jedem Programm die gleiche Nachricht: »Japan wurde heute östlich von Tokio von einem Erdbeben der Stärke 8,9 auf der Richterskala getroffen. Es ist das größte Erdbeben, das es jemals in Japan gegeben hat. Für das gesamte Gebiet im Großen Ozean ist eine Tsunami-Warnung ausgesprochen worden, von Japan bis zur amerikanischen Westküste.«

»Mein Gott, das sind wir«, sagte Fiber.

»Das Rütteln wird weniger, ich glaube, das Schlimmste ist vorbei«, sagte Alex. »Pala haut so ein kleiner Stoß nicht um.«

»Aber all die Menschen, schau dir das an, Alex!« Fiber wies auf den Bildschirm, auf dem die Verwüstung in Japan gezeigt wurde. Die Fernsehbilder zeigten, dass Häuser wie Dominosteine zur Seite geschoben wurden. Einige brannten. Das Wasser durchflutete die zerstörten Wohnungen, Menschen waren nicht zu sehen. Die lagen wahrscheinlich alle unter dem Schutt begraben oder trieben als Wasserleichen umher.

»Wie sieht es bei uns aus?«, fragte Fiber. Sie nahm sich die Fernbedienung und schaltete zurück zum Strand. Eine riesengroße Flutwelle kam direkt auf die Kamera zu. Die Welle schlug über dem Strand und den Bäumen zusammen und fegte die Kamera von ihrem Sockel.

Rauschen.

Auf einmal fiel Alex' Blick auf einen anderen Bildschirm. »*Jesus*, Iris!«

Auf dem Bildschirm sah man Iris auf halber Höhe des Berges hängen, mit beiden Händen an einem Stück Fels festgeklammert. Unter ihr strömte die Grotte voll Wasser.

Die Bilder von *CNN* verschwanden, stattdessen erschien das Gesicht von Mr Oz. »WIE IST DIE LAGE?«

»Die Kandidaten sind im Speisesaal. YunYun und Dilek sind auf der Krankenstation«, stotterte Alex. »Aber Iris ..., sie ist noch unten.«

»SCHICK RUSSOM. DER SOLL SIE HOLEN. GEH IN DEN SPEISESAAL. BERUHIGE DIE LEUTE.«

»Nein«, sagte Alex. »Dann ist es zu spät für Iris.«

»TU, WAS MR OZ DIR BEFIEHLT!«

Alex antwortete nicht. Er stürzte aus dem Zimmer.

TSUNAMI

Iris rannte, als wäre ihr der Teufel auf den Fersen. Sie sah das Wasser unter sich steigen.

Jetzt ging es nicht mehr um Bravour, sondern ums nackte Überleben. Sie kam inzwischen nur noch sehr langsam voran, sie war am Ende ihrer Kräfte. Egal, was sie tat, Mr Oz konfrontierte sie permanent mit neuen Gefahren. Als hätte sie zehn Leben anstelle von einem, als wäre das alles nur ein Videogame. Sie war fertig, fix und fertig, sie musste

(ANHALTEN, SICH GANZ KURZ HINLEGEN UND ERHOLEN)

weitermachen. Immer weitermachen.

Im Spiel war es kinderleicht gewesen, den Berg zu besteigen, ihr Avatar war problemlos den steilen Weg um den Berg herum emporgeklettert. In Wirklichkeit verlor sie ein ums andere Mal den Halt und musste sich dann an der Felswand oder an einzelnen Steinen festklammern. Schließlich wurde der Weg so steil, dass Iris nichts anderes übrig blieb, als auf allen vieren zu krabbeln, das Wasser – im wahrsten Sinne des Wortes – ununterbrochen auf den Fersen.

Iris hatte keine Tränen mehr, sie war ausgelaugt von all den Aufgaben und Prüfungen, vom Kampf mit der Spinne und vom Verlust von Terry, Dilek und YunYun.

Und von Justin.

Doch sie gab nicht auf. Sie fiel vornüber, mit dem Gesicht in den Matsch, anschließend schleppte sie sich Zentimeter für Zentimeter weiter.

Alex versuchte, sich die Karte vom unterirdischen Testraum vor Augen zu führen. Wenn er sich nicht täuschte – sicher war er sich nicht –, befand sich die Bergspitze direkt unter dem Gymnastiksaal. Auf dem Weg holte er sich im Munitionsraum Sprengstoff, Klettereisen und ein Seil.

Der Gymnastiksaal war ein einziger Trümmerhaufen. Alles lag unter Bergen von Schutt begraben, die Wände und der Boden waren aufgebrochen. Alex nahm den Sprengstoff und steckte ihn in den größten Riss. Ohne Zünder waren die Bomben harmlos.

Alex stieß den Zünder in den Sprengstoff und stellte den Timer auf 30 Sekunden ein. Danach rannte er aus dem Gymnastiksaal, so schnell und so weit weg, wie er konnte. Dabei zählte er bis dreißig. »Sechsundzwanzig, siebenundzwanzig, achtundzwanzig …«

BUMMM!!!

Alex machte auf dem Absatz kehrt. Er sprang über einen Mauerrest zurück in den Gymnastiksaal. Dann bremste er seinen Schwung ab und guckte durch das frisch gesprengte Loch in die Grotte unter ihm.

Er war locker sechzig Meter vom Berg entfernt.

Alex nahm das Seil von der Schulter. Er band das eine Ende um die einzige Reckstange, die noch stand, und an das andere Ende machte er eine Schlaufe. Ohne zu zögern, stellte er einen Fuß in die Schlaufe und sprang durch das Loch.

Bungeejumping war nichts dagegen. In einem irren Tempo sauste Alex in die Tiefe und kam mit einem heftigen Ruck zum Stillstand. Das Seil war jetzt straff gespannt. Sein Fuß schoss fast aus der Lasche heraus. Schnell stellte er seinen anderen Fuß daneben.

Das Seil schaukelte hin und her, und Alex fing an, sich im Rhythmus mitzubewegen, so wie er sich als Kind beim Schaukeln Anschwung gegeben hatte. Schutt und Steine fielen herab und streiften ihn. »Iris!«, brüllte er. »Iris!«

Da sah er sie liegen. Auf dem Weg hoch zum Gipfel, mit den Füßen im Wasser. »Iris!«, rief er noch lauter.

Als Iris ihren Namen hörte, blickte sie auf. Sie guckte sich verstört um, aber sie konnte niemanden ausmachen.

»Nach oben!«, rief die Stimme. »Guck nach oben!«

Alex hing wie ein junger James Bond am Seil.

»Renn zum Schloss hinauf!«, brüllte er.

Iris richtete sich auf, schweigend und mit nassen Füßen humpelte sie weiter bergauf. Sie legte Meter für Meter wie ein Zombie zurück, ermutigt von der Stimme, die sie in der Ferne hörte. Um sie herum toste das Wasser, es war lauter als ein Schulhof voller Kinder. Glücklicherweise stieg es jetzt allerdings weniger schnell an, weshalb sie dem zunehmenden Wasser jeweils einen Schritt voraus war.

»Lauf zur Klippe!« Alex' Stimme war über dem rauschenden Wasser kaum hörbar, aber Iris hatte den Satz vernommen. Sie erklomm das letzte Stück des Berges und begab sich dann zum Rand, um möglichst nah bei Alex zu stehen.

Alex gab sich selbst mehr und mehr Anschwung, sodass er jedes Mal einige Zentimeter dichter zur Kliffkante kam. Aber sosehr er sich auch anstrengte, es fehlten immer ein paar Meter. »Du musst springen!«, brüllte er.

»Ganz bestimmt nicht!«, brüllte Iris zurück.

»Du hast keine andere Wahl!«, schrie Alex. Er zeigte auf das tosende Wasser.

Iris sah wild um sich. Das Wasser war nur noch einen Meter vom Gipfel entfernt. In weniger als einer Minute würde das Wasser sie erreichen.

Währenddessen schwang Alex hin und her. Jedes Mal, wenn er sich ihr näherte, schrie er, dass sie springen sollte. Iris schätzte die Entfernung ein. Es waren vielleicht gut zwei Meter – wenn Alex nah bei ihr schwang. Normalerweise waren zwei Meter kein Problem, mit einem ordentlichen Anlauf war das gut zu schaffen, aber jetzt? Sie war todmüde und konnte kaum noch aus den Augen gucken. Und wie sollte sie so das Timing genau hinbekommen?

»Iris, bitte«, flehte Alex sie an. »Ich weiß nicht, wie lange ich das noch durchhalte!«

Iris wandte ihm den Rücken zu und lief von der Kante weg.

»Iris, komm schon! Iris, spring!«

Sie entfernte sich etwa zehn Meter von der Kante, dann drehte sie sich um. Mit ausdruckslosem Gesicht sah sie zu Alex hinüber und berechnete die Strecke.

Sie hatte nur eine Chance.

Sie wartete, bis er sich wieder von ihr fortbewegte, dann zählte sie bis drei. Bei drei fing sie an zu rennen.

Fünf Meter vor der Kante winkte Alex ihr wieder zu. Zu früh! Anhalten konnte sie jetzt nicht mehr. Im Bruchteil einer Sekunde entschied sie sich dazu, Gas zu geben. Sie steckte alle restlichen Energien in ihre Beine und legte die letzten Meter in Rekordzeit zurück.

Sie sprang.

Einen Moment lang schwebte sie in der Luft, unter sich das tosende Wasser. Dann fanden ihre Hände Alex Beine. Mit aller Kraft klammerte sie sich daran fest. Alex streckte die

Hände aus und packte sie an den Handgelenken. Erst jetzt wagte Iris es, eine Hand loszulassen. Alex zog sie ein Stück nach oben und legte ihre freie Hand auf seinen Gürtel. Danach war die andere Hand an der Reihe.

Das letzte Stück schaffte Iris allein. Sie stellte einen Fuß zu Alex in die Schlaufe und schlang ihre Arme um seinen Hals. Zaghaft drückte sie sich an ihn.

»Beim nächsten Date gehen wir vielleicht einfach ins Kino, okay?«, fragte Alex keuchend.

Iris hatte keine Kraft mehr zu antworten. Sie wollte nur noch schlafen.

LEVEL 3

»Hast du gut geschlafen?«

Iris machte die Augen auf und guckte direkt an die ihr wohlbekannte Zimmerdecke der Krankenstation.

»Ich bin hier.«

Iris drehte den Kopf zur Seite und sah YunYun im Bett neben sich liegen.

»Hallo«, sagte das Mädchen freundlich. »Willkommen zurück.«

Iris sagte nichts.

»Alles okay?«

Iris schüttelte den Kopf. Sie wischte sich eine Träne weg.

YunYun krabbelte aus dem Bett. Sie griff sich den Tropf mit ihrer Infusion und wanderte damit zum Bett der Freundin hinüber. »Rück mal ein Stück.«

Iris gehorchte. YunYun kuschelte sich neben sie ins Bett und legte die Arme um Iris.

Dann sagten sie lange nichts.

Iris wurde in Level 3 aufgenommen, genau wie YunYun und Dilek. Terry wurde wie ein gefallener Soldat begraben. Die Unterrichtsstunden gingen normal weiter, Sprachen, Mathematik, Kampfsport. Die Zusammenstellung der Gruppe veränderte sich. Wenn Kandidaten bestimmte Fächer gar nicht konnten, mussten sie diese nach dem Grundkurs nicht mehr belegen. Talente hingegen wurden weiter gefördert.

Der Gebäudekomplex war vom Erdbeben und vom Tsunami schwer beschädigt worden, aber das war nichts im Vergleich zu dem Schaden in Japan. Jeden Abend versammelten sich die Kandidaten und Superhelden im Kinosaal und starrten auf das Chaos, das an der Ostküste herrschte. Sie sahen, wie Japaner in Schutzanzügen in dem Atomkraftwerk ihr Leben aufs Spiel setzten, um die schwer beschädigten Reaktoren abzukühlen.

»Das sind echte Superhelden«, sagte Iris verbittert zu YunYun. »Nicht wir, mit unseren hübschen Uniformen und unserem nie endenden Training.«

Iris hatte den Widerstand aufgegeben. Stattdessen stürzte sie sich auf die Unterrichtsstunden. Sie lernte fließend Englisch, Französisch, Spanisch und ein wenig Italienisch. Sie half jetzt nicht mehr in der Küche, sondern mauerte und strich Wände.

Alex und Marthe sah sie selten. Obwohl sie nun selbst ein Level höher war, durfte sie offiziell noch immer nicht mit ihnen reden. Sie hoffte, dass Alex sie ansprechen würde oder – besser noch – sie wieder mit nach oben nehmen würde, aber sie war scheinbar Luft für ihn. Ihr Verstand sagte ihr, dass sie sich keine Sorgen machen musste und er Mr Oz nichts von ihren Fluchtplänen erzählen würde. Doch die Schmetterlinge in ihrem Bauch fühlten sich betrogen.

Es kamen neue Kandidaten an. Geistesabwesend und völlig verängstigt wurden sie an Tisch 1 gesetzt. Alle ignorierten sie, außer Iris. Jeden Morgen setzte sie sich zu ihnen, um sie zu begrüßen und um ihre Fragen zu beantworten.

Niemand hielt Iris davon ab.

* * *

»Sie entwickelt sich allmählich zu einer Führungsperson«, bemerkte die Ärztin.

»JA, DA HAST DU RECHT.«

»Die Kandidaten sehen zu ihr auf. Meinst du, sie ist so weit?«

»NOCH NICHT.«

Es klopfte an der Tür. Die Tür ging auf, und Alex kam herein. Er war außer Atem. »Mr Oz, wir haben ihn gefunden! Shade, er ist in Texas.«

»ENDLICH. BRING IHN HER.«

»Ja, Sir«, antwortete Alex.

»ALEX?«

Alex sah Mr Oz fragend an.

»NIMM IRIS MIT.«

* * *

Im Speisesaal stand Alex hinter Iris in der Schlange am Förderband, auf das sie die schmutzigen Teller und Gläser stellten. »Hallo«, sagte Alex.

Iris zog die Augenbrauen hoch. Alex hatte seit Wochen nicht mehr mit ihr gesprochen. Die Schmetterlinge in ihrem Bauch regten sich. Iris ermahnte sie zur Ruhe.

»Alles gut?«, fragte er.

»Nicht alles, aber einiges«, antwortete sie. »Was willst du?«

»Du hast das hier fallen gelassen.« Alex reichte ihr eine Serviette. Gerade als sie sagen wollte, dass sie ihr nicht gehörte, ertastete sie die Pünktchen. »Mitternacht. Draußen.«, war in Braille hineingepikt. Iris zerknüllte das Papier und warf es in dem Mülleimer. »Danke.«

»Yeah.«

Dann war er verschwunden.

Um zwölf Uhr war sie bereit. Diesmal ließ Alex sich nicht überfallen. Wortlos nahm er sie mit durch die Gänge, die Iris inzwischen schon wohlbekannt waren. Iris hatte gelernt, wie sie ihren Körper kontrollieren musste, trotzdem zitterte sie wie Espenlaub. Sie hatte versucht, nicht mehr an draußen zu denken, aus Angst, sie würde es sonst noch mehr vermissen.

Am Strand erwartete Marthe die beiden. Sie saß auf einem umgestürzten Baum.

»Und wer kontrolliert jetzt die Kameras?«, fragte Iris.

»Software. Keine Sorge, uns sieht keiner«, sagte Fiber.

Iris nickte. »Was gibt's denn so Wichtiges?«

»Eine Mission«, sagte Alex. »Deine erste.«

»Sammeln wir jemanden ein?«

»Ja«, sagte Fiber, »aber nicht irgendjemanden.«

»Wie meinst du das?«

»Der Kerl, den wir einsammeln, ... er ist kein Kandidat. Er war mal ein Superheld.«

»Was?«

»Er ist geflohen. Er ist der Einzige, der diese Insel je lebend verlassen hat.«

»Er ist *fucking* gestört«, sagte Fiber.

»Shade«, sagte Iris.

Alex nickte. »Hast du von ihm gehört?«

»Alle reden über ihn«, sagte Iris. »Doch die wenigsten haben ihn jemals gesehen. Er ist derjenige, der hier abgehauen ist.«

»Und jetzt haben wir ihn gefunden, in Texas.«

»Ist das eine offizielle Mission?«, fragte Iris.

Alex nickte.

»Und warum haben wir uns dann hier verabredet? Ich habe nichts gegen Sand und frische Luft, aber hättet ihr mir das nicht auch unten erzählen können?«

Alex schüttelte den Kopf. »Für jemanden, der so schlau ist, kannst du manchmal ganz schön dumm sein.«

»Da sagst du was«, meinte Iris. »Könntest du mir das vielleicht etwas genauer erklären?«

»Iris, du kennst Shade wie keine andere.«

Iris spürte, wie ihr übel wurde und sie in sich zusammensackte. Die Zelle, der Link, den er ihr geschickt hatte, die Legenden, die man sich über ihn erzählte. »Justin? Shade ist Justin?«

Alex nickte wieder. »Wir haben ihn Shade getauft, weil er sich immer im Schatten hielt. Er machte das Training, flog scheinbar mühelos über alle Level hinweg und wurde schnell ein Superheld. Aber er hielt sich zurück, er hatte mit niemandem Kontakt.«

»Nein«, korrigierte Fiber ihn, »wir haben ihn Shade genannt, weil er ein Schatten *war*! Ein Albtraum mit seinen Launen und Wutausbrüchen.«

»Fiber ist kein Fan von ihm«, erklärte Alex.

»Woher wollt ihr wissen, dass er nicht tot ist?«, fragte Iris.

»Er schickt Mr Oz Nachrichten.«

»Was für Nachrichten?«

»Dass er ihn töten wird.«

Das klang nach ihrem Bruder. »Wann ist er verschwunden?«

»Ein paar Wochen, bevor du kamst. Nachdem Mr Oz dich mit den Bildern aus seiner Zelle hergelockt hat.«

Bilder vom Kreuzfahrtschiff, dem U-Boot und ihrer Mutter gingen Iris blitzschnell durch den Kopf. »Warum habt ihr mir nichts gesagt? Ihr wusstet doch, was für große Sorgen ich mir um ihn gemacht habe?« Anklagend sah sie von einem zum anderen.

»I...ich wusste es nicht«, stammelte Fiber. »Ich wusste nicht, dass er dein Bruder ist, bis Alex es mir erzählt hat.«

Alex erklärte: »Niemand hatte eine Ahnung, wo er war. Ich wollte es dir erst erzählen, wenn wir ihn gefunden haben.«

»Er hat den Chip zerstört«, sagte Fiber.

»Was für einen Chip?«, fragte Iris.

Fiber beugte sich zu ihr herunter und schob ihre schwarz gefärbten Haare zur Seite. Sie zeigte auf einen dicken Hubbel unter ihrer Haut. »Jeder, der auf Mission geschickt wird, bekommt einen Chip. So kann Mr Oz sehen, wo du bist.«

Iris hob die Augenbrauen. »Ein Sender?«

»Ja, ein Sender, aber nicht nur«, sagte Alex. »Er enthält auch Gift. Ein Befehl von Mr Oz und ...« Er machte eine Bewegung, als würde er sich die Kehle durchschneiden.

»Und was soll ich jetzt tun?«

»Das ist unsere Chance!« So begeistert hatte Iris ihn noch nie zuvor gesehen. »Wenn wir ihn erst einmal haben, fragen wir ihn, wie er es gemacht hat, wie er seinen Chip rausbekommen hat!«

»Dann können wir unsere Chips ebenfalls entfernen und türmen«, ergänzte Fiber.

»Wird er denn nicht denken, dass wir auf Mr Oz' Seite sind?«, überlegte Iris laut. »Das wird er uns doch nicht einfach so erzählen.«

»Uns vielleicht nicht, aber dir.«

»Hmmm.« Der Gedanke, ihren Bruder wiederzusehen, erfüllte sie mit Hoffnung, allerdings auch mit Furcht.

* * *

Iris hatte sich ein Stück von den beiden entfernt, um die Neuigkeiten zu verkraften. Justin lebte. Doch das war nicht alles. Er war ein Superheld, einer, der entkommen war. Und sie würde ihn wiedersehen.

Erst jetzt nahm sie die Verwüstung um sich herum wahr. Bäume lagen wie Mikado-Stäbe über- und untereinander. Zum Glück wohnten sie alle unter der Erde, und es hatte keine Toten, sondern nur ein paar Verletzte gegeben. Iris musste daran denken, wie Alex und sie sich hier oben geküsst hatten. Würde es bei diesen zwei Küssen bleiben? Würden sie einander noch sehen, wenn sie nicht mehr hier waren?

Iris ging zurück zu Alex und Marthe, die mit nackten Füßen im Sand saßen. Sie setzte sich neben die beiden.

»Also, was machen wir jetzt?«, fragte Iris schließlich.

»Justin ist in Texas. Er wohnt dort mit einem Mädchen in einem Motel. Eine örtliche Privatdetektivin hält ihn unter Beobachtung. Morgen fliegen wir zu dritt nach Dallas.«

»Das heißt wir kehren nie mehr hierher zurück?« Iris sah sich um. Dies war der einzige Ort auf Pala, den sie vermissen würde.

»Wenn du Justin davon überzeugen kannst, sein Geheimnis mit uns zu teilen.«

»Ich will, dass YunYun mitkommt«, sagte Iris.

Alex schüttelte den Kopf. »Das ist unmöglich. Sie passt

nicht in den Helikopter. Und ich kann sie nicht ungesehen mitnehmen.«

»Dann fliege ich nicht.«

»Iris.« Fiber sah sie durchdringend an. »Wir lassen sie nicht im Stich.«

»Was meinst du damit?«

»So, wie ich es sage: Wir lassen sie nicht im Stich.«

»Was Fiber meint, ist, dass wir hier alle wegholen wollen«, erklärte Alex. »Wir geben nicht auf. Wir geben die anderen nicht auf.«

»Oz muss sterben«, sagte Iris entschieden.

»Das werden wir sehen. Aber wir lassen die anderen nicht im Stich.«

»Okay«, sagte Iris schließlich. »Ich mache mit.«

JUSTIN III

DALLAS

Diesmal kam der Transporter aus Texas. Alex schraubte mit einem letzten, kräftigen Dreh das Kennzeichen fest. Der Wagen war einer von vielen, Mr Oz hatte überall in Amerika seine Transporter stehen. Dieser parkte in einer gemieteten Garage, in der Nähe des Motels, wo sie gestern Abend angekommen waren. Ein Taxi hatte sie hergebracht. Alex hatte zwei Zimmer gemietet, eins für die Damen und eins für sich selbst. Zu dritt in einem Bett – den Vorschlag wagte er dann doch nicht zu machen.

Alex räumte das Werkzeug weg und wusch sich die Hände. Jetzt war Fiber an der Reihe, ihre Geräte zu überprüfen. Alex verstand zwar einiges von Computern, aber von der Apparatur im Bus musste er die Finger lassen.

Er setzte sich auf den Fahrersitz – für ihn fühlte es sich noch immer an, als säße er auf der falschen Seite – und startete den Wagen. Das Garagentor öffnete sich automatisch.

Trotz der frühen Uhrzeit war in Dallas schon einiges los. Auf den vierspurigen Straßen sah man alle erdenklichen Automodelle – scheinbar kam es vor allem auf Größe an. Fast jeder Mann trug einen Hut. Alex wusste, dass das jedoch nicht nur das Cowboy-Klischee war, sondern einfach an der Hitze hier lag.

Er parkte den Transporter vor dem Motel und hupte zweimal. Wie die meisten Motels in Amerika bestand auch dieses aus einer Reihe von nebeneinander liegenden Appartements, jedes mit eigenem Parkplatz.

Iris streckte den Kopf aus der Tür ihres Appartements und

lachte breit, als sie Alex sah. Ihre roten Haare, die sie auf Pala immer zum Zopf zusammengebunden hatte, trug sie offen, sie waren noch nass vom Duschen. Die Sommersprossen schienen auf ihrem Gesicht zu tanzen. Sie kam nach draußen, und Alex blieb regelrecht die Luft weg.

Iris trug ein einfaches Blümchenkleid und sah unverschämt gut aus. Ihre nackten Füße steckten in Flipflops, und sie lachte noch immer.

»Du siehst glücklich aus«, sagte Alex beim Aussteigen.

»Ich bin glücklich!« Sie lächelte. »Endlich weg von der dummen Insel.«

»Marthe, bist du auch fertig?«

»Und ob sie das ist«, antwortete Iris geheimnisvoll.

Alex trat hinter Iris ins Zimmer. Dies hier war das exakte Spiegelbild seines eigenen Zimmers: ein breites Bett mit zerknitterten Laken, zwei Nachttische und ein Fernseher. Auf dem Bett lag ein Koffer. »Wo ist sie denn?«

»Hier bin ich«, erklang eine etwas unsichere Stimme aus dem Badezimmer, dann kam sie heraus.

Fiber war noch immer ein Goth, zum Glück. Aber ansonsten war die Verwandlung komplett. Statt der schwarzen Jeans trug sie jetzt einen schwarzen Rock, weniger Make-up und ein paar hübsche, flache Schuhe. Am auffälligsten war jedoch ihr Haarschnitt.

»Du hast kurze Haare!«, sagte Alex.

»Gefällt es dir?«

»Cool! Wo hast du denn so schnell einen Friseur gefunden?«

Fiber zeigte auf Iris. »Sie hat ein Programm im Fernsehen gesehen …«

»Lass mich raten, sie musste es sich nur einmal anschauen und konnte es dann direkt nachmachen?«

Fiber nickte.

»Hey«, sagte Iris. »Ich bin genauso überrascht wie ihr. Das ist für mich auch neu.«

»Mr Oz hat die ganze Zeit gesagt, dass du besonders bist, aber jetzt wird mir erst klar, was er wirklich meint«, sagte Fiber. »Wir sollten dich *Copycat* nennen.«

Iris nahm eine Jeansjacke aus dem Koffer und zog sie an. Anstelle von Flipflops entschied sie sich für All Stars. »Terry hat mir beigebracht, wie man einen Motor zusammensetzt. Als ich unter Mr Oz' Spinne lag, wusste ich genau, was ich tun musste, als würde Terry neben mir stehen und mir alles erklären.«

»Es gibt also theoretisch nichts, was du nicht kannst«, sagte Alex zögerlich. »Es muss dir nur jemand beibringen.«

»Das wird man sehen. Ist er noch da?«

Er, damit war Justin gemeint, und ja, er war noch da. Alex hatte heute Morgen Kontakt zu der Detektivin aufgenommen, die nun vor seinem Motel in einem parkenden Auto saß. »*Yep*, seid ihr bereit?«

Iris setzte schnell ihren Cowboyhut auf, den sie sich gestern Abend am Flughafen gekauft hatte. Fiber zog ihre Lederjacke an.

»Wenn du auch bereit bist.«

Justins Motel befand sich am anderen Ende von Dallas, etwa eine Autostunde entfernt. Iris genoss die Fahrt, die Sonne, den Wind und ihre eigenen Klamotten. Es war herrlich, endlich mal wieder keine Uniform zu tragen.

»Witzig eigentlich«, sagte sie zu Alex. »In Comics ziehen die Superhelden immer ihre Uniform an, wenn sie auf Mission gehen, und wir ziehen sie genau dann aus.«

Alex grinste, aber er sagte nichts. Er musste sich ganz auf den Verkehr konzentrieren, das Bild von Iris, die ihre Uniform auszog, konnte er dabei nicht gebrauchen.

Ab und zu wanderte Iris' Hand zu ihrem Hals, wo jetzt der Chip saß. Am Tag, nachdem sie oben am Strand gewesen waren, war sie an der Reihe gewesen. Wieder einmal musste sie auf die Krankenstation. Der Eingriff war kurz und schmerzhaft. Sie bekam ein Instrument an den Hals gedrückt, das aussah wie ein Mittelding zwischen einer Pistole und einem Gerät, mit dem man Ohrlöcher sticht. Ein Puff wie aus einer Luftpistole, ein kurzer, heftiger Schmerz, und dann war es passiert.

Marthe saß im Transporter zwischen ihr und Alex. Iris hatte gehofft, kurz mit Alex allein sein zu können, aber Marthe ließ sich nicht dazu bewegen, hinten zu sitzen. Ob sie wohl etwas ahnte? Und gab es überhaupt etwas, das man ahnen konnte? Seit dem Kuss am Strand hatte Alex keinerlei Annäherungsversuche mehr gemacht.

Das Motel war verfallen und billig. Ihr eigenes Motel wirkte dagegen wie ein Dreisternehotel, dabei war es auch alles andere als modern.

»Bist du bereit?«, fragte Alex. Iris nickte. Ob sie bereit war oder nicht, machte ja ohnehin keinen Unterschied.

Alex stieg als Erster aus und öffnete Iris von außen die Tür. »Sorry, Kindersicherung«, sagte er.

»Wo ist unsere Kontaktperson?«, fragte Fiber. »Die Detektivin?«

Alex nickte in Richtung eines blauen Sedan. »Ihr wartet hier.« Lässig ging er zum Auto, während die beiden Mädchen außer Sichtweite des Motels blieben.

»Habt ihr euch geküsst?«, fragte Fiber plötzlich.

Iris wurde rot.

»Okay, alles klar, ich sehe schon.«

»Ihr euch auch?«, fragte Iris verlegen.

Fiber schüttelte den Kopf. »Ich wollte nicht.«

»Warum nicht? Du magst ihn doch?«

»Das ist ja gerade der Grund. Er will nur vögeln.«

»Marthe! Du bist wirklich derb!«

»Sorry, ja, aber ist doch so …«

Alex kam lässig angeschlendert. Seine blonden Locken wippten im Wind. Auf der Insel war kein Platz für Romantik gewesen, doch nur ein Tag hier draußen, und Iris fühlte sich so menschlich wie schon seit Monaten nicht mehr. »Und?«, fragte sie schnell.

»Justin ist noch da. Was ist denn mit euch los?«

»Nichts!«, sagten Fiber und Iris wie aus einem Mund.

»Hm, na komm, Iris. Jetzt bist du dran. Sieh zu, dass du ihn dahin kriegst, wo wir ihn haben wollen.«

Mit klopfendem Herzen näherte Iris sich der Tür. Sie war nervöser als erwartet. Sie hatte Justin seit mehr als einem Jahr nicht gesehen, und die letzten Treffen waren alles andere als positiv verlaufen. Er war zunehmend radikaler geworden. Von ihrem netten Bruder, mit dem sie ins Kino ging und in den Ferien nach Südfrankreich fuhr, war immer weniger übrig geblieben.

Der alte Justin, wie sehr sie ihn vermisste. Ihr Spielkamerad, der Junge, der ihr Games nähergebracht hatte. Games, für die sie nicht nur Geduld brauchte, sondern auch Grips und Intelligenz.

Sie klopfte an die Tür. Als würde man sie bereits erwarten, ging die Moteltür direkt auf. Anstelle von Justin stand jedoch ein dunkelhäutiges Mädchen im Eingang. Sie war einen Kopf kleiner als Iris und hatte hellblaue Augen. An ihrem Hals hatte sie eine auffällige Narbe, die ganz offensichtlich von einer recht frischen Wunde herrührte. »Bist du Iris?«, fragte sie schroff.

Iris nickte.

»Ich bin Olina. Wir haben dich schon erwartet, komm rein.«

Justin saß auf der Bettkante. Er war größer, als Iris ihn in Erinnerung hatte. Durch die langen Haare und den Kinnbart wirkte er älter, eher wie dreißig als wie achtzehn. »Hallo, Schwesterchen«, sagte er leise.

Iris wollte zu ihm rennen und ihn umarmen, aber sie traute sich nicht. Irgendetwas ging hier vor sich, und sie musste erst herausfinden, was es war. »Wusstest du, dass ich komme?«

»Ja, das war der Plan.«

»Du hast deine Kreditkarte mit deinem eigenen Namen benutzt«, sagte Iris.

Justin nickte. »Es war an der Zeit, dass wir miteinander reden.«

»Dann war es also gar keine Blödheit von dir?« Als Alex ihr erzählt hatte, wie sie Justin gefunden hatten, hatte sie darüber gelacht. Typisch Justin: die ganze Zeit über unentdeckt bleiben, und dann auf einmal so etwas machen.

Ihr Bruder schüttelte den Kopf. »So blöd bin ich auch wieder nicht.«

»Na, in den letzten Jahren hast du so einige seltsame Dinge angestellt.«

»Das weiß ich. Tut mir leid.« Endlich stand Justin auf und kam auf sie zu. Er nahm sie in den Arm und drückte sie an sich. »Es tut mir leid«, flüsterte er. Seine Stimme war tiefer und dunkler geworden.

»Ist schon okay«, sagte Iris. »Komm, wir gehen nach Hause. Unten steht ein Wagen und wartet auf dich.«

»Ich kann nicht nach Hause.«

»Wie meinst du das?«, Iris ließ ihn los. »Der Chip?«

»Der Chip ist aus.«

»Aus? Wie hast du das denn hingekriegt?« Sie wandte sich von ihrem Bruder ab und starrte auf den Hals des Mädchens, das sich Olina nannte. »Doch nicht so, hoffe ich?«

»Nein, das habe ich selbst gemacht«, erklärte das Mädchen. »Ich hätte es fast nicht überlebt, wenn Justin mich nicht gefunden hätte ...«

»Und mein Chip ist nicht weg«, erklärte ihr Bruder, »ich habe ihn ausgeschaltet.«

Iris untersuchte den Hals ihres Bruders. Sie streckte die Hand aus. »Darf ich?«

Justin nickte.

Sie fühlte, wo der Knubbel war. »Er ist also noch da?«

Justin nickte. »Aber er gibt kein Signal ab und auch kein Gift.«

»Cool. Kannst du das bei mir auch machen?«

»Setz dich bitte, Iris.« Es war das erste Mal, dass er sie beim Namen nannte.

»Ich bleibe lieber stehen.«

»Wie du willst.« Justin selbst blieb ebenfalls stehen. Das hatte wohl psychologische Gründe, überlegte Iris. Sonst konnte sie auf ihn herabgucken. Er ging zum Fenster und zog die Gardinen einen Spalt weit auf. »Wer ist mit dir hier? Alex?«

»Und Marthe.«

»Fiber.«

»Sie nennen dich Shade. Den Schatten.«

»Das ist es, was ich dort war, ein Schatten. Ein Schatten meiner selbst.«

»Warum?«

»Was glaubst du wohl?« Zum ersten Mal hörte Iris eine Spur von Gefühl in seiner Stimme. »Weil sie mich gegen meinen Willen festgehalten haben, um mich zum ›Superhelden‹ auszubilden – ob ich wollte oder nicht –, und das alles für einen Größenwahnsinnigen mit einer Mission.«

»Du hast ihn getroffen?«

»Mr Oz? Ja, nicht den schwebenden Kopf, sondern den echten.«

»Wie ist er denn?«

»Das willst du nicht wissen.«

»Justin«, bettelte Iris. »Es ist vorbei. Ich weiß, was du durchgemacht hast. Du kannst dir nicht vorstellen, was sie mit mir gemacht haben, aber wir sind nicht mehr dort. Der Chip ...« Sie betastete ihre Haut. »Mach das Gleiche mit meinem Chip, was du mit deinem gemacht hast, und auch mit dem von Marthe und Alex.«

Justin wandte sich vom Fenster ab und schüttelte den Kopf. »Tut mir leid, Schwesterchen. Das kann ich nicht.«

»Kannst du es nicht, oder willst du es nicht?«

»Wie viele Kandidaten sind jetzt auf Pala, Iris?«

Frustriert rief Iris sich den Speisesaal vor Augen. »Ein paar Hundert vielleicht, warum?«

»Mr Oz hat Pläne, Iris. Wenn diese Pläne umgesetzt werden ... bedeutet das den Untergang der Welt. Er darf seinen Willen nicht durchsetzen, das wäre das Ende.«

»Wir wollen ihn aufhalten«, sagte Olina, die sich bisher im Hintergrund gehalten hatte. »Wir wollen ihn aufhalten, und wir brauchen jemanden, der von innen heraus operiert.«

»Du willst, dass ich wieder nach Pala gehe?!« Iris wich zurück, in Richtung Tür.

»Du sollst ein Spion werden, Iris«, erklärte Olina. »Du bist unsere Kontaktperson auf Pala. So können wir herausfinden, was genau er vorhat und wann. Wir brauchen dich.«

»Ich kehre nie mehr zurück, ist das klar? Niemals. Wir wollen Mr Oz auch loswerden und die anderen befreien, aber das machen wir von außen, wenn wir geflohen sind. Ich gehe nicht zurück.«

»Dann stirbst du«, sagte Olina trocken. »Das Gift im Chip wird dich töten. Es sei denn, du greifst selbst zum Messer, doch ich gebe dir keine hohe Überlebenschance.«

Iris ignorierte Olina und wandte sich wieder an ihren Bruder: »Du lässt mich lieber sterben, als dass du mir die Freiheit schenkst? Du bist ja noch schlimmer als Mr Oz!«

»Jemand muss ihn aufhalten«, antwortete Justin.

»Und das bin ich? Warum ich? Warum du?«

»Es ist niemand anderes da ...«

»Dann finde doch jemand anderen! ICH WERDE ES NICHT TUN!«

»Es tut mir leid.«

»Was tut dir leid?«

»Das tut mir leid.« Er streckte die Hand aus und löschte das Licht.

Alex trommelte ungeduldig mit den Fingern aufs Lenkrad.

»Kannst du bitte damit aufhören, du machst mich *fucking* nervös.«

»Es dauert viel zu lange, Marthe. Sie ist schon eine Dreiviertelstunde da drin.«

»Sie hat ihn über ein Jahr lang nicht gesehen.«

»Da stimmt was nicht!«

»Nein, du hast recht, da stimmt was nicht.«

Er wandte sich zu ihr. »Was sollen wir machen? Anklopfen?«

»Ich gehe mal nachgucken.« Fiber ließ sich aus dem Transporter gleiten und lief in einem großen Bogen auf Justins Appartement zu. Die Gardinen waren einen Spalt weit offen. Fiber hockte sich hin und zog ihr Handy aus der Tasche. Sie machte die Kamera an, hob kurz die Hand und drückte ab. Bevor jemand ihr Handy sehen konnte, hatte sie die Hand schon wieder sinken lassen.

Es dauerte einen Moment, bis die Kamera das Bild aufgebaut hatte. Fiber starrte auf das Foto. »Alex? Alex!« Fiber stand auf und stürmte zur Tür. Sie war zu, aber nicht abgeschlossen. Fiber riss sie auf und rannte hinein, zu Iris' schlaffem Körper.

»Was ist los? Was ... Iris?« Alex hockte sich neben Fiber. Er fühlte ihren Puls.

»Und?«

»Bewusstlos. Wahrscheinlich betäubt. Nichts Ernstes.« Alex suchte das Zimmer ab. »Wo sind sie bloß?«

Fiber zeigte auf das Fenster an der Rückseite des Appartements, das ein Stück weit offen stand. Ein Strahl Sonnenlicht fiel hinein. »Wie blöd sind wir eigentlich?«

»Was machen wir jetzt?«

»Was denkst du?«

»Zurückfahren?«

»Haben wir eine andere Wahl?«

Alex schüttelte den Kopf. »Wir fahren zurück, *bloody hell*!«

PALA

Die Rückreise dauerte insgesamt einen Tag. Alle waren ziemlich schweigsam. Iris war auf dem Weg zu ihrem Motelzimmer wieder zu sich gekommen, aber aus ihr war nicht mehr herauszukriegen, als dass Justin sich geweigert hatte, mit ihnen zusammenzuarbeiten.

»Er hatte ein Mädchen bei sich, Olina«, sagte sie.

Alex fuhr vor Schreck fast gegen die Leitplanke. »Was?«

»Olina, ein dunkelhäutiges Mädchen mit blauen Augen. Sie teilen sich das Bett, vielleicht ist sie seine Freundin?«

Alex sah Fiber mit großen Augen an. »Sie lebt noch, die *fucking bitch*«, sagte Fiber bewundernd.

»Kennst du sie?«

»Sie war eine Kandidatin.«

»Also hauen doch öfter mal Kinder ab?«

»Bis jetzt zwei«, sagte Fiber. »Sie und dein Bruder, dieser Mistkerl. Was wollte er?«

»Ich weiß es nicht.«

Alex brachte den Transporter zurück in die Garage und rief ein Taxi, das sie zum Flughafen von Dallas brachte. Er hatte ein Rückflugticket gebucht, damit Mr Oz keinen Verdacht schöpfte. Aber er hatte nicht damit gerechnet, dass sie die Tickets wirklich brauchen würden.

Das letzte Stück flogen sie mit dem Helikopter. Alex saß selbst am Steuerknüppel.

Auf Pala wurden sie nacheinander einzeln von Mr Oz befragt. Alex war nach Fiber an der Reihe. Er wurde von der Ärztin hereingebeten, die Mr Oz seit dem Erdbeben nicht mehr von der Seite gewichen war. Glücklicherweise hatte das Aquarium keinen Schaden genommen.

»DU HAST SHADE NICHT GESEHEN?«, fragte Mr Oz, noch bevor Alex etwas sagen konnte.

»Nein, Sir. Als ich ins Motelzimmer kam, waren die beiden schon weg.«

»BIST DU DIR SICHER, DASS OLINA BEI IHM WAR?«

»Die Beschreibung stimmt, Sir. Iris hatte nie zuvor von ihr gehört, ich wüsste also nicht, wie …«

»GUT, WIR WARTEN AB, BIS SHADE DEN NÄCHSTEN SCHRITT UNTERNIMMT. DU KANNST GEHEN.«

»Ja, Sir.« Alex konnte seine Erleichterung nicht verbergen. Er hatte erwartet, er würde eine gehörige Standpauke erhalten.

»BEHALT IRIS IM BLICK, ALEX.«

»Ja, Sir. Das werde ich tun.« Er drehte sich um und ging weg.

»SOHN?«

Alex erstarrte. So nannte sein Vater ihn selten. »Ja, Pa?«, stotterte er.

»DAS HAST DU GUT GEMACHT.«

Alex ging durch den Smaragdsaal zurück zu Iris. Sie war noch kein Superheld und würde den echten Mr Oz erst zu sehen kriegen, wenn sie in Level 5 war. Die LED-Lampen waren bereits an, die halluzinogenen Dämpfe brauchten sie heute nicht. Alex schaltete den Spezialeffekt für den schwebenden Kopf ein. Obwohl er genau wusste, wie es funktionierte, bekam er doch jedes Mal wieder eine Gänsehaut.

Iris wartete auf einer Bank vor der Tür. Sie sprang auf, als Alex aus dem Saal kam.

»Du hast Glück, er ist in guter Stimmung«, sagte Alex. »Na, komm.«

Iris nickte und stand auf. Alex hielt ihr die Tür auf. Zögernd trat sie in den grünen Saal, Alex schloss hinter ihr die Tür.

Irgendwo in der Ferne drehte Mr Oz dramatisch seinen schwebenden Kopf. »WILLKOMMEN, IRIS.«

Iris ignorierte ihn und fing an, sehr sorgfältig den Saal abzusuchen. Von Nahem betrachtet sah sie, dass es Plastikedelsteine waren, in denen kleine leuchtende Lämpchen steckten. Sie fuhr mit der Hand über die Wand. Irgendwo musste hier eine Tür sein, das ging doch gar nicht anders.

»WOLLEN WIR DAS SPIELCHEN NOCH EINMAL SPIELEN, IRIS? MR OZ MAG KEINE SPIELCHEN.«

Iris konnte sich die Bemerkung nicht verkneifen: »Mr Oz mag keine Spielchen? Seit Monaten spielst du ein Spiel mit uns, erst mit Justin und jetzt mit mir.«

Einen Moment lang war Mr Oz still. Dann antwortete er: »MR OZ GIBT DAS ZU. WAS WILLST DU VON MR OZ?«

»Ich will den echten Mr Oz treffen. Jetzt! Nicht erst, wenn ich ein Superheld bin. Jetzt!«

»DU WILLST ALSO NACH WIE VOR EIN SUPERHELD WERDEN?«

»Ich habe nicht wirklich eine Wahl, oder?«

»MAN HAT IMMER EINE WAHL.«

»Dann will ich wissen, warum ich unbedingt ein Superheld werden muss. Was haben Sie mit uns vor? Was haben Sie mit mir vor?«

Iris erhielt keine Antwort. Anstelle dessen gingen die grünen Lichter aus, und der leuchtende Kopf blitzte noch einmal hell auf, bevor er über dem Thron verschwand.

Iris stand im Halbdunkel. Sie spannte die Muskeln an. War das jetzt wieder ein Test? Würde sie gleich angegriffen werden?

In dem Moment öffnete sich auf der gegenüberliegenden Seite des Saales eine ganz normale Tür. Warmes, gelbliches Licht fiel aus dem Inneren des Raumes.

»KOMM IRIS, JETZT TRIFFST DU MR OZ.«

Die Stimme ertönte aus der anderen Ecke des Zimmers und klang noch metallischer als zuvor. Iris nahm Haltung an und trat ins erleuchtete Zimmer.

Hier sah es aus wie in der Bibliothek eines englischen Landhauses. An den Wänden standen meterhohe Bücherregale mit Büchern – Bücher über Bücher. Merkwürdigerweise lag auf dem Boden kein dicker Teppich, wie Iris es erwartet hätte. Stattdessen war er schwarz-weiß gekachelt, mit kleinen Abflussdeckeln zwischen den Fugen. An einigen Stellen hatten sich Wasserpfützen gebildet.

»HIER BIN ICH«, hallte Mr Oz' Stimme aus der Ecke des Raumes. Iris sah zu dem Wandschirm, der im hinteren Teil der Bibliothek aufgestellt war. Anstatt der herkömmlichen Drachen und chinesischen Schriftzeichen war dieser Schirm mit Zeichnungen aus dem *Zauberer von Oz* bemalt. Dorothy, der feige Löwe, der Blechmann und die Vogelscheuche liefen darauf den Ziegelsteinweg entlang.

»Bin ich Dorothy?«, fragte Iris.

»WENN DU WILLST«, antwortete Mr Oz mit metallischer Stimme.

In diesem Moment fühlte Iris sich eher wie der feige Löwe. Mit klopfendem Herzen trat sie auf den Schirm zu.

Hinter dem Schirm tauchte die Ärztin auf.

»Bist du Mr Oz?«, fragte Iris erstaunt.

Die Ärztin schüttelte den Kopf. »Nein, ich bin seine Ehefrau«, erwiderte sie.

Das erklärte zumindest, warum sie die einzige Erwachsene auf Pala war.

»Mr Oz ist jetzt bereit, dich zu empfangen. Bitte erschrick nicht zu sehr.« Die Ärztin trat einen Schritt zur Seite und ließ Iris vorbei.

Hinter dem Wandschirm befand sich ein riesengroßes Aquarium. Es war bestimmt sechs Meter lang und zwei Meter hoch. Im Wasser schwamm ein Mann. Iris schätzte ihn auf um die fünfzig. Sein Kopf steckte in einer Plastikkugel, die Iris an einen Astronautenhelm erinnerte. Aus der Kugel hingen Schläuche heraus, wahrscheinlich, um ihm Sauerstoff zuzuführen und um Kohlenmonoxid abzuführen.

Mr Oz' Körper wand und bog sich, er machte merkwürdige Verrenkungen, als hätte er überall Scharniere. Aus seinen Armen und Beinen kamen durchsichtige Schläuche, die bunt gefärbte Flüssigkeiten hochpumpten. Das Ganze sah wirklich scheußlich aus, und Iris spürte, wie sich ihr der Magen umdrehte.

»WENN ICH DAS AQUARIUM VERLASSE, BIN ICH INNERHALB VON FÜNF MINUTEN TOT.«

Iris versuchte, ihre Nerven zu beruhigen und studierte die Maschine, die Mr Oz anscheinend mit flüssiger Nahrung und Medikamenten versorgte. Wenn sie diese ausschalten könnte, dann wäre sie frei und könnte gehen, wohin sie wollte. Ob ihr das wohl gelingen würde? Und ob sie sich das trauen würde?

»DU HAST KEINE ANGST VOR MIR?«

»Ich bin zu Tode erschrocken«, sagte Iris.

»DAS MUSST DU NICHT SEIN. SIEH MICH AN. ICH BIN EIN GEBROCHENER MANN. IM WAHRSTEN SINNE DES WORTES. DOCH ICH BIN UNZERBRECHLICH. MEIN GEIST IST STÄRKER ALS MEIN KÖRPER. DAS VERSUCHE ICH EUCH AUF PALA BEIZUBRINGEN. KRAFT. MUT.«

»Die Tests?« Iris fiel auf, dass Mr Oz auf einmal nicht mehr von sich selbst als »Mr Oz« sprach.

»DIE TESTS. KINDER DES EINUNDZWANZIGSTEN JAHRHUNDERTS. IHR SEID DER BLECHMANN, DIE VOGELSCHEUCHE UND DER FEIGE LÖWE. KEIN HERZ, KEIN HIRN, KEIN MUT.«

»Und Sie wollen die tapfere Dorothy aus uns machen.«

»ICH GEBE EUCH KINDERN DIE MÖGLICHKEIT, IHR SELBST ZU SEIN. IHR SOLLT DAS BESTE AUS EUCH HERAUSHOLEN.«

»Und dann? Nach einer Weile sind wir in irgendetwas die Besten, und was ist dann?«

»DANN GEBE ICH EUCH DER WELT ZURÜCK.«

»Um was zu machen?«

»WAS DU WILLST.«

War das sein Ernst? Meinte er damit wirklich, dass sie hier wegdurften, sobald sie Superhelden waren? Um die Welt nach ihren eigenen Wünschen zu verändern, mithilfe von all dem, was sie gelernt hatten? Aber Justin hatte doch gesagt, Mr Oz sei geistesgestört.

»Marthe wollte fort von Pala«, sagte Iris. »Sie ist doch schon ein Superheld? Ist sie jetzt also frei, darf sie gehen?«

»NOCH NICHT.«

»Und wann dann?«

»BALD. WENN ICH GENUG SUPERHELDEN HABE.«

»Das heißt, wieder ein neuer Test?«

»NEIN, EINE MISSION. DER GRUND, WARUM ICH DIESES PROJEKT GESTARTET HABE.«

»Welche Mission? Und warum ich? Warum Justin?«

»DIE MISSION ERFORDERT UNTERSCHIEDLICHE SPEZIALTALENTE. ES IST WIE SCHACHSPIELEN. DAS SPIEL KANN NICHT BEGINNEN, WENN NICHT ALLE SPIELER VORHANDEN SIND.«

»Aber ...«, setzte Iris an, doch sie wurde unterbrochen.

»GENUG JETZT. ICH HABE MEHR FRAGEN BEANTWORTET, ALS ICH WOLLTE. JETZT BIN ICH DRAN.«

Und er fragte Iris über Justin und über Olina aus. Er erkundigte sich, was die beiden von ihr wollten und was sie mit ihnen besprochen hatte. Iris sagte mehr oder weniger die Wahrheit: dass Justin sie dazu bringen wollte, sich ihm anzuschließen (allerdings verschwieg sie, dass sie für ihn spionieren sollte), und dass sie Justin gebeten hatte, ihren Chip unbrauchbar zu machen.

»WAS HAT ER GESAGT, ALS DU IHN GEBETEN HAST, DEINEN CHIP ZU ENTFERNEN?«

»Er meinte, er könne es nicht, sein Chip sei von selbst ausgegangen«, log sie.

»DANKE FÜR DEINE EHRLICHKEIT, IRIS. DU DARFST GEHEN.«

»Aber ich habe noch hundert Fragen!«

»BEWAHR SIE DIR FÜRS NÄCHSTE MAL AUF. UND, IRIS?«

Iris sah den Mann im Aquarium direkt an und versuchte, das Grummeln in ihrem Magen zu unterdrücken.

»WILLKOMMEN IN LEVEL 4.«

EPILOG

Iris saß in ihrer Zelle. Sie trug ihre Uniform, die langweilige, praktische Uniform, auf der nun die Nummer 4 prangte. Sie vermisste die Sonne.

»Justin, du bist ein Idiot«, sagte sie laut.

»Das finde ich aber jetzt nicht so nett von dir«, antwortete ihr Bruder.

Iris schaute sich erschrocken um und versuchte herauszufinden, woher die Stimme kam, aber sie sah nichts. »Wo bist du?«, fragte sie. Werde ich allmählich verrückt?, dachte sie.

»Ich bin noch immer in Texas«, sagte Justin. »Und du bist auf Pala, stimmt's?«

Erst da fiel Iris auf, dass ihr Hals immer leicht vibrierte, wenn sie seine Stimme hörte. »Du bist im Chip?«

»Ich habe den Chip angepasst. Keine Sorge, nur du kannst mich hören, sonst niemand. Vielleicht ist es dennoch besser, wenn du flüsterst. Sonst denken sie womöglich, du bist schizophren.«

»Justin, du Arschloch! Warum hast du mich im Motel zurückgelassen?«

»Weil jemand Mr Oz stoppen muss, Iris. Und du kannst das. Ich möchte, dass du Folgendes tust.«

Schweigend lauschte sie seinen Anweisungen. Dann nickte sie. Ja, das konnte sie tun.

VIELEN DANK

Wer meint, dass man ein Buch ohne Hilfe schreiben kann, der hat wohl noch nie ein Buch geschrieben. Ohne diese Menschen hätte es *Pala* nie gegeben.

Ich danke Joris und Femke, die von Anfang bis Ende an mich und das Buch geglaubt haben. Herzlichen Dank an D-Luzion für den Rap! Vielen Dank auch an die Korrektoren (Lot und Christien; Els, Bart und Tim, Monica und Yme, Noor und Francisca, Hilda und Marijke, Linda, Robert und Vincent, Jessica und Quinty, Lex und Mika). Ohne sie wäre das Buch garantiert nicht so spannend geworden. Ganz besonders möchte ich Klaar für die medizinische Beratung danken und Carla und Monique, die viele, viele Fehler im Manuskript gefunden und verbessert haben. Ich danke all meinen Followern auf Twitter, die mir bei der Übersetzungsarbeit geholfen haben. Sie haben für mich Orte gefunden und Sätze umformuliert. Sie haben mich motiviert, wenn ich nicht weiterkam. Ich danke Edwin, Simone, Calliope, Peter, Martine, Erlijne, Justyna, Joke und YunYun für ihre Ideen, Vorschläge und Anmerkungen – für Lob und Tadel!

Und mein allergrößter Dank geht an meine Frau Tanja und meine Kinder Daniel und Charlie, die sehr viel Geduld mit mir hatten, wenn ich mal wieder Stunden am Computer verbracht habe und mit meinen Gedanken auf Pala war. Jetzt bin ich wieder für euch da.

MARCEL VAN DRIEL
Utrecht, 27. Juli 2011

ZITATNACHWEISE

1 © Rap: D-Luzion

2 Baum, L. Frank: Der Zauberer von Oz. München: Knesebeck 2011, S. 95.

3 Baum: Der Zauberer von Oz, S. 95.

4 Baum: Der Zauberer von Oz, S. 96.

5 Baum: Der Zauberer von Oz, S. 96.

6 Star Wars, Episode V: The Empire Strikes Back. Regisseur: Irvin Kershner. USA 1980.

7 Preußler, Otfried: Krabat. München: dtv 2013, S. 221.

8 Preußler, Otfried: Krabat, S. 29.

9 Tolkien, J. R. R.: Der Herr der Ringe. Stuttgart: Klett Cotta 2013, S. 280 ff.

10 Tolkien: Der Herr der Ringe, S. 280 ff.

11 Tolkien: Der Herr der Ringe, S. 280 ff.

12 Indiana Jones. Raiders of the Lost Ark. Regisseur: Steven Spielberg. USA 1981

LESEPROBE

Das Abenteuer geht weiter!
Viel Spaß mit der Leseprobe aus
Pala – Das Geheimnis der Insel (Bd. 2).

DAS AUGE VON OZ

»Schau dir das hier an«, sagte Fiber zu Alex, der im Beobachtungsraum saß. Wenn er sich auf dem Schreibtischstuhl im Kreis drehte, konnte er alle sechsunddreißig Bildschirme sehen, die rundherum an den Wänden befestigt waren.

Alex war ein großer blonder Junge. Er war fast siebzehn und der Vertraute von Mr Oz. Dass er in Wirklichkeit Mr Oz' Sohn war, wusste fast keiner auf der Insel. Im Alltagsleben von Pala war Alex der Chef. Nun saß er da und starrte auf den einzigen Schirm, auf dem das Bild auf Pause stand.

Natürlich konnte niemand die über zweihundert Kandidaten Tag und Nacht beobachten. Deshalb gab es eine spezielle Software, die dafür sorgte, dass erst dann gefilmt wurde, wenn irgendwo eine Bewegung signalisiert wurde. Alle Monitore zusammengenommen bildeten ein Kaleidoskop von Bildern, auf denen Kinder und Jugendliche sich anzogen, schliefen, aufstanden, lasen, weinten, trainierten, sich stritten oder sich unterhielten.

Fiber stand hinter Alex. Das polnische Mädchen hatte

kurze, stachelige Haare, die seit Neuestem nicht mehr pechschwarz, sondern schneeweiß gefärbt waren. Fibers Nase, Ohren und Augenbrauen waren mit Metallringen und Steckern gepierct. In der rechten Hand hielt sie eine Fernbedienung, die sie auf das Standbild richtete.

»*Ready?*«, fragte Fiber.

»*Sure*«, murmelte Alex. Er wusste noch immer nicht so recht, warum er in den Beobachtungsraum kommen sollte.

Fiber drückte auf *Play* und verkündete: »Das hier habe ich aufgenommen.«

Alex starrte auf den Bildschirm. Er sah Iris in ihrem Zimmer auf der Bettkante sitzen. Sie trug ihre neue Uniform mit der Zahl 4. Gestern war sie bei Mr Oz gewesen – dem echten Mr Oz in seinem Aquarium. Normalerweise war dieser Besuch den fertig ausgebildeten Superhelden vorbehalten.

»Wo bist du?«, fragte Iris auf dem Bildschirm. Alex sah, dass außer ihr niemand im Zimmer war. Er blickte Fiber fragend an, aber sie sagte nichts.

Iris wartete einen kurzen Moment, dann fuhr sie fort: »Du bist im Chip?« Ihre Stimme war jetzt nur noch ein Flüstern. Fiber stellte die Lautstärke höher, sodass man sie trotzdem verstehen konnte: »Justin, du Arschloch! Warum hast du mich im Hotel zurückgelassen?«

»Dreht sie allmählich durch, oder redet sie wirklich mit jemandem?«, fragte Alex.

»Vielleicht hat sie telepathische Fähigkeiten«, entgegnete Fiber.

Alex war sich nicht sicher, ob das ein Witz sein sollte.

»Kannst du den Film noch einmal abspielen?«, fragte er, nachdem die Aufnahme zu Ende war.

»Wenn du den auf YouTube stellst, wäre das echt ein Knaller«, sagte Fiber trocken.

Alex sah sich das Ganze von vorne an, bis zu der Stelle, als Iris »Ich höre zu« sagte und anschließend ins Leere starrte.

»Wäre es denn theoretisch möglich, dass sie mit ihrem Bruder spricht?«, fragte Alex. »Ich meine, nicht telepathisch, sondern über den ... Chip?«

»Vielleicht«, sagte Fiber, »aber dann wäre er ein besserer Programmierer als ich.«

»Okay, beobachte die Sache weiter.« Alex stand auf. »Verleg Iris in den Level-4-Flügel, dort gibt es mehr Kameras. Sie soll sich mit Li Wen Yun das Zimmer teilen, so schlagen wir zwei Fliegen mit einer Klappe.«

»*Sure, boss*«, antwortete Fiber.

Auf dem Bildschirm starrte Iris abwesend vor sich hin.

Nachdem Alex den Beobachtungsraum verlassen hatte, zischte Fiber in Richtung Bildschirm: »*Don't fuck with me*, Iris. Du stehst unter meiner Beobachtung. Ich bin das Auge von Oz.« Sie dachte einen Moment nach, dann gab sie eine Reihe von Suchwörtern in das Computersystem ein. Unter anderem auch den Namen Justin. Sobald Iris eines der Worte aussprach, würde ein Alarm losgehen.

Iris lag im oberen Stockbett in ihrem neuen Zimmer. YunYun hatte das untere Bett bekommen. Die Ältere darf oben schlafen, hatte Iris verkündet. Inzwischen bereute Iris es ein wenig, dass sie darauf bestanden hatte, denn heute Nacht würde sie sich heimlich an ihrer Freundin vorbeischleichen müssen.

Gestern hatten die beiden ihr neues Zuhause bezogen. Sie hatten jetzt doppelt so viel Platz wie vorher und sogar ein eigenes Bücherregal. Iris nannte es scherzhaft »ihr Appartement«. Es befand sich auf einem Gang, auf dem auch alle anderen Level-4-Kandidatinnen in Zweibettzimmern untergebracht waren. Sämtliche Räume hatten eine eigene Toilette, nur die Duschräume mussten sie sich teilen.

Iris konnte nicht schlafen. Das war an sich nichts Neues, denn in den letzten Tagen hatte sie heftig geträumt und war oft mitten in der Nacht aufgewacht. Zum einen lag das mit Sicherheit an Justin, auf den sie noch immer böse war. Zum anderen an dem Gefühl von Freiheit, das sie für einen kurzen Moment in Texas genießen durfte – bis sie brutal wieder zurück nach Pala geschickt worden war.

Ein leichtes Prickeln in ihrem Hals kündigte Justin an. Iris sah auf die Wanduhr, es war fünf nach halb eins. Ihr Bruder war also wie immer zu spät. Manche Dinge änderten sich eben nie.

»Hallo, Schwesterchen. Es ist so weit. Bitte antworte nicht, huste nur zweimal, wenn du mich hören kannst.«

Iris hustete zweimal hintereinander.

»Okay, es ist so: Überall auf Pala hängen Kameras. Weil man aber nicht jeden Ort auf der Insel vierundzwanzig Stunden am Tag filmen kann, sind alle Kameras an eine *motion detector software* gekoppelt. Sobald jemand die kleinste Bewegung ausführt, fängt die Kamera an zu filmen. Huste, wenn du mich verstehst.«

Iris hustete.

»Erkältet?«, erklang YunYuns schlaftrunkene Stimme aus dem Bett unter ihr. »Oder hast du wieder schlecht geträumt?«

Mist.

»Ja, ich gehe mal eben raus«, antwortete Iris, schläfriger,

als sie es in Wirklichkeit war. Sie strampelte die Decke von den Beinen und kletterte langsam nach unten. Um ihre Müdigkeit zu unterstreichen, strauchelte sie auf der Leiter.

»Soll ich kurz warten?«, fragte Justin.

Iris hustete.

»Iris?«, fragte YunYun.

»Hmm?« Iris nahm ihre Uniform vom Stuhl. Wieder einmal überlegte sie, ob Mr Oz vielleicht nicht nur ein Liebhaber von klassischer Kinderliteratur, sondern auch ein Comic-Fan war. Schließlich wurden sie alle Superhelden genannt, und dann mussten sie auch noch diese Kostüme anziehen. Die Uniform war schwarz und hatte große Ähnlichkeit mit einem Taucheranzug – ein Einteiler mit einem Reißverschluss vorne und natürlich einer Zahl oder einem S auf dem Brustkorb. So konnte jeder direkt sehen, in welchem Level man war oder ob man sich schon fertig ausgebildeter Superheld nennen durfte. Es hätte nur noch ein X gefehlt, und sie hätten bei *The X-Men* mitspielen können.

YunYun setzte sich im Bett auf. »Ist wirklich alles in Ordnung mit dir, Iris?«

»Ja, klar. Ich habe nur geträumt. Ich gehe ein paar Schritte, schlaf einfach weiter.«

Iris griff nach ihrem Pass, der auf dem Tisch lag. Sie warf einen schnellen Blick durchs Flurfenster, um zu sehen, ob die Luft rein war. Dann öffnete sie die Tür. Justin hatte jetzt wieder angefangen zu reden. Es war noch immer ein merkwürdiges Gefühl, die Stimme eines anderen im eigenen Kopf zu hören. Eigentlich reichte es Iris schon, ständig ihrer eigenen inneren Stimme zu lauschen,

(die immer etwas auszusetzen hatte, wie auch jetzt gerade,)

zwei Stimmen waren wirklich etwas zu viel des Guten. Iris hoffte, dass Justin tatsächlich da war und sie nicht doch allmählich wahnsinnig wurde.

Da Iris inzwischen in Level 4 war, durfte sie sich auf Pala eigentlich frei bewegen, aber einige Teile der Insel waren weiterhin tabu für sie.

»Bist du allein?«, fragte Justin. Natürlich konnte er sie nicht sehen.

Iris hustete.

»Okay, hör zu. Was ich dir jetzt sage, ist wirklich entscheidend. Ich habe einen Trick angewendet, sodass der Chip ein falsches Signal aussendet«, erklärte Justin. »Du wirst weiterhin gefilmt – es geht also kein Alarm los, wie wenn dein Chip kaputt wäre –, aber die Bilder werden an einem unbekannten Ort gespeichert. Auf diese Weise sind sie für Oz und seine Leute nicht zugänglich. Du bist also in jeder Hinsicht unsichtbar, sowohl für das System als auch für Mr Oz.«

Iris blieb abrupt stehen.

»Bist du so von hier abgehauen?«

»Ja, unter anderem.«

Wow, ein persönlicher Unsichtbarkeitsumhang. *Harry Potter eat your heart out.*

»Wie hast du das gemacht?«

»Mit einem selbst gebauten Gerät. Und dieses kleine Gerät befindet sich ...«

»Noch immer hier auf Pala. Cool, Justin«, flüsterte Iris.

Cool, Justin. Die Worte wurden von den versteckten Mikrofonen in der Wand aufgenommen und digitalisiert. Der Text wurde von einem Computer analysiert. »Justin« war ein

Codewort, woraufhin eine automatische Nachricht an Fiber gesandt wurde. Ihr Smartphone – Standardausstattung eines jeden Superhelden – gab ein Signal ab, und auf dem Display leuchtete ein Wort auf: SHADE. Fiber sprang sofort aus dem Bett, schlüpfte in ihre Uniform und stürmte in den Beobachtungsraum.

»Wohin, Just…«

»Sag bitte nicht ständig meinen Namen!«, rief Justin. »Du wirst immer noch normal aufgenommen. Bevor du mein Gerät nicht gefunden hast, bist du nicht sicher. Ich führe dich jetzt an den Ort, an dem es versteckt ist.«

Iris hustete. Auch wenn sie wusste, dass er recht hatte, nervte es sie doch, von ihm herumkommandiert zu werden.

Das hatte man dann von seinen lieben Verwandten.

Finden Iris und ihr Bruder heraus, was Mr Oz' vorhat? Und wird es ihnen gelingen, Mr Oz aufzuhalten und alle Jugendlichen von der Insel zu befreien? Fest steht nur eins: Auch der zweite Band der *Pala*-Trilogie wird atemlos spannend!

Einfach QR-Code scannen und
den Trailer zu *Pala* ansehen!